CHRONIQUE DE L'EPFL
1978-2000

CHRONIQUE DE L'EPFL 1978-2000

L'ÂGE D'OR DE L'INGÉNIERIE

MICHEL PONT

PRÉFACE ET COLLABORATION DE
JEAN-CLAUDE BADOUX

CONTRIBUTIONS DE
METIN ARDITI, BERTIL GALLAND
ET DAMIEN TAPPY

PRESSES POLYTECHNIQUES ET
UNIVERSITAIRES ROMANDES

Michel Pont
Né en 1960, licencié ès Lettres de l'Université de Lausanne, en particulier en histoire. Journaliste, il a travaillé au sein des rédactions du *Temps* et de *24 heures*. Il a également travaillé cinq ans à l'EPFL (1993-1998) au sein du Service de presse et d'information.

Recherche iconographique et préparation des images: Alain Herzog
Concept graphique et réalisation: Loup Design, Lausanne
Photolithographie: Loup Design, Lausanne
Photographies de couverture et pleines pages: © Alain Herzog

Les Presses polytechniques et universitaires romandes sont une fondation scientifique dont le but est principalement la diffusion des travaux de l'Ecole polytechnique fédérale de Lausanne et d'autres universités francophones.
Le catalogue général peut être obtenu par courrier aux: Presses polytechniques et universitaires romandes, Rolex Learning Center, CP 119, CH-1015 Lausanne, par E-mail à ppur@epfl.ch, par téléphone au (0)21 693 41 40 ou encore par fax au (0)21 693 40 27.
www.ppur.org

Première édition

ISBN 978-2-88074-876-0

Imprimé en Espagne

PRÉFACE

L'HISTOIRE POUR COMPRENDRE ET TÉMOIGNER

Jean-Claude Badoux

Ce livre, publié dix ans après la fin de ma présidence en l'an 2000, reprend l'Histoire de l'EPFL là où le précédent ouvrage «Histoire de l'Ecole Polytechnique de Lausanne, 1953-1978» dû à l'initiative de Maurice Cosandey s'était arrêté. Il relate une période de progression fulgurante de l'EPFL, sous la double présidence de Bernard Vittoz et de la mienne.

Une société qui ne retient pas les leçons de son Histoire n'a pas d'avenir. Il en va de même pour une Institution comme l'Ecole Polytechnique Fédérale de Lausanne, que j'ai comparée à la fin de mon mandat de président à une cathédrale. Une cathédrale ne se construit pas en un jour. C'est un travail long, patient, humble. Une œuvre de longue haleine, qui vise un but déterminé.

Depuis toujours, l'EPFL, dès la fondation de son ancêtre l'Ecole spéciale de Lausanne en 1853, vise un même but. Donner à la Suisse la possibilité de renouveler son tissu économique, de créer des emplois à haute-valeur ajoutée. C'est la seule richesse de notre pays, privé de matières premières.

Historiquement, il faut remonter à la fin XVIIIe siècle pour comprendre quelle philosophie et quelle éthique animent notre Ecole. Denis Diderot publie en 1765 *L'Encyclopédie ou dictionnaire raisonné des sciences, des arts et des métiers.* On sait que cette Encyclopédie, richement illustrée, fut tirée à plus de 30 000 exemplaires en français et traduite en plusieurs langues. Diderot avait un but : rendre les citoyens « plus vertueux et plus heureux » et son Encyclopédie mettait en valeur les procédés techniques et illustrait instruments techniques et outils artisanaux.

L'Encyclopédie de Diderot a contribué à faire naître en France en 1794 l'Ecole Centrale des travaux publics. Cette Ecole Centrale voulait se nourrir d'une autre tradition que l'empirisme et construire sa réputation sur des activités de recherche et d'enseignement se fondant clairement sur la rationalité, l'abstraction, les principes mathématiques et les sciences naturelles. Cette Ecole est philosophiquement et intellectuellement l'ancêtre de l'Ecole Polytechnique et de l'Ecole Centrale parisiennes.

Simultanément à cette évolution intellectuelle en France à la fin du XVIIIe siècle, l'Angleterre progresse rapidement dans le développement des bases industrielles avec notamment la machine à vapeur de Jacques Watt et bien d'autres productions. C'est une importante révolution. Il ne s'agit plus d'artisanat, mais d'un saut dans l'innovation avec de nouveaux instruments et de nouveaux procédés, de nouveaux produits.

A la même époque, l'Allemagne, qui aspire à s'unifier, a besoin de construire de nouvelles routes, de nouveaux ponts, des canaux, des écluses, des ouvrages hydrauliques. Elle cherche à endiguer ses rivières. Pour y arriver, des anciens élèves allemands de la grande Ecole parisienne contribuent à la création en 1825 de la première Ecole Polytechnique d'Allemagne à Karlsruhe. Elle reprend les bases des métiers issus de l'artisanat, mais entend les enrichir grâce aux mathématiques, à la physique et à la chimie.

Toujours en Allemagne, au début du XIXe siècle, une révolution s'impose d'abord à Berlin. Wilhelm von Humboldt (1767-1835) fonctionnaire, diplomate, et philosophe allemand impose à de nombreuses universités allemandes puis étrangères une nouvelle vision, un nouvel ordre de valeur, soit la nécessité de pratiquer à tous les niveaux enseignement et recherche de manière coordonnée, intégrée afin qu'ainsi, intimement liés, chacun des deux domaines soit plus efficace. Ce mariage, dans chaque Institut, dans chaque Université, apparut rapidement comme essentiel à toute activité universitaire moderne.

Dès les années 1830, la jeune Ecole Polytechnique de Karlsruhe intègre cette vision « humboldtienne » pour former des ingénieurs qui soient à la fois de haut niveau et tournés vers la réalité pratique, la construction et la fabrication liant ainsi recherche, développement et enseignement. Il faut comprendre, les lois de la nature, les enseigner et surtout les mettre en œuvre. Ce n'est donc en rien un hasard si les premiers professeurs de l'Ecole spéciale de Lausanne dans les années 1850 viennent de l'Ecole centrale parisienne et de Karlsruhe.

L'ancêtre de l'EPFL, dès 1853, est ainsi un fruit des évolutions européennes les plus exigeantes, les plus pointues, les plus avant-gardistes depuis un siècle. Le fruit d'une évolution du rapport à la nature et du besoin de concevoir et de dimensionner plus abstraitement les instruments, les équipements et les machines, les ponts, les grands travaux, les processus chimiques.

Les exigences pratiques et la nécessité de modéliser, de théoriser les comportements des matériaux, des machines et des constructions se sont donc mariées dès les premiers pas de l'Ecole spéciale d'ingénieurs de Lausanne. Dès le début en 1853, l'enseignement est basé sur la synthèse de modèles physiques et de l'expérience pratique. L'enseignement est donc d'emblée « humboldtien ». On peut ainsi affirmer que l'Ecole spéciale de Lausanne est dès ses débuts le fruit des transformations philosophiques, économiques, scientifiques et politiques de l'Europe, et un moteur de la poursuite de ces évolutions.

Deux ans après la création de l'Ecole spéciale de Lausanne, l'Ecole Polytechnique Fédérale de Zurich est fondée. Le « Poly » de Zurich est lui-même influencé par l'évolution des techniques et des sciences dans le monde germanique. Karlsruhe, qui a une génération d'avance sur l'EPFZ, sert de modèle à Zurich, qui bénéficie comme moteur politique du nouvel Etat confédéral de 1848. En Suisse aussi, la volonté d'industrialisation, de développement d'un pays très pauvre par rapport à ses voisins joue un rôle très actif. Mieux vaut exporter des machines que des mercenaires. Aux besoins d'excellence d'un pays déjà actif dans l'horlogerie de luxe et dans les colorants chimiques de pointe s'ajoutent les exigences renforcées de sécurité que la Suisse du XIXᵉ siècle réclame face aux menaces multiples de dangers naturels. Dès lors, les deux Ecoles, celle de Lausanne, encore cantonale, et celle de Zurich, déjà fédérale, qui forment des ingénieurs dans des disciplines très diverses se développent en parallèle, tant sur le plan quantitatif que qualitatif. Elles s'influencent mutuellement.

De fait, dès 1860, l'EPFZ exerce sur l'Ecole vaudoise une influence très forte, bien davantage que celle de ces deux marraines, l'Ecole centrale de Paris et l'Ecole Polytechnique de Karlsruhe. Grâce à cette dynamique qui va durer un siècle, grâce à l'influence bénéfique de l'EPFZ, ce qui est devenu l'Ecole polytechnique de l'Université de Lausanne (EPUL) pourra ainsi, sans la moindre difficulté se fédéraliser et devenir en 1969 l'EPFL, telle qu'on la connaît aujourd'hui.

Ainsi, dès ses origines, notre Ecole a voulu associer à la fois enseignement et recherche, les sciences mathématiques, physiques et chimiques tout comme l'expérience concrète de la pratique de l'industrie et de la construction. Ceci pour former des ingénieurs d'excellence et leur donner les moyens non seulement de réaliser, mais aussi de se dépasser, d'aller toujours plus loin.

C'est la raison majeure du succès de l'EPFL, qui ne s'est jamais démenti, de son pouvoir d'attraction constant, de son renom toujours plus marqué.

Même des Universités techniques américaines aussi renommées que le MIT ou Caltech n'ont accepté que bien plus tard, un demi-siècle au moins, ce mariage des pratiques et des sciences. Et il est encore des pays européens où cette synergie n'existe pas. Il y a même certains pays qui tendent à séparer science et pratique, qui veulent introduire une hiérarchisation et rabaisser l'expérience pratique à un rôle subalterne. A mon avis, ce serait fatal pour la qualité de la formation offerte à nos ingénieurs, comme pour la recherche en ingénierie.

En 1853, lorsque l'Ecole spéciale de Lausanne est fondée, rien ne garantissait le succès de cette Institution. Mais les choix faits d'emblée l'ont placée sur la bonne voie, lui permettant de se développer selon la vision de Humboldt, avec ce mariage entre sciences, recherche, pratique et formation. L'embryon était porteur de belles espérances qui se sont réalisées grâce aux choix des personnes en charge de l'Ecole et à leurs visions successives. L'excellence et la pérennité d'une Ecole polytechnique est en effet modelée et portée par les professeurs aux personnalités les plus fortes et solides. Notre Ecole a pleinement profité de plusieurs dizaines de tels leaders, tout au long de son existence. La plupart d'entre eux, comme tous ses directeurs et présidents successifs, combinaient une profonde compréhension des théories scientifiques et une connaissance intime, éprouvée d'une pratique professionnelle à la pointe du progrès et de ses avancées.

En d'autres termes, l'EPFL a pu atteindre un niveau d'excellence reconnu au plan mondial parce qu'elle a toujours su prévoir l'évolution et coller aux nouveaux besoins de la société. Elle a su offrir les formations dont la Suisse romande, puis la Suisse entière avaient vraiment besoin. Elle a su former des ingénieurs qui étaient efficaces, modernes, en avance sur leur temps et les offrir à la société. Elle a su intéresser les meilleurs d'entre eux à la recherche, à l'innovation, à la création de nouvelles entreprises. Elle a collé au pays, à son évolution et le pays, en guise de reconnaissance, lui a confié toujours plus de jeunes et a financé toujours davantage ses besoins.

L'histoire de l'Ecole a déjà été racontée dans deux ouvrages. L'un a été publié en 1953 pour le centième anniversaire de l'Ecole spéciale de Lausanne. L'autre est donc l'ouvrage sous la direction de la figure tutélaire de Maurice Cosandey, qui retrace avec brio la période 1953-1978. Ce troisième ouvrage prend le relais. C'était mon ambition en décidant la publication de ce livre. Il s'en tient volontairement aux deux présidences de Bernard Vittoz et de la mienne, soit 1978-2000.

Pourquoi ne pas avoir publié un livre qui aurait marqué les 150 ans de l'Ecole et traité la période 1978-2003? De mon point de vue, un important virage a été amorcé en 2000 lorsque le président Patrick Aebischer m'a succédé. L'EPFL a connu de gros bouleversements dans sa structure interne, puisque les Départements ont été remplacés par des Facultés, et que des instances qui ont joué un rôle essentiel comme la Conférence des chefs de Départements ont été supprimées. L'Ecole a modifié certaines de ses orientations stratégiques, créé une importante Faculté des sciences de la vie, à qui je souhaite le plus grand succès. Nul jugement de valeur de ma part, mais un constat. Au moment où paraît ce livre, la présidence de Patrick Aebischer n'est pas terminée et le bilan ne peut être tiré.

On ne dira jamais assez ce que l'EPFL doit à Maurice Cosandey, le directeur de l'Ecole polytechnique de l'Université de Lausanne et premier président de l'EPFL. Il a légué à Bernard Vittoz une Ecole dans des bâtiments tout neufs, pleine de promesses à concrétiser. Bernard Vittoz a brillamment rempli cette mission et accompagné cette mutation. J'ai poursuivi dans sa ligne, en devant cependant faire des choix douloureux, tant les finances publiques durant la décennie 1990 étaient au plus mal.

Mais il n'est pas question de se plaindre. Les contacts que j'avais avec le monde entier lorsqu'il s'agissait de recruter des professeurs m'ont toujours conforté dans l'idée que les conditions de travail offertes par l'EPFL étaient hors normes sur le plan matériel, la qualité des infrastructures offertes et la liberté académique laissée aux professeurs. Grâce à cette réputation d'excellence qu'elle avait acquise au fil des années, l'EPFL a attiré les meilleurs chercheurs et enseignants durant ces 22 ans. Les chiffres parlent d'eux-mêmes et résument ce fabuleux développement: 2000 étudiants en 1978, 4000 à la fin de mandat de Bernard Vittoz, 5000 à la fin de mon mandat, 93 professeurs en 1978, 140 en 1992, près de 300 en 2000.

Pendant ces 22 ans, l'EPFL n'a fait que grandir. C'est ce que j'appelle « l'âge d'or de l'ingénierie » et c'est ce qui donne le sous-titre de ce livre. Tous les efforts menés durant cette période l'ont été dans le même sens, soit renforcer les disciplines de l'ingénierie. Ingénieur physicien, Bernard Vittoz a cru le premier à la simulation numérique et à la microtechnique. Ingénieur civil, j'ai accentué les efforts en microtechnique, introduit les biotechnologies, et contribué à faire de l'EPFL la première institution en Europe sur le plan des systèmes de communication. Nous avons fait ces choix, tout simplement parce que telle était la mission de l'EPFL.

Au fond, qu'est-ce qu'un ingénieur ? C'est d'abord un humaniste. J'ai la conviction que depuis deux siècles la science et l'ingénierie sont partie intégrante de la culture occidentale. Ce sont des éléments essentiels de notre culture, faite de la recherche de la vérité et de la volonté de changer le monde tel qu'il est. Les ingénieurs ont donc une responsabilité première, à la charnière entre les développements scientifiques et les réalisations concrètes. Pour développer les métiers à tisser, pour installer un système d'irrigation, pour corriger le Rhône, abaisser le niveau des lacs, construire des bâtiments qui résistent aux séismes, il faut beaucoup d'ingénieurs. Pour lutter contre la nature, il faut des ingénieurs. Aujourd'hui, pour soigner le Parkinson ou d'autres maladies neuro-dégénératives, il faut des ingénieurs. Et historiquement, pour unifier l'Allemagne ou l'Italie, on a eu besoin de moyens de communication. Il a fallu que des ingénieurs les construisent. La culture occidentale et l'histoire de l'Occident sont donc enracinées dans l'ingénierie.

La responsabilité profonde des ingénieurs pour le bien-être, la sécurité, la santé des individus, de la communauté, de la société est une réalité que nous devons toujours avoir à l'esprit. C'est aussi une grande responsabilité pour l'Ecole Polytechnique. Le besoin est immense, primordial, vital pour le pays, pour l'Europe. La société doit disposer d'ingénieurs du plus haut niveau universitaire de formation ; des ingénieurs qui ont eu à se coltiner à des sciences dures, à une expérience pratique exigeante durant leur formation et qui ont profondément compris ce que sont la recherche fondamentale, la recherche appliquée, le développement, l'innovation et l'entrepreneurship. S'ils possèdent véritablement une éducation à la pratique professionnelle donnée par des enseignants familiers avec la pratique passée et présente, ils seront plus utiles à la communauté et moins susceptibles de grossir les rangs des chômeurs.

Comme président de l'EPFL, j'ai eu cette chance inouïe de pouvoir mettre en œuvre cette vision inspirée de Humboldt avec le sentiment profond que le métier d'ingénieur est l'un des plus prestigieux. Je suis convaincu que la jeunesse actuelle doit s'impliquer dans l'ingénierie, les sciences, les techniques, les technologies. Malheureusement, la technique n'a pas toujours bonne presse. Nous n'avons cessé, Bernard Vittoz et moi, de tenter de renverser ce courant Avec succès puisque les étudiants ont été toujours plus nombreux à venir chez nous. Nous avons aussi tenté, comme le livre le montre, d'ouvrir l'EPFL, monde très masculin, aux femmes.

Je n'oublie pas l'architecture, discipline fondamentale de notre Ecole, et qui a fortement contribué à faire dialoguer les deux disciplines, ingénierie et architecture, qui comme on le sait, sont proches en Suisse. La Société suisse des ingénieurs et architectes est là pour le démontrer. L'architecture est ce qui a donné durant des années une touche plus humaniste à notre Ecole, qui permis de féminiser quelque peu l'Institution, avant que nos efforts pour attirer des femmes vers les branches de l'ingénierie ne commencent à porter leurs fruits. Ce livre montre l'importance du Département d'architecture, depuis son refus de déménager à Ecublens au début des années 1980, jusqu'à la décision prise sous ma présidence de les installer dans des locaux neufs du quartier Nord de l'EPFL.

Une Ecole polytechnique fédérale est beaucoup plus qu'une institution de formation, de recherche, de transfert du savoir, de création de connaissance. C'est un peu du cœur et de l'âme d'une communauté, c'est un lieu privilégié pour une élite parmi la jeunesse, c'est un lieu de recherche de vérité au sens le plus profond, le plus large ; c'est aussi un lieu de recherche désintéressée. Nous sommes bien à la charnière de plusieurs chemins vers la connaissance ; à la base de ce qui fait la dignité dans la gratuité. Ce livre est là pour en témoigner. Il raconte comment l'EPFL a prospéré en une génération. Il rappelle aussi, et c'est essentiel pour moi, que malgré les pouvoirs importants dont disposent la direction et plus particulièrement le président, l'Ecole est faite d'hommes et de femmes, de chercheurs, de professeurs, d'étudiants, de collaborateurs administratifs et techniques. En marge des événements qui ont jalonné ces 22 ans, ce livre vous fera découvrir une vingtaine de personnalités. J'assume le choix subjectif de cette liste de portraits, je voulais donner l'image d'une Ecole multiple, pluridisciplinaire, où des hommes et des femmes d'horizon et d'âge très différents ont marqué de leur empreinte notre Institution.

LES DÉBUTS D'UNE ÉPOPÉE DONT PERSONNE N'IMAGINAIT L'AMPLEUR

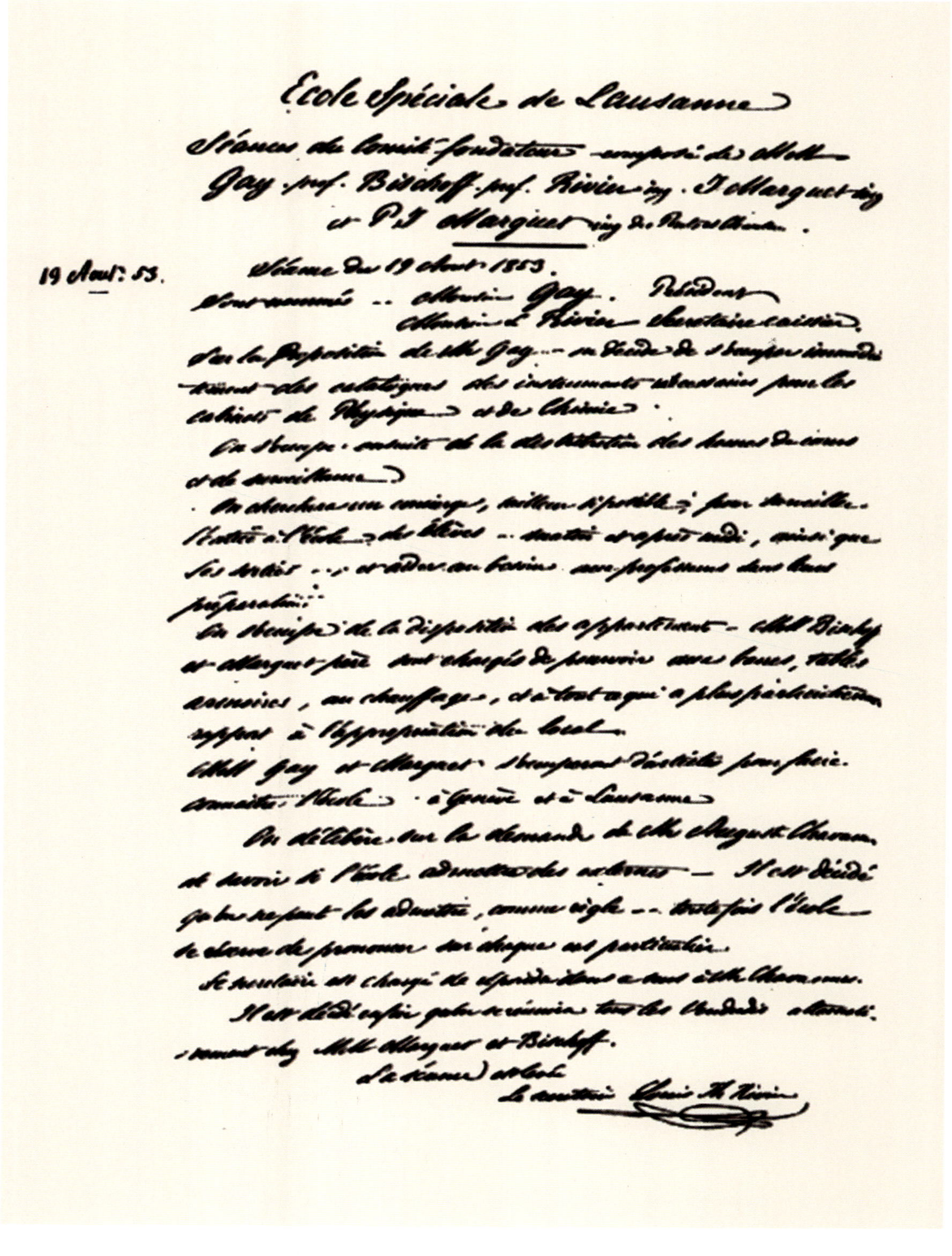

Ecole Spéciale de Lausanne

Séance du Comité fondateur composé de MM.
Gay prof. Bischoff prof. Rivier ing. J. Marguet ing
et P. J. Marguet ing. des Ponts et Chaussées.

19 Aout: 53. Séance du 19 Aout 1853.

Sont nommés .. Monsieur Gay. Président
Monsieur L. Rivier Secrétaire caissier.

Sur la proposition de Mr Gay .. on décide de s'occuper immédiatement des catalogues des instruments nécessaires pour les cabinets de Physique et de Chimie.

On s'occupe ensuite de la distribution des heures de cours et de surveillance.

On cherchera un concierge, autant possible, pour surveiller l'entrée à l'Ecole des élèves .. surtout après midi, ainsi que les sorties .., et aider au besoin aux professeurs dans leurs préparations.

On s'occupe de la disposition des appartements. MM. Bischoff et Marguet père sont chargés de pourvoir aux bancs, tables, accessoires, au chauffage, et à tout ce qui a plus particulièrement rapport à l'appropriation du local.

MM. Gay et Marguet s'occuperont d'articles pour faire connaître l'Ecole à Genève et à Lausanne.

On délibère sur la demande de Mr Auguste Chavannes de savoir si l'Ecole admettra des externes. Il est décidé qu'on ne peut les admettre, comme règle .. toutefois l'Ecole se réserve de prononcer sur chaque cas particulier.

Le secrétaire est chargé de répondre dans ce sens à Mr Chavannes.

Il est décidé enfin qu'on se réunira tous les Vendredis alternativement chez MM. Marguet et Bischoff.

La séance est levée

Le secrétaire Louis H. Rivier

Document attestant de la création de l'Ecole spéciale de Lausanne en 1853. Les fondateurs ne se doutent pas qu'ils se lancent dans une aventure qui marquera durablement la Suisse du XXe siècle.

DE L'ÉCOLE SPÉCIALE DE LAUSANNE À L'EPUL

Les cinq pionniers de 1853

La date de fondation officielle de l'ancêtre de l'EPFL est 1853. Mais les fondateurs de ce qui s'appelle l'Ecole Spéciale de Lausanne (ESL) sont loin de se douter qu'ils lancent une aventure qui aura un impact mondial dans les deux dernières décennies du XXe siècle. Pour la petite histoire, l'ESL est donc fondée deux ans avant l'EPF de Zurich (EPFZ) ! En août 1855, les premiers diplômes de l'ESL sont décernés, quelques semaines avant l'ouverture des premiers cours de l'EPFZ.

Les cinq fondateurs de l'ESL se nomment Jean Gay, Louis Rivier, Henri Bischoff, Joseph et Jules Marguet. La séance de fondation de leur Ecole a lieu le 19 août 1853. L'ESL a ses locaux à la rue du Valentin à Lausanne. En novembre, les premiers cours sont donnés, avec 11 élèves (!). Le cursus est calqué sur celui de l'Ecole centrale de Paris. Quatre domaines sont proposés : le génie civil, la mécanique industrielle, l'électricité industrielle et la chimie générale et organique.

Un laboratoire de chimie en 1886. Depuis 6 ans, l'Ecole d'ingénieurs est intégrée comme section de la Faculté des sciences de l'Université de Lausanne, celle-ci ayant pris le relais en 1890 de l'Académie.

Les débuts sont laborieux. Malgré les besoins en construction de ponts, de routes, le recrutement des élèves sera lent. Dix ans après sa fondation, l'ESL reçoit un soutien financier de la ville de Lausanne et du canton de Vaud. Cela lui permet de financer neuf professeurs à plein temps. Très rapidement, l'ESL perd son statut d'école privée. Elle est reprise en 1869 par l'Académie de Lausanne, fondée en 1537, l'ancêtre de l'Université de Lausanne, comme section technique.

Vers l'Ecole polytechnique de l'Université de Lausanne

En 1890, lorsque l'Académie est transformée en Université de Lausanne, l'école d'ingénieurs y est intégrée comme Section de la Faculté des sciences, avec une certaine autonomie : c'est l'Ecole d'ingénieurs de l'Université de Lausanne. En décembre 1903, on fête déjà les 50 premières ans de cette institution, avec beaucoup de fierté et d'emphase.

ÉCOLE SPÉCIALE DE LA SUISSE FRANÇAISE

FONDÉE A LAUSANNE EN 1853.

L'Ecole a pour but de former des *ingénieurs-constructeurs*, *des ingénieurs-mécaniciens*, *des ingénieurs-chimistes et des architectes*. Elle est organisée pour donner aux élèves les connaissances théoriques et pratiques que ces professions réclament.

Les études, commencées à l'âge de dix-sept ans *au moins*, durent *trois* ans. Elles sont terminées par un concours à la suite duquel les élèves qui ont subi cette épreuve d'une manière satisfaisante reçoivent le diplôme d'ingénieur.

La direction supérieure de l'Ecole appartient à un *Conseil d'administration*, composé de MM. Dapples, membre du Conseil national, *président*; — Burnier, lieutenant-colonel fédéral, *vice-président*; — Dr Recordon, vice-président du Conseil de santé; — Gonin, ingénieur cantonal des ponts et chaussées; — Gay, professeur de mathématiques à l'Académie; — Bischoff, professeur de chimie à l'Académie; — J. Marguet, ingénieur-constructeur, ancien élève de l'Ecole centrale de Paris, professeur de mathématiques à l'Académie.

Directeur de l'Ecole pour l'année scolaire 1864-1865 : M. J. Marguet.

Professeurs chargés de l'enseignement : MM. *Gay*, professeur de mathématiques à l'Académie; — Ch. *Dufour*, professeur de mathématiques, à Morges; — L. *Dufour*, professeur de physique à l'Académie; — *Bischoff*, professeur de chimie à l'Académie; — L.-T. *Rivier*, ingénieur-chimiste, ancien élève de l'Ecole centrale de Paris; — H. *Carrard*, président du tribunal de Lausanne; — H. *Chessex*, ingénieur-constructeur, ancien élève de l'Ecole spéciale de Lausanne et de l'Ecole des Beaux-Arts de Paris; — L. *Halley*, ingénieur-mécanicien, ancien élève de l'Ecole centrale de Paris; — *Brélaz*, professeur de chimie à l'Ecole industrielle de Lausanne; — P.-J. *Marguet*, ingénieur en chef des ponts et chaussées, en retraite, ancien élève de l'Ecole polytechnique de France, chevalier de la Légion d'honneur; — J. *Marguet*, ingénieur-constructeur, ancien élève de l'Ecole centrale de Paris, professeur de mathématiques à l'Académie.

PROGRAMME DES COURS

POUR L'ANNÉE SCOLAIRE 1864-1865.

Première année. — Trigonométrie; géométrie analytique; calcul différentiel et intégral, première partie : M. C. Dufour. — Mécanique théorique, première partie : M. Gay. — Physique générale : M. L. Dufour. — Géométrie descriptive théorique, avec quelques applications aux ombres et à la perspective : M. J. Marguet. — Chimie générale et chimie analytique : M. Bischoff. — Organes de la cinématique; levés de machines; travaux graphiques : M. Halley. — Introduction au cours de construction; levé des plans et nivellement; des matériaux et de leur emploi : M. J. Marguet. — Manipulations chimiques : M. Brélaz.

Dessin géométral dans les salles de l'Ecole, sous la direction du chef des travaux graphiques. — Examens partiels fréquents. — Examen général annuel. — Travail des vacances.

Première charte de l'Ecole et premiers programmes des cours.
On y trouve déjà du calcul différentiel et intégral, de la physique générale.

LOUIS RIVIER
ingénieur - chimiste.
Secrétaire-caissier du Comité fondateur.
Ancien élève de l'Ecole Centrale de Paris.
Professeur de physique et de géologie de 1853 à 1867.

SAMUEL CUÉNOUD
ingénieur.
Ancien Directeur de la Faculté technique.
Ancien élève de l'Ecole Spéciale de Lausanne.
Professeur de mathématiques de 1874 à 1875.

JULES MARGUET
ingénieur - mécanicien.
Membre du Comité fondateur.
Ancien élève de l'Ecole Centrale de Paris.
Professeur de géométrie descriptive
et de mécanique industrielle de 1853 à 1888.

JULES GAUDARD
ingénieur-civil.
Professeur honoraire de l'Université de Lausanne.
Ancien élève de l'Ecole Centrale de Paris.
Professeur de construction civile de 1865 à 1901.

JEAN-PIERRE MARGUET
ingénieur-civil.
Membre du Comité fondateur.
Ancien élève de l'Ecole Polytechnique de Paris.
Professeur de construction et d'architecture
de 1853 à 1864.

WILLIAM GRENIER
ingénieur.
Professeur honoraire de l'Université de Lausanne.
Ancien Directeur de l'Ecole d'Ingénieurs.
Ancien élève de la Faculté technique.
Professeur de mécanique industrielle de 1874 à 1902.

JEAN GAY
Président du Comité fondateur.
Professeur de mathématiques de 1853 à 1874.

PAUL PICCARD
ingénieur - mécanicien.
Ancien Directeur de la Faculté technique.
Ancien élève de l'Ecole Polytechnique fédérale.
Professeur de mécanique industrielle de 1869 à 1881.

HENRI BISCHOFF
Membre du Comité fondateur.
Professeur de chimie de 1853 à 1877.

COMITÉ FONDATEUR DE L'ÉCOLE SPÉCIALE

ANCIENS DIRECTEURS DE LA FACULTÉ TECHNIQUE ET DE L'ECOLE D'INGÉNIEURS
(ne faisant plus partie du corps enseignant actuel).

PROFESSEURS HONORAIRES

Les fondateurs et les professeurs honoraires de l'Ecole Spéciale lors du 50e anniversaire, devenue depuis l'Ecole d'ingénieurs de l'Université de Lausanne (EPUL), puis l'EPFL.

L'Ecole d'ingénieurs de l'Université de Lausanne compte alors 23 professeurs et son bilan est non négligeable. Elle a décerné 421 diplômes. L'un des diplômés sera Gabriel de Rumine, qui lèguera à la Ville de Lausanne un million et demi de francs de l'époque pour construire le Palais qui porte son nom et qui sera le cœur de la nouvelle Université de Lausanne.

Au début du XXe siècle, l'Ecole d'ingénieurs prend le nom d'Ecole Polytechnique de Lausanne. Son indépendance vis-à-vis de l'Université est confirmée. Entre 1920 et 1940, les conséquences de la Première Guerre mondiale et la crise économique mondiale qui suit dès 1929 freinent fortement le développement de l'Ecole. Le nombre de nouveaux étudiants reste stable. L'un de ses directeurs, Adrien Palaz, marque l'Ecole de son empreinte. Né en 1863, diplômé de l'EPFZ, il mène de front la direction de l'Ecole, sa carrière de professeur et la direction d'une entreprise de génie civil. C'est le modèle allemand ou scandinave du professeur qui a un pied dans l'enseignement et l'autre dans la pratique. A son entrée en fonction comme directeur, Adrien Palaz tient un discours prophétique. « On se heurte

L'Ecole spéciale au tournant du XXe siècle après cinquante ans d'existence. Ici le bâtiment rue de la Tour à Lausanne, avec le génie civil et les salles de dessin.

toujours plus aux difficultés qui proviennent de l'encombrement des cours et des exercices pratiques. C'est pourquoi on peut se demander si l'Ecole Polytechnique de Zurich sera toujours le seul établissement supérieur de la Confédération et si, dans l'intérêt général du pays, il n'y aurait pas lieu de prévoir dans un avenir rapproché la création d'une seconde Ecole polytechnique. » [1]. Ce discours est tenu en...1898 ! Après Adrien Palaz, Jean Landry, lui succède et dirige l'Ecole jusqu'en 1940.

Les 23 ans de règne d'Alfred Stucky

C'est l'ingénieur civil et professeur d'hydraulique Alfred Stucky qui prend le relais dès cette date. Il restera en place 23 ans tout en dirigeant en parallèle le bureau d'ingénieurs Stucky encore aujourd'hui actif sous le même nom. Sous sa direction, l'Ecole d'ingénieurs est détachée de la Faculté des sciences et ouvre, en 1943, une Ecole d'architecture et d'urbanisme. Prévoyant, Alfred Stucky obtient les crédits du Grand Conseil vaudois pour racheter l'Hôtel Savoy à l'avenue de Cour à Lausanne, où son Ecole s'installe, avant d'occuper le domaine voisin des Cèdres au tournant des années 1950.

Un laboratoire de l'Ecole d'ingénieurs au début du XXe siècle. La photo est non datée. Sans surprise, ce monde est encore exclusivement masculin.

1. *Encyclopédie illustrée du pays de Vaud, vol 5, les institutions ou le pouvoir chez les Vaudois*, p. 196, éditions 24 heures, 1974

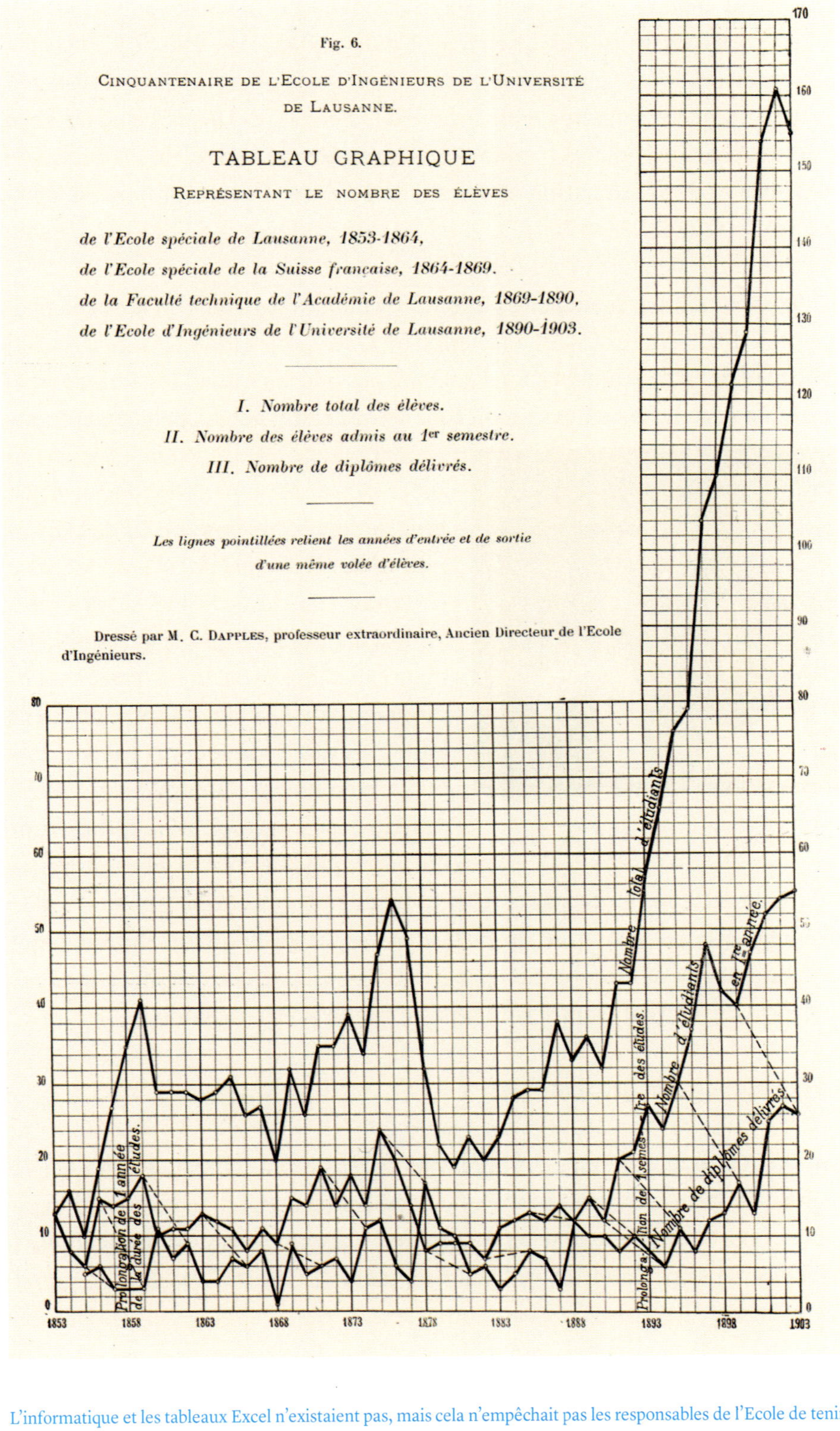

Fig. 6.

CINQUANTENAIRE DE L'ECOLE D'INGÉNIEURS DE L'UNIVERSITÉ DE LAUSANNE.

TABLEAU GRAPHIQUE

REPRÉSENTANT LE NOMBRE DES ÉLÈVES

de l'Ecole spéciale de Lausanne, 1853-1864,
de l'Ecole spéciale de la Suisse française, 1864-1869.
de la Faculté technique de l'Académie de Lausanne, 1869-1890,
de l'Ecole d'Ingénieurs de l'Université de Lausanne, 1890-1903.

I. Nombre total des élèves.
II. Nombre des élèves admis au 1er semestre.
III. Nombre de diplômes délivrés.

Les lignes pointillées relient les années d'entrée et de sortie d'une même volée d'élèves.

Dressé par M. C. DAPPLES, professeur extraordinaire, Ancien Directeur de l'Ecole d'Ingénieurs.

L'informatique et les tableaux Excel n'existaient pas, mais cela n'empêchait pas les responsables de l'Ecole de tenir à jour leurs statistiques. Le nombre des élèves admis et le nombre de diplômes décernés augmentent régulièrement.

Quant à la dénomination « Ecole Polytechnique de l'Université de Lausanne » (EPUL), elle n'est officialisée qu'en 1946. L'indépendance vis-à-vis de l'Université est renforcée.

1953 marque le centième anniversaire de l'Ecole. L'EPUL publie un ouvrage à cette occasion, grâce à l'appui de l'Université, de la Société académique vaudoise et de l'Association de ses anciens élèves. L'avant-propos est signé par le conseiller d'Etat Pierre Oguey, ancien professeur de l'EPUL. L'Ecole compte alors quelque 650 étudiants.

Trois étapes marquent cette période : les années 1953-1963 où le développement de l'Ecole se poursuit à l'avenue de Cour pour atteindre une capacité d'accueil de 1000 étudiants. La deuxième période comprend les années 1963-1968. C'est là que les réflexions sur l'avenir de l'EPUL débouchent sur la transformation en EPFL qui sera effective en 1969. La troisième période 1969-1978 est celle des dix premières années de la fédéralisation sous la présidence de Maurice Cosandey, qui dirige l'EPUL depuis 1963.

Quelques-uns des membres de cette Ecole d'ingénieurs. Le document n'est pas daté.

Les années 1953-1963 sont essentiellement caractérisées par une expansion géographique de l'Ecole, notamment dans les locaux des Cèdres, et par l'augmentation des étudiants. Alfred Stucky, à la fin des années 1950, met les autorités vaudoises au pied du mur. Il a besoin de locaux pour accueillir les étudiants. Parmi les variantes proposées, c'est la vision la plus large et la plus conforme aux prévisions – avec 1000 étudiants à l'avenir – qui est heureusement retenue par les autorités politiques. Les crédits pour l'extension des bâtiments sont accordés par le Grand Conseil vaudois.

L'argent commence à manquer

En 1959, un rapport fédéral est publié sur la relève des cadres scientifiques et techniques dont la Suisse a besoin. Ce document fait état d'un manque d'ingénieurs pour la Suisse estimé à 900 diplômés par an. Les autorités vaudoises décident de faire un effort financier supplémentaire. Mais le canton prend conscience qu'il n'arrivera pas à assumer seul à la fois les charges d'une Université et d'une Ecole polytechnique. Les autorités politiques vaudoises étaient

certes réticentes à l'immixtion du gouvernement fédéral dans leurs affaires. Mais le rapport mentionne le problème posé aux pouvoirs publics. « Tant que les cantons ne sont pas en mesure d'assumer eux-mêmes les charges qu'implique l'intensification des efforts visant à encourager la relève dans les secteurs où la pénurie de collaborateurs scientifiques et d'ingénieurs est particulièrement prononcée, il convient d'examiner si et jusqu'à quel point la Confédération devrait, en vertu de l'art 27, 1er alinéa de la Constitution fédérale, venir en aide aux universités cantonales, notamment à l'EPUL, tout en sauvegardant la structure fédérative du pays. » [2] Ces réflexions datent de 1959. L'EPUL n'a plus que 10 ans à vivre en tant qu'Ecole polytechnique vaudoise.

Un laboratoire de mécanique dans les années 1940. Alfred Stucky, le directeur de l'époque, a détaché dès 1943 l'Ecole d'ingénieurs de la Faculté des sciences de l'Université, tout en maintenant l'Ecole dans le giron de celle-ci.

En 1960, le Conseil fédéral débloque une aide unique pour financer un tiers des équipements et bâtiments nécessaires. Au Grand Conseil vaudois, un député se plaint que la Confédération ne fasse pas le même effort financier pour l'EPUL que pour l'EPFZ. On lui répond, évidemment, que les deux institutions ont des statuts différents !

2. *Histoire de l'Ecole Polytechnique Fédérale de Lausanne*, 1953-1978, ouvrage collectif sous la direction de Maurice Cosandey, Presses polytechniques et universitaires romandes, 1999, p. 39

DE L'EPUL
À L'EPFL

La stratégie visionnaire de Maurice Cosandey

En 1963, lorsqu'il prend la succession d'Alfred Stucky comme directeur de l'EPUL, Maurice Cosandey imagine d'emblée que l'EPUL devienne une deuxième EPF, conscient que le canton de Vaud ne pourra pas assurer le fantastique développement qu'il pressent pour son institution. Il met immédiatement en place une stratégie pour parvenir à son but. Il est reçu en août 1963 par le chef du Département vaudois de l'instruction publique de l'époque, Pierre Oguey, lui-même ingénieur EPUL et ancien professeur de l'Ecole.

Une commission de travail est mise en place, la commission Failletaz, du nom du président du Comptoir suisse, conçue à l'origine pour analyser les besoins de l'Université, l'Etat de Vaud venant d'acheter les terrains de Dorigny. Dans les faits, outre son mandat pour l'Université, cette commission prépare lentement mais sûrement le terrain pour l'EPUL. Les premières conclusions confirment le besoin de nouveaux locaux pour l'Université, mais aussi pour l'EPUL, constatant que les locaux des Cèdres seront insuffisants à terme. Parallèlement, l'Université de Lausanne commence à prendre ombrage de la trop grande autonomie accordée à l'EPUL. L'Université souhaite que le pouvoir de sa direction soit renforcé, ce qui est difficilement conciliable avec l'autonomie de l'EPUL. Au milieu des années 1960, la situation se tend.

Bernard Vittoz et Maurice Cosandey photographiés en 2001.
Les deux hommes auront marqué l'histoire de l'EPUL et de l'EPFL.
Les deux hommes étaient amis et complices.

Les conclusions du rapport de la commission Faillettaz sont sans appel. Les besoins de rattrapage sont énormes, tant pour l'Université que pour l'EPUL, les subsides fédéraux doivent fortement augmenter. De nouvelles constructions doivent être planifiées sur le nouveau site de Dorigny, tant les besoins sont immenses. Les conclusions secouent les milieux politiques vaudois. Deux solutions s'ouvrent pour l'EPUL, soit un subventionnement très important du canton de Vaud, soit le rattachement à la Confédération.

En 1966, en pleine tourmente, Pierre Oguey est remplacé au Gouvernement vaudois par Jean-Pierre Pradervand. C'est un tournant majeur. A Maurice Cosandey, Jean-Pierre Pradervand avait confié quelques mois plus tôt être étonné qu'une demande de reprise de l'EPUL par la Confédération n'ait pas déjà été présentée aux autorités fédérales. Il ne sera pas nécessaire de convaincre le nouveau conseiller d'Etat de l'urgence d'agir. Jean-Pierre Pradervand et Maurice Cosandey vont avancer très rapidement, avec l'appui décisif du conseiller fédéral Hans-Peter Tschudi. L'histoire de l'EPFL s'est sans doute jouée en raison de la nature des liens profonds et de l'estime réciproque qui existaient entre

Jean-Pierre Pradervand et Maurice Cosandey. De la même manière, le projet triangulaire entre les Universités de Genève, Lausanne et l'EPFL, 2e étape de la fédéralisation, aboutira en 1998, quelque trente ans plus tard, grâce à l'amitié personnelle entre Bernard Fulpius, Eric Junod et Jean-Claude Badoux.

La naissance de l'EPFL

Le 2 février 1968, la convention de transfert est approuvée par le gouvernement vaudois, le 4 mars le Conseil fédéral fait de même. Les mois suivants, les parlements ratifient cette décision : le Grand Conseil vaudois en mai, les Chambres fédérales en automne.

D'emblée, les deux parties sont conscientes de l'importance pour la formation en Suisse des ingénieurs et des scientifiques de cette nouvelle EPF. Les pouvoirs publics anticipent l'avenir. L'arrêté fédéral de 1968 mentionne qu'un crédit d'ouvrage de 3,7 millions est ouvert pour l'achat des terrains nécessaires sur la commune d'Ecublens, jouxtant ceux de l'Université de Lausanne (UNIL)

Premières esquisses de l'implantation de l'Ecole polytechnique fédérale de Lausanne à Ecublens.

à Dorigny. A terme, la commission Failletaz estime les besoins de l'EPFL à quelque 90 hectares. Quant à la convention signée entre la Confédération et le canton, elle précise qu'autorités fédérales et vaudoises veulent « assurer le développement de l'EPUL en tant que haute école technique dans l'intérêt d'une plus forte promotion de la formation et de la recherche dans le domaine des sciences techniques ». [3]

La nouvelle EPFL est née sous les meilleurs auspices. Il faut garder en mémoire ces éléments pour comprendre à quel point l'ambition des responsables politiques de l'époque a été forte. Alors que l'EPUL compte quelque 1300 étudiants et doctorants à fin 1968, la Confédération s'engage dans la convention « à porter le plus rapidement possible la capacité de l'EPUL à 2000 étudiants, tout en sauvegardant son caractère ». Autre intention concrétisée par un délai : l'installation à terme de toute l'EPFL à Ecublens. La convention évoque un déménagement complet d'ici 1993.

La reprise de l'EPUL par la Confédération et sa transformation en EPFL représentent alors une opportunité extraordinaire pour la Haute Ecole. Les autorités de l'époque en sont conscientes. Revenant sur ces événements en 1984, Hans-Peter Tschudi commente : « Dès la fédéralisation, j'ai foncé avec un seul objectif : développer l'EPFL ; en 1974, le budget de l'Ecole était de 54,6 millions de francs, alors que le budget de l'EPUL en 1966, base des pourparlers avec la Confédération, s'élevait à 7,5 millions de francs. » [4]

Grand enthousiasme et petites réticences

Pourquoi a-t-on finalement décidé dans les milieux vaudois d'accepter de transformer l'EPUL en Haute Ecole fédérale ? Comme on l'a vu, la Suisse prend conscience au milieu des années 1960 qu'elle risque de manquer d'ingénieurs et de scientifiques. Le développement des techniques, l'essor économique et une confiance générale dans le progrès scientifique créent un climat favorable aux branches technologiques et scientifiques. La Suisse politique veut se donner les moyens de soutenir son industrie d'exportation. Cela nécessite un plus grand nombre de diplômés. S'ajoute un constat : l'EPUL, qui rayonne déjà bien au-delà des frontières vaudoises et suisses, ne pourra pas être financée à terme par le seul canton de Vaud. Le message envoyé en août 1966 par le Conseil d'Etat vaudois à la Confédération est explicite. « Le caractère national de l'EPUL est notablement plus marqué que celui des universités cantonales. (...) Sur le plan général, notre Ecole contribue à résoudre des problèmes touchant l'ensemble de la Suisse,

3. *Histoire de l'Ecole Polytechnique Fédérale de Lausanne*, op. cit., p. 79
4. *Polyrama* 62, mai 1984, p. 5

de sorte que les services qu'elle rend dépassent largement le cadre du canton de Vaud et de la Suisse romande. Or, jusqu'à ce jour, notre canton a supporté seul la charge financière de l'EPUL (mis à part un crédit fédéral occasionnel, deux crédits communaux et l'aide de l'industrie). Mais cette situation ne saurait se prolonger, tant l'accroissement prévisible du nombre des étudiants augmentera à la fois les services rendus par l'EPUL au pays tout entier et le poids des charges qu'elle entraîne. Si nous voulons que notre Ecole reste une Ecole polytechnique de niveau universitaire élevé, nous sommes convaincus que la seule formule est la transformation en une deuxième Ecole polytechnique fédérale. » [5]

Tout est dit dans ces quelques lignes. Lorsque deux ans plus tard, les actes de transfert sont signés, la réaction de la presse est globalement positive. Néanmoins, certains milieux vaudois expriment le regret que le canton ait abandonné « son » Ecole. C'est le cas de *La Nation*, organe de la Ligue vaudoise. En mars, *La Gazette de Lausanne* se montre aussi sceptique sous la plume de Louis Guisan. « L'Ecole aurait pu être sauvée comme institution cantonale. (….) Nous nous résignons à la reprise de l'Ecole polytechnique fédérale de Lausanne par la Confédération, mais nous ne nous en réjouissons pas. Nous ne la regrettons pas seulement parce qu'elle prive le canton de Vaud d'une de ses richesses. Avec elle, nous déplorons surtout un nouvel échec du fédéralisme ». [6] Ces réactions isolées n'émanent pas seulement de quelques médias. La Faculté des sciences de l'UNIL se sent trahie. Ses membres ne s'exprimeront jamais publiquement, mais il est clair, pour eux, que la fédéralisation de l'Ecole est un traumatisme. Des collègues physiciens, chimistes, mathématiciens sont engagés à l'EPFL avec des conditions salariales bien meilleures que ce que peut offrir l'UNIL. Les apports financiers de la Confédération ont des conséquences préjudiciables pour le recrutement du corps enseignant de la Faculté des sciences de l'Université de Lausanne. Avec le recul d'une génération, le président Jean-Claude Badoux considère que la mise en œuvre du projet triangulaire de collaboration à la fin des années 1990 entre l'Université de Lausanne, celle de Genève et l'EPFL, du moins tel qu'imaginé au départ, aurait dû permettre de réparer ce traumatisme.

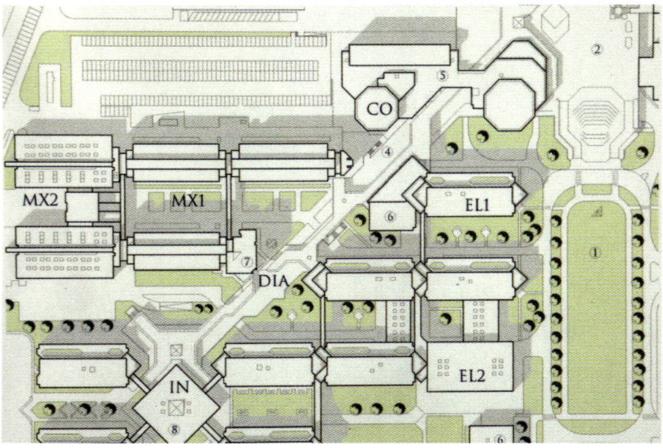

Toutes les constructions de la nouvelle EPFL ont donné lieu à de multiples études, ici une esquisse de la deuxième étape des travaux.

5. *Histoire de l'Ecole Polytechnique Fédérale de Lausanne*, op. cit., p. 73
6. *Histoire de l'Ecole Polytechnique Fédérale de Lausanne*, op. cit., p. 88

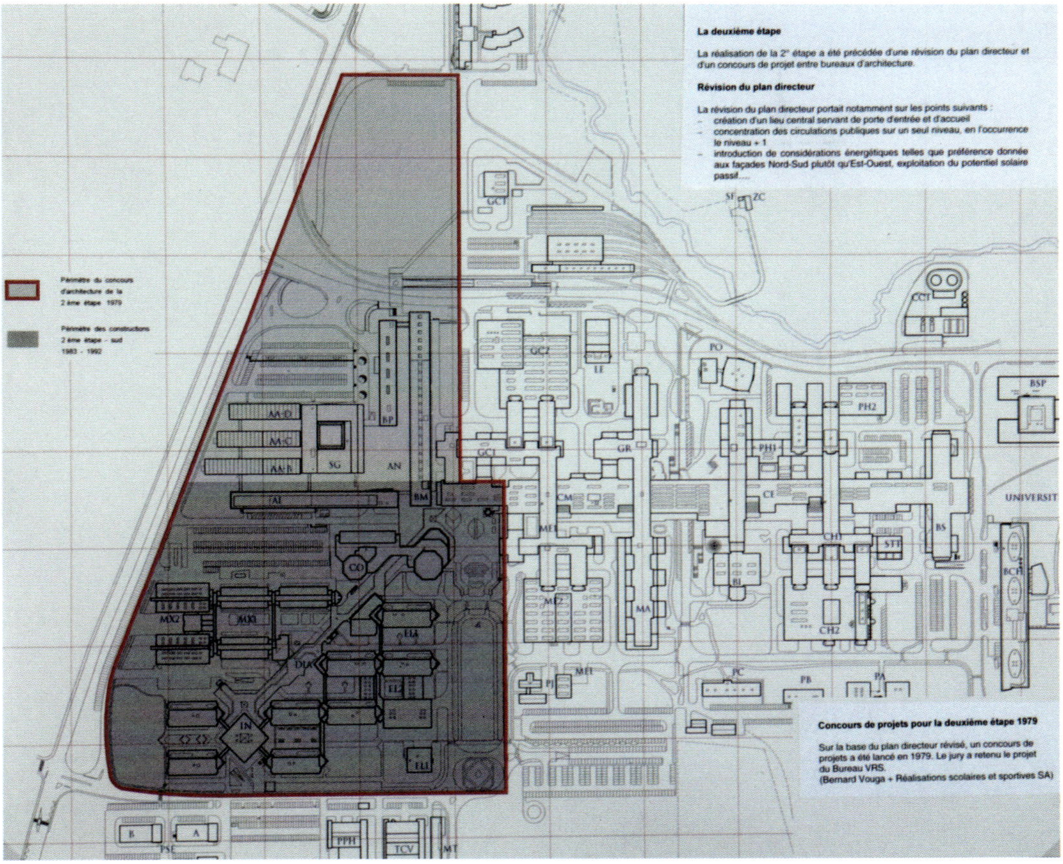

Reste que la fédéralisation, hormis la concurrence qu'elle crée entre professeurs de sciences et d'ingénierie aux dotations et rémunérations très différentes, est saluée. L'enthousiasme et les attentes sont immenses. L'un des acteurs majeurs de ce virage, l'ancien conseiller d'Etat vaudois Jean-Pierre Pradervand, est dignement remercié en 1989 par l'EPFL, qui lui décerne le grade de docteur honoris causa. Lors de la journée magistrale où il reçoit sa distinction, il résume le climat de l'époque : « Le Conseil fédéral savait, et le peuple sentait que pour maintenir à notre pays sa place dans le concert des nations, des efforts considérables et sans relâche devaient être consentis pour mettre en valeur notre seule richesse naturelle, la matière grise. L'aide aux Ecoles, aux Universités, à la recherche, à la formation professionnelle devenait prioritaire. On demandait même que le nombre des étudiants ingénieurs soit doublé dans le court terme. » [7] C'est bel et bien pour les ingénieurs que l'on a fédéralisé l'EPUL.

Un schéma des années 1980, lorsque le concours pour la deuxième étape des travaux a été lancé. Des premières idées existent déjà pour le futur quartier Nord.

7. *Polyrama* 83, décembre 1989, p. 29

LE DÉCOLLAGE DE LA FUSÉE EPFL

La fédéralisation mise sur orbite

Elle n'ira pas sur la lune comme les astronautes d'Apollo 11 en 1969, mais au 1er janvier de la même année, tout est en place pour la mise sur orbite de l'EPFL moderne. Ce d'autant plus que depuis de nombreux mois, l'EPUL a anticipé le changement, en particulier par son offre d'enseignement. De nombreux professeurs sont nommés en 1968. Dans cette nouvelle génération, on trouve des personnalités comme Marcel Jufer, Edouard Recordon, Ugo Mocafico, Daniel Mange. Jean-Claude Badoux, engagé en 1966, entre en fonction en 1967. Tous, marqueront par la suite l'histoire de l'Ecole.

L'EPUL s'est aussi préparée au bouleversement en modifiant ses structures internes. En juillet 1968, le Conseil des professeurs décide la création de départements, lesquels fédèrent les différents instituts. Une décision fondamentale et porteuse d'avenir. Les départements seront des corps constitués responsables à la fois de la formation et de la recherche. Les sections d'étudiants correspondantes sont mises sur pied. Et un nouvel organe consultatif est créé, dont le rôle sera décisif tout au long des décennies suivantes : la Conférence des chefs de département (CCD). Ce sera l'organe clé où direction et représentants des professeurs dialogueront de tous les sujets qui touchent à la marche de l'Ecole.

Dès 1973, les grues font leur apparition pour le démarrage du chantier de la première étape. Les travaux de cette étape seront officiellement inaugurés en 1978.

En 1968, le premier président de la CCD est un certain… Bernard Vittoz. A noter cependant qu'un certain flou juridique va durer à l'EPFL. Il avait fallu rédiger une nouvelle loi tenant compte de l'existence des deux EPF en Suisse. Suite au référendum lancé par les étudiants zurichois, cette nouvelle loi est refusée par le peuple suisse en juin 1969. Le canton de Vaud a certes accepté le texte, mais cela ne modifie pas la donne. Durant plus de 20 ans, jusqu'en 1991, les deux EPF vont vivre sous des régimes juridiques transitoires.

Au 1er janvier 1969, le corps enseignant de l'EPFL compte quelque 55 professeurs, dont quelques-uns ont été nommés par anticipation par la Confédération et qui entrent en fonction à ce moment-là. Quelques chiffrent illustrent bien le décollage de la nouvelle école dans les dix premières années. De 1969 à 1978, le nombre de professeurs double quasiment et passe de 55 à 93, les assistants augmentent dans une proportion moindre, de 140 à 198. Les collaborateurs scientifiques, techniques et administratifs au nombre de 200 en 1969 sont près de 500 en 1978. Toutes catégories confondues, le nombre de personnes employées par l'EPFL est multiplié par deux.

Des moyens en forte augmentation

C'est surtout dans les cinq premières années de la nouvelle EPFL que l'augmentation des moyens en personnel est fulgurante. En fait, les effectifs de 1978 sont atteints en 1974 déjà, avant le sévère blocage du personnel instauré par la Confédération suite à la crise consécutive au premier choc pétrolier.

Mais rien n'arrête le dynamisme de la nouvelle EPFL. Outre la Conférence des chefs de département (CCD), déjà mentionnée, une commission de prospective et un comité industriel, dont le rôle sera majeur, voient le jour. Le début des années 1970 est aussi marqué par le démarrage des projets d'Ecole. Ce sont des actions de recherche interdépartementales orientées vers des objectifs socio-économiques. Les premiers projets d'Ecole sont consacrés aux robots industriels, aux systèmes de transports urbains collectifs et au domaine de l'énergie. En 1973, le premier choc pétrolier fait prendre conscience à l'Occident de la nécessité d'exploiter des ressources énergétiques renouvelables et d'optimiser la consommation énergétique. L'un des buts du projet sur l'énergie est d'analyser le comportement de l'ensemble du système énergétique suisse. Surtout, ce projet vise à appréhender le problème énergétique de manière globale, en y intégrant les composantes environnementales. Des recherches sont entreprises dans le domaine de l'énergie solaire, et aboutiront, en 1981, à la mise en service du Laboratoire d'énergie solaire, dont le bâtiment est un champ d'expérimentation à lui seul.

Outre l'accent marqué sur l'énergie, l'EPFL se lance dans le domaine des robots industriels. Les premiers d'entre eux sont apparus dans l'industrie automobile aux Etats-Unis, au début des années 1960. A l'EPFL, plusieurs chercheurs sont convaincus du potentiel de ce secteur. Trois départements collaborent étroitement, la mécanique, l'électricité et les mathématiques pour développer des robots plus perfectionnés, nécessitant des recherches en intelligence artificielle. En 1978, l'Institut de microtechnique présente un robot expérimental capable de prendre une bouteille, de la décapsuler et d'en verser le contenu dans un verre. Cette première réalisation sera suivie de beaucoup d'autres. Surtout ces efforts de recherche dopent l'enseignement. Le travail mené sur les robots industriels permet à de nombreux ingénieurs de devenir experts de l'automatisation.

L'enseignement profite largement de ces développements. Le projet d'Ecole « robots industriels » débouche en 1978 sur le plan d'études « microtechnique », qui combine les acquis de la mécanique, de l'électronique et de l'informatique. On verra au chapitre suivant comment la nouvelle direction emmenée par Bernard Vittoz va peu à peu consolider cette nouvelle branche à l'EPFL en collaborant avec l'Université de Neuchâtel.

Le démarrage du chantier d'Ecublens

L'une des promesses faites par la Confédération au moment de la reprise de l'EPUL est de transférer l'Ecole sur le nouveau site d'Ecublens en 25 ans. Pour tenir cette promesse, il faut des actes concrets. Dans le message que le Conseil fédéral adresse aux Chambres fédérales concernant la reprise de l'EPUL par la Confédération, le gouvernement ne donne aucun chiffre précis sur les conséquences financières des nouvelles constructions, se contentant d'une première estimation de quelque 200 millions de frais. Dès que l'Ecole est fédéralisée, les projets doivent être préparés en collaboration avec la Direction des constructions

fédérales. Le conseiller fédéral Hans-Peter Tschudi juge que c'est la bonne solution et s'oppose à ce que Maurice Cosandey confie ce mandat à l'interne, soit aux professeurs d'architecture de l'Ecole, ayant subi une cuisante expérience similaire avec l'EPFZ. Finalement, la décision est prise d'organiser un concours d'architecture sur invitation. Sept bureaux, tous suisses, sont contactés. La direction du projet sera bicéphale : le maître de l'ouvrage est le Conseil des EPF (CEPF) ; quant à la Direction des constructions fédérales, elle sera responsable de l'exécution des travaux. Un bureau de planification est constitué à Lausanne, dont l'architecte Sébastien Oesch prend la direction. Il sera, durant une génération et jusqu'à sa retraite, l'homme responsable de tout le dossier des constructions de l'EPFL : c'est dire l'ampleur de sa tâche. Les bureaux choisis rendent leurs avant-projets de la première étape au printemps 1970. Aucun projet ne fait d'emblée l'unanimité, mais deux bureaux, l'un genevois, l'autre zurichois, sont invités à poursuivre leurs études. En définitive, c'est le projet du bureau zurichois dirigé par Jacob Zweifel qui est retenu, par un jury qui n'est pas unanime. En février 1971, le mandat est attribué officiellement par le Conseil fédéral au bureau Zweifel et Strickler qui s'engage à installer une succursale à Lausanne. En 1972, le Conseil fédéral demande les crédits aux Chambres fédérales. Les crédits demandés portent sur les 4/5 du coût de la première étape, dont la facture finale sera de 462 millions. En mars 1973, l'avant-projet quelque peu modifié est mis à l'enquête.

C'est alors que les ennuis commencent, car le Conseil communal d'Ecublens vote à l'unanimité une résolution rejetant ce projet. Maurice Cosandey avait obtenu de manière informelle l'assurance de Pierre Teuscher, syndic d'Ecublens et également conseiller national, que le Conseil communal ne ferait pas de difficultés. Mais le syndic s'était engagé un peu à la légère.

Ce qui fâche les habitants d'Ecublens ? La hauteur des bâtiments prévus. Le Conseil communal ordonne à la Municipalité de tout mettre en œuvre, selon les termes de la résolution, « pour sauvegarder le territoire communal et s'opposer à la barrière de béton du plan actuel. »[8] Puis ce sont les classiques querelles d'urbanisme qui démarrent : accusations réciproques de photomontages truqués, comité d'opposition, etc. Des recours sont évoqués contre tout permis de construire. Pour ne pas perdre de temps, l'EPFL et les constructions fédérales vont élaborer en secret, sans en informer le bureau d'architecte, un nouveau projet qui réduit la hauteur des bâtiments litigieux. En 1974, les contours du nouveau projet sont prêts. Les travaux peuvent enfin démarrer. En 1977, les premiers bâtiments entrent en service. L'inauguration a lieu l'année suivante, au moment où Maurice Cosandey s'apprête à passer le témoin à son successeur à la présidence, Bernard Vittoz.

8. *Histoire de l'Ecole Polytechnique Fédérale de Lausanne*, op. cit., p. 534

BERNARD VITTOZ (1927-2006)

UN BLOC D'HOMME

Metin Arditi

C'était ça, Vittoz. Un bloc d'homme. Il suffisait que l'un d'entre nous prononce son nom pour que chacun, aussitôt, se sente à la fois inquiet et rassuré. Vittoz, c'était un bloc. Compact. A la fois charnel et intellectuel, mais cohérent. Très cohérent. Une masse. Une force naturelle qui s'exprimait par des raisonnements charpentés comme une toiture de ferme, partagés avec un sens très sûr du commandement. « Allez-y, posez vos équations. Bon. Qu'est-ce que vous voyez ? Tout est là, sur le tableau. Réfléchissez ». Les mots étaient dits avec calme, mais le regard était de plomb, et il nous faisait mourir de peur, malgré une gentillesse énorme, cachée grâce à Dieu sait quels efforts.

Et cette façon qu'il avait d'avancer dans les couloirs… Une masse en déplacement linéaire à vitesse constante, comme un joueur de double qui monte au filet, lentement, les pieds légèrement tournés vers l'intérieur, dans l'attente de balancer un smash. Vittoz dans les couloirs, c'était quelque chose… Pas le genre à s'arrêter pour recueillir des sourires… Il aimait ses étudiants, et même beaucoup, mais il n'y avait de place pour aucune familiarité. Nous le regardions passer. L'idée des examens à venir nous pétrifiait par avance. Ils étaient tous oraux, au tableau noir, là où les lacunes sont révélées sans merci…

Sacré Vittoz. Une force à l'état brut, une intelligence inouïe et la générosité d'un grand cœur qui est aussi un grand esprit, et qui doit sans cesse gérer cette coexistence de deux grands morceaux de lui.

Bernard Vittoz n'a pas quitté ma vie durant plus de quarante ans. Je l'ai connu en 1963, au moment où je suis entré à l'Ecole, en section physique. Au semestre d'été 1964, il était mon professeur de mécanique générale. En juin de cette même année, j'entrai à Valdésia, une société d'étudiants infiltrée de nombreux physiciens. Elle était par tradition divisée en trois « familles ». Je rentrai dans celle dite de la « Pamplemousse », où par le jeu des filiations je me retrouvai petit-fils de Bernard Vittoz. Nos rapports s'étoffèrent, un peu par Valdésia, mais surtout par le biais des cours de physique et des travaux pratiques, pour lesquels j'avais choisi le laboratoire de physique du solide, qu'il dirigeait, et de discussions, sur la vie, sur tout. Les événements se succédèrent, d'ordres très divers. En octobre 1965, je devins son assistant en mécanique générale. En avril 1966, alors que mon père se trouvait loin de moi, c'est Bernard Vittoz que j'allai interroger à propos d'un tournant de ma vie. Je sortais avec une étudiante en lettres et j'envisageais de l'épouser (j'avais vingt-et-un ans...). Vittoz connaissait la fille. « Qu'en penses-tu ? » lui demandais-je (nous nous tutoyions, du fait de notre appartenance à Valdésia, un exercice qui me fût longtemps difficile). « Vas-y », me dit Vittoz. Il ajouta : « Ça te donnera une assise ». Quelques mois plus tard, Vittoz était mon témoin de mariage. La vie continua. Diplôme. Troisième cycle en Génie atomique, dans son laboratoire, et chaque fois des responsabilités accrues, des projets audacieux et une confiance qui générait la compétence. Puis je quittai la Suisse

Bernard Vittoz (1927-2006)

Originaire de Froideville (VD), Bernard Vittoz obtient son diplôme d'ingénieur physicien de l'EPUL en 1950 et son doctorat ès sciences techniques en 1955. En 1956, il est chef de travaux au Laboratoire de physique technique de l'EPUL. Il est nommé en 1958 professeur extraordinaire de mécanique générale, de génie atomique et de physique du solide. En 1960, il crée le Laboratoire de génie atomique, qu'il dirige jusqu'en 1978, année de sa nomination comme président de l'EPFL. Dans l'intervalle, il est professeur invité en 1962 à l'Université de l'Etat de l'Iowa aux Etats-Unis. En 1967, il est nommé professeur ordinaire à l'EPUL. Son enseignement porte sur la mécanique et la physique générales, la physique du solide et la physique des réacteurs nucléaires. En 1969, lorsque l'EPUL devient l'EPFL, il préside la nouvelle Conférence des chefs de département (CCD). Après sa retraite au 30 novembre 1992, il est président du Conseil de Fondation du Parc scientifique sur le site de l'EPFL (PSE), il reste membre de ce Conseil jusqu'en mars 2002. Bernard Vittoz a fondé avec son collègue Jean-Pierre Borel l'Association vaudoise des chercheurs en physique. Il était également membre d'honneur de la Société suisse des ingénieurs et architectes. Homme de sciences et homme de foi, il a notamment œuvré avec le pasteur Subilia de l'Etivaz à la construction d'une chapelle à la Lécherette. Il était membre de la société d'étudiants Valdésia, sous le pseudonyme de Négus.

pour les Etat-Unis et l'Université de Stanford, l'occasion de deux soirées inoubliables, celle précédant mon départ, et celle, trois mois plus tard, le soir même de mon premier retour en Suisse. A l'époque, mes parents habitaient Lausanne, mais ces soirées essentielles, c'était chez Vittoz et nulle part ailleurs. Avec chaque fois la même écoute, la même chaleur, et la même confiance dans l'idée qu'on peut changer le monde. Deux soirées-lumière, inoubliables (je n'ai jamais mangé autant de raclettes...).

Quelques années plus tard, je retournai à l'Ecole, comme chargé de cours sous l'ère de Maurice Cosandey, puis comme professeur invité sous l'ère de Bernard Vittoz, devenu président. De nouveau les mêmes partages, les mêmes convictions, la même foi en l'homme et en sa capacité de se saisir de son libre arbitre. En 1988, ce fut de nouveau à lui que je m'adressai au moment de créer ma Fondation, dont il fut longtemps vice-président. Les premiers prix furent tous attribués à des gradués de l'EPFL.

Le lecteur l'aura compris, Bernard Vittoz était mon père spirituel.

Et puis il y avait Claudine. Pour moi, aller chez Bernard et Claudine, c'était retrouver une affection infinie. Sans effusions inutiles, mais immense. J'étais leur petit. A tout âge.

Enfin, ce souvenir qui, quarante ans plus tard, agit encore en moi comme un dard.

Vittoz était au tableau noir. Il faisait une démonstration dans ce que l'on appelle un espace vectoriel topologique. Au départ, l'espace avait une infinité de dimensions. Sachant qu'un espace à deux dimensions est un plan, que celui qui en compte trois est un volume, et qu'à quatre on ajoute le temps, imaginer un espace à cinq dimensions est déjà quasi impossible. Là, nous en étions à une infinité... Imperturbable, Vittoz poursuivait sa démons-

Claudine Vittoz, épouse de Bernard

Madame Vittoz, comme les anciens de l'Ecole l'appellent affectueusement, a toujours été aux côtés de son mari. Bernard et Claudine formeront un couple uni. Ils se rencontrent dans les groupes de jeunesses paroissiales. Mais Claudine Vittoz est une femme indépendante. Le jour de ses vingt ans, elle part aux Etats-Unis, où elle restera 15 mois, y mène des études sur la psychologie des enfants, apprend l'anglais. Le couple se marie en 1952. Claudine Vittoz occupe plusieurs postes de secrétariat de direction, avant que des ennuis de santé dans les années 1970 ne l'obligent à diminuer son activité professionnelle. Son mari devenu président, elle sera présente à chaque occasion et l'épaulera, s'intéressant de très près à ce qui se passe au sein de l'EPFL, au point qu'un professeur, impressionné par ses connaissances, lui demande un jour si elle comprend vraiment les domaines scientifiques de l'EPFL ou si elle fait semblant. L'anecdote, qu'elle raconte volontiers, l'amuse. On sent chez elle une profonde admiration pour son mari, même si la mort les a séparés. Un regret aussi. Une fois à la retraite, Bernard Vittoz a continué à mener la vie débordante qui a été la sienne tout au long de sa carrière. Elle aurait souhaité profiter de plus de moments avec lui.

tration. Voilà que soudain, à chacune des dimensions de l'espace initial il fit correspondre, pour des raisons qui nous échappaient, une autre infinité de dimensions. Nous nous retrouvions à suivre une démonstration dans un espace constitué d'une infinité d'infinités de dimensions... Je me souviens que nous nous regardions les uns les autres, moitié niais, moitié terrorisés à l'idée que nous n'arriverions jamais à comprendre. Et voilà que d'un coup, Vittoz quitte sa démonstration, se tourne vers nous, et nous lance, sur le ton de l'engueulade : « Vous la voyez, cette infinité d'infinités de dimensions ? », l'air de dire : « Vous êtes quand même capables de ça, ou alors c'est à désespérer ! »

Cet épisode, c'est l'héritage Vittoz. Rien n'est impossible.

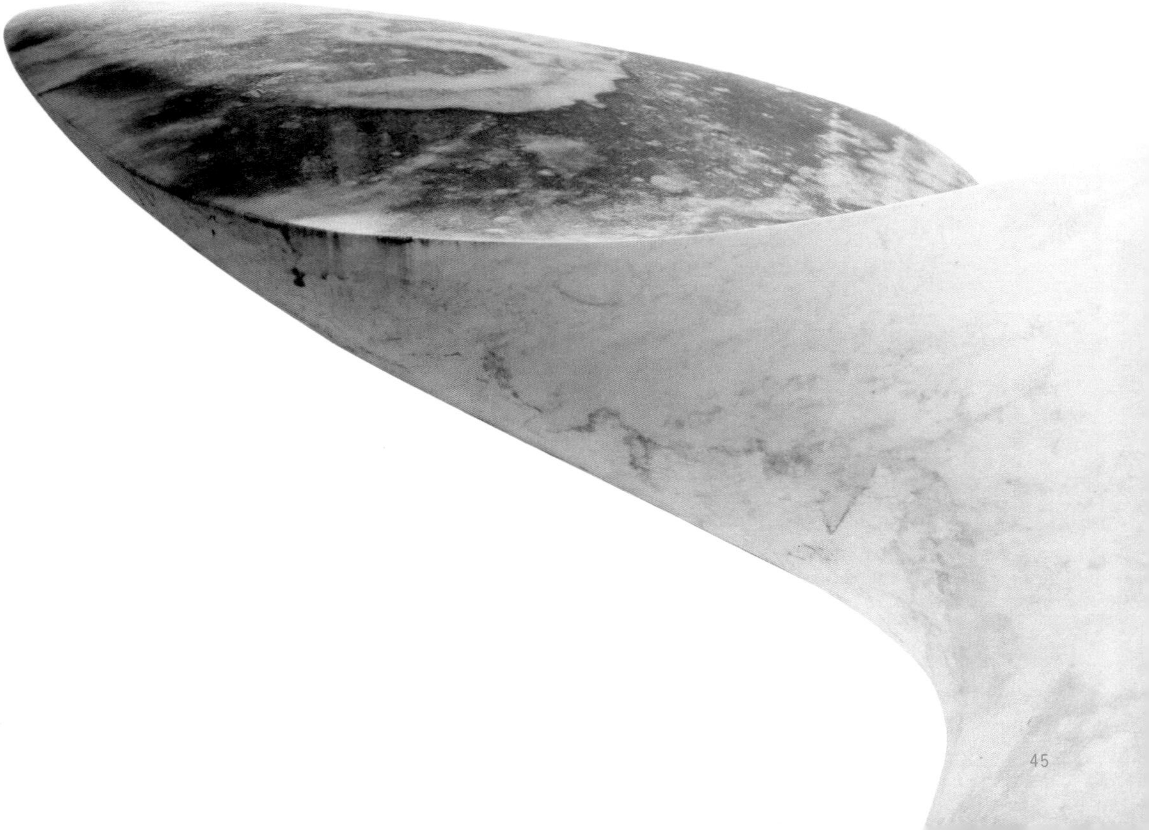

UN HOMME CONFIANT FACE À LA SCIENCE ET L'AVENIR, QUI AIMAIT «SES» ÉTUDIANTS

Damien Tappy

Bernard Vittoz a marqué de nombreuses générations d'étudiants et il fut pour l'Ecole l'un des ses plus grands leaders. Que reste-t-il après une vie entière consacré à « l'Ecole »? Quels messages nous laisse-t-il et quels enseignements pour l'avenir ? Bernard Vittoz n'a eu de cesse de donner la vie à celles et ceux qu'il considérait comme ses enfants. Il nous laisse l'héritage d'une œuvre bien accomplie, forte de ses valeurs fondamentales : l'amour, le respect et l'honnêteté intellectuelle en tout et pour tout.

Il a indiscutablement donné une autre dimension à l'EPFL tant au niveau scientifique et industriel qu'au niveau national et international. Il a mis l'Ecole sur la carte du monde et a tracé le chemin vers l'excellence. Sa passion, sa curiosité intellectuelle, son talent de visionnaire associés à une grande intelligence et à un fort caractère d'entrepreneur ont été à l'origine de nombreuses réalisations. Nous lui devons entre autres les premières initiatives en microtechnique ou en systèmes de communication avec EURECOM, les partenariats Recherche/Industrie, les grands programmes de recherche qu'il a initiés, le CAST, le Parc Scientifique de l'EPFL (PSE) ou la Fondation pour l'Innovation

Technologique (FIT), mais aussi les partenariats et échanges internationaux. Bernard avait compris avant l'heure l'impact de la globalisation et l'intérêt que la science, la Suisse et finalement l'Ecole gagneraient à échanger les talents à travers le monde. Il avait rapidement intégré que pour une Ecole d'ingénieur, la recherche fondamentale n'était rien sans la recherche appliquée et vice versa. Il avait compris l'importance et l'impact mutuel du transfert de technologie dans le monde industriel. Même si cela semble trivial de nos jours, ce l'était beaucoup moins il y a 30 ans dans une Suisse très conservatrice, une EPFL dans l'ombre de l'ETHZ et des enseignants pour qui toute initiative entrepreneuriale n'était pas digne des meilleurs élèves. Je me souviens encore de sa croisade pour inciter les étudiants à se lancer dans la création d'entreprises, « vecteur fondamental de l'innovation » selon ses mots : une évidence de nos jours !

Mais avant toute chose, Bernard aimait ses étudiants par-dessus tout et vouait une véritable passion à l'enseignement. Pour lui l'EPFL était en priorité une Ecole dont la mission première était de former, qualité première qu'il demandait aux professeurs. Il était en symbiose totale avec « ses » étudiants et était le premier à soutenir tout esprit d'initiative quitte à le payer de sa personne lors des nombreuses fêtes d'étudiants auxquelles il participait. Cependant, il n'oubliait jamais de rappeler les règles du jeu et de s'assurer que les étudiants avaient d'abord un devoir de résultats et d'excellence. Bernard était également un véritable meneur d'hommes, passionné, persuasif et surtout très exigeant. Son autorité naturelle, son engagement, sa connaissance des dossiers inspiraient le respect. Et de ce respect il tirait le meilleur de chacun, tout en se gardant bien de juger. Il était au-delà de cela. Il était également un formidable révélateur de talents ! Je pense notamment à ses étudiants ou collaborateurs qui sont devenus des figures de la science ou de l'industrie. Je ne saurais compter le nombre de fois où j'ai reçu les témoignages reconnaissants, admiratifs et respectueux de ses « anciens». Chez lui tout commençait par la croyance en l'homme et plus particulièrement au potentiel sans limite de la jeunesse. Cette jeunesse était assurément sa plus grande source d'inspiration et de motivation. Il était convaincu que tout commençait et finissait par là. Parfois même, et c'est peut-être là le secret, avec une certaine forme de naïveté.

Pour ceux qui l'ont côtoyé, Bernard Vittoz a inspiré la confiance en la science, en l'homme et donc en l'avenir. Il nous a transmis l'envie de nous dépasser, de repousser les limites sans jamais s'avouer vaincus. Il nous a appris l'importance de rêver et de nous donner les moyens de réaliser nos propres rêves.

Quel chemin parcouru et quelle belle leçon de vie !

L'ÈRE VITTOZ 1978-1992, LE RÈGNE DE L'INTUITION DANS UNE EPFL EN PLEINE EXPANSION

L'ÉCOLE SE MET EN PLACE À ÉCUBLENS

Le président impose son nouveau style

Bernard Vittoz prend place dans son bureau de président le 1er août 1978. C'est une toute nouvelle Ecole qu'il s'apprête à diriger. Le 20 avril ont eu lieu les cérémonies de l'inauguration de la première étape du chantier d'Ecublens. Les 2 et 3 juin, les fêtes officielles du 125e anniversaire de l'Ecole ont permis aux divers représentants des pouvoirs publics de dire leur foi en l'avenir de la nouvelle EPFL.

Premières journées portes ouvertes sur le nouveau site d'Ecublens en novembre 1978. Un succès. Cinq mille personnes découvrent les nouveaux bâtiments, la curiosité et l'intérêt sont immenses vis-à-vis de ce nouveau site.

Le public est associé à cette fête puisqu'une première journée « portes ouvertes » est organisée en mai, sur le site des Cèdres. Cette journée sera répétée en automne sur le site d'Ecublens. C'est un succès. Cinq mille personnes découvrent les nouveaux bâtiments. Collégiens et gymnasiens, représentants des milieux économiques et politiques : tous veulent voir à quoi ressemblent ces nouveaux locaux et surtout comprendre ce qui se fait dans les murs d'Ecublens ; le dia-

logue avec les responsables de l'Ecole est fructueux, en particulier avec les directeurs de gymnase des cantons romands, invités pour la première fois. Il faut y voir la « patte » de Bernard Vittoz, sensible à nouer le contact avec le plus grand nombre de milieux possibles. L'homme est d'un caractère convivial. Il va le montrer tout au long de ces premiers mois de présidence.

Ainsi, l'une de ses premières décisions est d'organiser une assemblée générale de l'Ecole en février 1979. Une telle assemblée ne s'était pas tenue depuis dix ans. Bernard Vittoz résume l'enjeu de cette séance. « Déjà avant d'être président, je me suis rendu compte que l'information avait de la peine à traverser, que ce soit du haut vers la base ou de la base vers les responsables. J'ai souvent constaté, en étant alors « à la base» que telle information – que je savais devoir être transmise – ne me parvenait pas. Une assemblée générale devrait combler cette lacune... » [9]

L'inauguration des premiers bâtiments de l'EPFL à Ecublens a lieu le 20 avril 1978, en présence du conseiller fédéral Hans Hürlimann. A la présidence de l'Ecole, Maurice Cosandey passera le témoin à Bernard Vittoz, quelques semaines plus tard.

Cette assemblée générale n'est pas une communication alibi de la direction. Bernard Vittoz a défini le cadre en précisant qu'il ne devait pas y avoir de tabous. Tout peut et doit être abordé dans l'esprit du nouveau président, ce qui est

9. *Flash*, 1er février 1979, p.5

logique, tant les chantiers ouverts sont nombreux. La nouvelle Ecole qui s'installe à Ecublens a des quantités de défis à relever : le déroulement des études, les examens, les interactions entre enseignement et recherche, les questions budgétaires, le rythme du déménagement des différents laboratoires à Ecublens ou encore, préoccupation qui commence à se faire jour et qui va durer de nombreuses années, la desserte en transports publics pour se rendre sur le nouveau site. Le futur tramway du sud-ouest lausannois (TSOL), devenu depuis le M1, n'existe pas encore, même sur le papier.

Bernard Vittoz, souriant dans son bureau, à mi-mandat. Le président voit enfin l'horizon financier s'éclaircir. Maurice Cosandey, président du CEPF, a eu l'idée de faire ausculter l'ensemble du domaine par Hayek Engineering SA. Les conclusions d'Hayek seront sans appel. Les EPF manquent cruellement de moyens. Les Chambres fédérales accepteront dans la foulée de débloquer des nouveaux postes après 10 ans de gel des moyens.

Cette manifestation est un succès. *Flash*, le journal interne de l'Ecole, rend compte des réactions, globalement très positives. Bernard Vittoz profite de l'occasion pour définir sa philosophie. Il rappelle, même s'il s'agit d'une évidence, qu'enseignement et recherche sont étroitement liés, mais précise que le critère décisif pour engager un professeur sera pour lui la qualité d'enseignant avant celle de chercheur. En clair, un professeur EPFL doit être un passeur, quelqu'un qui sait enthousiasmer ses étudiants. Le nouveau président, au charisme reconnu par ses pairs, sait de quoi il parle. Le message est entendu. L'association des professeurs note que la mission prioritaire de l'Ecole, telle que définie par la nouvelle direction, est l'enseignement. Ce qui n'exclut pas la recherche, puisque dans une Ecole polytechnique, l'enseignement se nourrit de la recherche.

Le blocage du personnel

Tout n'est pas rose cependant. Le blocage du personnel au plan fédéral depuis le milieu des années 1970 pose de très sérieux problèmes de fonctionnement à l'Ecole. En fait, depuis 1974, le nombre de postes attribués à l'EPFL n'a pas bougé. 794 postes en 1974, 792 en 1975, ce chiffre ne bougera pas jusqu'en 1980. Bernard Vittoz a pris les commandes d'une institution qui comptait le même nombre de professeurs, d'assistants, de collaborateurs scientifiques et techniques que cinq ans auparavant. En revanche, le nombre d'étudiants a passé de 1771 en 1973 à 1963 en 1978. La barre symbolique des 2000 étudiants est franchie en 1979. En automne 1980, l'EPFL compte 2157 étudiants.

En 1973, la recherche du logo EPFL commence. Le premier logo sera utilisé jusqu'en 1993. Il est modifié au début de la présidence de Jean-Claude Badoux.

Pour contourner la difficulté du blocage du personnel, la direction prend l'option d'engager du personnel sous contrat de droit privé en utilisant la marge de manœuvre dont elle dispose avec les crédits d'installations des nouveaux laboratoires à Ecublens, au fur et à mesure que le déménagement sur le nouveau site progresse. L'EPFL utilise une partie des crédits « enseignement et recherche » pour compléter sa dotation insuffisante en personnel. En 1980, aux 792 postes d'Etat (les postes officiellement accordés par la Confédération) s'ajoutent quelque 400 postes payés soit par les montants destinés à équiper les laboratoires, soit par des fonds extérieurs, sous forme de mandats. Ce type de collaboration est encore balbutiant, mais va prendre un réel essor au cours de la décennie 80. En attendant des jours meilleurs, la direction est réduite à faire preuve de créativité financière.

Cette situation n'est pas toujours très confortable pour les collaborateurs concernés. Lors de l'assemblée générale de 1979, l'Association du personnel de la Confédération (APC), le syndicat qui représente le personnel de l'EPFL, s'inquiète de la précarité du statut de ce personnel. L'APC annonce qu'elle soutiendra tous les efforts visant à assouplir le blocage du personnel de la Confédération. Comme toutes les instances directement concernées, elle devra faire preuve de patience et attendre le milieu des années 1980.

Avec le recul d'une génération, il est évident que la direction de l'EPFL n'avait pas d'autre possibilité que de tenter de contourner le blocage du personnel fédéral. Le déménagement des laboratoires à Ecublens, l'ouverture de nouvelles formations en ingénierie, l'essor de cette EPFL « new-look » demandaient un engagement financier exceptionnel. C'était bien l'ambition des autorités vaudoises et fédérales lors de la reprise de l'EPUL par la Confédération. De grandes promesses avaient été faites à la fin des années 1960, mais c'était sans compter avec la crise économique frappant l'Occident dès 1973 lors du premier choc pétrolier.

En dépit de ces restrictions financières, le train EPFL est lancé. De nombreuses nouvelles chaires sont créées.

Les années déménagements

1978 est une année charnière. Quelques semaines avant que Bernard Vittoz ne succède à Maurice Cosandey, l'inauguration de la 1re étape des constructions à Ecublens a lieu en présence du conseiller fédéral Hans Hürlimann. Et le 125e anniversaire de l'Ecole est célébré lors d'une manifestation où Hans Hürlimann est à nouveau présent, accompagné de son collègue Georges-André Chevallaz. Enfin la rentrée 1978 a une couleur particulière puisque les étudiants suivent leurs premiers cours dans les locaux récemment inaugurés. En automne 1978, des salles sont disponibles pour les cours et les exercices, de même que les halles et le bâtiment de chimie, où sont logés quelques unités du génie rural et du génie civil, dont l'Institut de la construction métallique (ICOM). Sont aussi opérationnelles les halles de mécanique et la grande halle de génie civil pour les recherches en fondations et constructions de routes. Enfin, la bibliothèque centrale est ouverte, de même que le bureau de poste « 1015 Lausanne-Cité Universitaire ». La ville EPFL commence à vivre.

En 1980, le transfert à l'ouest est encore plus conséquent. Dès la rentrée d'automne, la presque totalité des enseignements se donne à Ecublens, à l'exception du cours de mathématiques spéciales (CMS), certains cours d'électricité et des matériaux et évidemment des cours d'architecture puisque le Département reste logé au centre de Lausanne.

Le cas du Département d'architecture est particulier. Dès que les premières unités de l'Ecole occupent Ecublens, une polémique éclate. Les architectes ne veulent pas y aller. En juin 1979, le Département d'architecture se réunit en assemblée générale, où la direction de l'EPFL présente les premières intentions de la 2e étape des travaux. L'échéance est lointaine. Malgré cela, les réactions des architectes sont glaciales. Consultés, plus de 90% des membres du département ne veulent pas entendre parler d'un déménagement à Ecublens. L'enseignement, les locaux, le logement, les services disponibles au centre-ville, y compris les loisirs : tous ces éléments plaident selon les architectes pour le maintien de leur discipline à l'avenue de l'Eglise-Anglaise à Lausanne. En janvier 1980, le Département d'architecture répond officiellement à Bernard Vittoz qu'il veut rester en ville, mais précise que cette position ne doit être, en aucun cas, interprétée comme un désir de repli sur soi.

Michel Bassand, professeur au Département d'architecture

L'Institut de recherche sur l'environnement construit (IREC) est une entité essentielle pour l'EPFL. Lorsque les discussions sur l'architecture entre l'Ecole et l'Université de Genève débouchent sur un accord en 1994, la direction de l'EPFL tient à garder l'IREC dans son giron. A sa tête, Michel Bassand, professeur depuis 1976, grand spécialiste du phénomène de la métropolisation. Les compétences de Michel Bassand lui permettront d'enseigner dans plusieurs universités étrangères, en particulier à New York, au Québec, à Mexico et à Ho Chi Minh. Il est l'auteur de nombreux ouvrages, dont l'un *La métropolisation de la Suisse* a fait prendre conscience à l'opinion publique que les villes suisses ont été remplacées par des agglomérations, voire des métropoles, avec des conséquences sociales et politiques importantes que la Suisse est encore loin d'avoir digérées. Dans les années 1990, il a développé l'idée que Lausanne et Genève ne font plus qu'une seule agglomération, une métropole, thèse jugée à l'époque provocatrice. Michel Bassand a présidé l'Association Métropole Suisse jusqu'en 2002. Il a pris sa retraite académique en 2003.

La direction tentera bien de faire revenir le Département d'architecture sur sa position, afin de ne pas hypothéquer l'avenir, alors que le message aux Chambres fédérales pour la 2e étape des constructions commence à se préparer. Sans succès. Les architectes ne veulent rien savoir. Ils écrivent même une lettre ouverte au président pour manifester leur opposition à tout transfert à Ecublens, demandant qu'il soit tenu compte de leur position dans la préparation du message du Conseil fédéral. Cette décision de 1980 aura des conséquences très importantes. L'implantation des architectes à Ecublens sera retardée de quelque 25 ans, lorsque le quartier Nord de l'EPFL sera aménagé, après les années 2000. Cet épisode illustre la complexité des relations qu'entretiennent les architectes avec l'EPFL. On le verra à nouveau au début des années 1990 lorsque la question d'une rationalisation de la formation avec l'Université de Genève sera posée.

Maurice Cosandey, premier président de l'EPFL

La figure tutélaire de Maurice Cosandey plane sur l'histoire de l'EPFL. Né en 1918, l'homme qui a permis la transformation de l'EPUL en EPFL bénéficie d'un profond respect de tous ses anciens collaborateurs. C'était un patron exigeant, mais estimé. Chacun admire ses qualités de visionnaire, qui lui ont permis d'effectuer le parcours qui a été le sien. Directeur de l'EPUL dès 1963, il parvient à convaincre autorités vaudoises et fédérales que l'EPUL n'a d'avenir que fédéralisée. Puis il gère la première décennie de la nouvelle Ecole, avant de passer le témoin à Bernard Vittoz, l'un de ses proches. Il reconnaît que Bernard Vittoz était « son » candidat. Maurice Cosandey représente une forme de gouvernance à l'ancienne, où les dérives du juridisme n'ont pas étouffé la patte des vrais patrons. Il dit par exemple n'avoir jamais compris pourquoi les postes de professeurs devaient être mis au concours, sachant que l'Ecole savait toujours quels étaient ses besoins. Devenu président du CEPF en 1978, il aura l'idée géniale de prouver aux milieux politiques que son domaine manque de moyens, ceci par une analyse circonstanciée. Au moment de sa retraite et encore après, l'EPFL lui rend hommage à maintes reprises, lui décernant notamment le titre de docteur honoris causa en 1989. En janvier 2010, le Conseil d'Etat remet le Mérite Cantonal vaudois à Maurice Cosandey.

Les autres Départements, eux, se bousculent au portillon, ils veulent être les premiers à déménager. Ces déménagements ne sont pas les seuls bouleversements dans la vie de l'EPFL. Tout est en mouvement. Les plans d'études, les sections d'étudiants, les filières. Un nouveau système de contrôle des études entre en vigueur, qui combine le principe du contrôle continu et l'introduction d'examens propédeutiques. Un nouveau plan d'études au 1er cycle de physique est introduit lors de cette rentrée 1978. Fait significatif : il prévoit comme innovation principale l'introduction de sciences de l'ingénieur dans le cursus pour éviter que la formation des étudiants soit trop théorique. Ce sont aussi les prémisses de la distinction que l'Université de Lausanne et l'EPFL vont accentuer durant plusieurs années entre physiciens et ingénieurs physiciens, entre chimistes et ingénieurs chimistes, entre mathématiciens et ingénieurs mathématiciens. Une distinction qui n'aura plus lieu d'être à la fin des années 1990 lorsque les universités de Genève et Lausanne et l'EPFL mettront en œuvre le projet triangulaire, qui transférera définitivement la formation des physiciens, des chimistes et des mathématiciens de l'Université de Lausanne à l'EPFL.

Premier virage vers la microtechnique

En 1978, le projet triangulaire est évidemment encore dans les limbes. L'EPFL ne songe qu'à s'étendre, à explorer de nouveaux horizons, de nouveaux domaines scientifiques, techniques, technologiques. C'est en 1978 que l'EPFL prend le virage de la microtechnique. Le Conseil des Ecoles polytechniques fédérales (CEPF), l'organe de tutelle et de coordination des deux EPF de Lausanne et de Zurich et des quatre instituts fédéraux annexes (l'Institut Paul Scherrer PSI, l'Institut pour l'aménagement, l'épuration et la protection des eaux EAWAG, le Laboratoire d'essai des matériaux EMPA et l'Institut de recherche sur la forêt, la neige et le paysage WSL) sont à l'origine de cette décision. Conscient du potentiel de ce domaine d'ingénierie pour l'industrie suisse d'exportation, le CEPF souhaite, dès 1976, développer la microtechnique à l'EPFL et encourager la collaboration avec les laboratoires neuchâtelois travaillant pour l'industrie horlogère. La décision de principe de faire de Lausanne un centre de gravité en microtechnique apparaît aujourd'hui comme visionnaire. Elle va marquer l'histoire de l'Ecole dès cette date, au point que Jean-Claude Badoux qui succède à Bernard Vittoz en 1992 affirmera d'emblée qu'il entend faire de la microtechnique l'une de ses priorités.

Conscient du potentiel de ce domaine d'ingénierie pour l'industrie suisse d'exportation, le CEPF avait souhaité dès 1976 développer la microtechnique à l'EPFL. La robotique a toujours été un domaine de prédilection de l'Ecole. Un projet d'Ecole « robots industriels » avait été lancé sous l'ère Cosandey.

A la fin des années 1970, les ambitions sont plus modestes, mais la direction est déjà donnée. En 1976, un Institut interdépartemental de microélectronique est créé. Le professeur Marc Ilegems, spécialiste du domaine, est engagé en 1977. Le virage de la microtechnique est confirmé en 1978 avec la décision de créer à l'EPFL un diplôme d'ingénieur en microtechnique et la section d'étudiants correspondante. Cette nouvelle formation est dispensée en collaboration avec l'Université de Neuchâtel. La convention stipule que les étudiants peuvent accomplir leur premier cycle d'étude à Lausanne, Neuchâtel ou Zurich. Le second cycle, en revanche, est dispensé exclusivement à l'EPFL. L'EPFL défriche un nouveau territoire. Elle le doit à un homme, le professeur Christof Burckhardt, pionnier du domaine et brillant professeur, qui prend la responsabilité du Conseil de section. En plus des accords liés à l'enseignement, une Fondation suisse pour la recherche en microtechnique est créée à Neuchâtel. Elle regroupe Confédération, cantons et associations professionnelles de la branche, et vise à coordonner les efforts pour mettre au point de nouvelles technologies et surtout les diffuser.

Joseph Tarradellas, professeur au Département de génie rural
Humaniste, Joseph Tarradellas a incarné la coopération de l'EPFL avec les pays en développement. Il en a été le délégué officiel. Il s'est engagé pour que ces programmes permettent aux étudiants et aux chercheurs de s'enrichir mutuellement de leurs différences, et non pas que l'Occident arrive en terrain conquis avec des relents de paternalisme. Il est ainsi fier d'avoir permis au Honduras et au Vietnam de monter leurs laboratoires de contrôle et de recherche sur l'environnement. En travaillant dans de tels pays, en Amérique latine, en Afrique, en Asie, il juge que l'EPFL fait un vrai investissement sur l'avenir, tant les problèmes environnementaux doivent être appréhendés globalement. Il lance ses recherches sur l'écotoxicologie, une première en Suisse, à la fin des années 1970. On ne parlait pas, à l'époque, des micropolluants, des PCB. C'est dire qu'en travaillant sur l'écologie des polluants, Joseph Tarradellas fait œuvre de pionnier. Avec le recul, il estime avoir eu beaucoup de chance, car il a disposé du temps nécessaire pour faire des expériences, monter un enseignement, chercher les pistes les plus profitables aux étudiants. Il rend hommage aux patrons de l'EPFL qui lui ont laissé les coudées franches et permis de défricher un domaine scientifique encore vierge.

La refonte de l'enseignement

Bernard Vittoz a fait de l'enseignement l'une de ses priorités. La refonte des plans d'étude à la fin des années 1970 se poursuit avec une grande constance. Les moyens accordés par la Confédération impliquent pour l'Ecole de nouvelles responsabilités. Une école polytechnique telle que l'EPFL se doit de dispenser un enseignement à la fois universitaire et professionnel, comme en médecine. La direction de l'Ecole est consciente que les diverses formations qu'elle offre doivent correspondre à l'évolution de la science et de la technique, mais aussi aux besoins du marché de l'emploi. A la fin des années 1960, lorsque les autorités fédérales et vaudoises se sont mises d'accord pour transformer l'EPUL en EPFL, c'était, rappelons-le, dans la perspective de répondre à la pénurie d'ingénieurs que la Suisse connaissait. Cet objectif est toujours présent et justifie, au nom de la direction, que les professeurs de l'EPFL disposent à la fois d'un cursus académique et professionnel. Ainsi, après le nouveau plan d'études en physique, ce sont les plans d'études des sections de génie civil, de chimie et de mathématiques qui sont modifiés. Sont intégrés dans le cursus du génie civil des notions de gestion de projets et d'économie et un accent plus marqué sur la planification des grands travaux. En génie chimique et en mathématiques, la modification des plans rejoint la logique déjà mise en œuvre pour la physique. Il s'agit de différencier encore plus nettement la formation EPFL de celle de l'Université de Lausanne. Ainsi, le tronc commun entre chimistes de la Faculté des sciences de l'UNIL et ingénieurs chimistes de l'EPFL est réduit de deux ans à une année. En mathématiques, l'EPFL créée des orientations appliquées nouvelles, en informatique, en mathématiques de l'aide à la décision et en méthodologie des sciences techniques ; trois options qui permettent d'accéder au diplôme d'ingénieur mathématicien. Là également, le cursus commun avec l'Université de Lausanne est réduit à une année. L'Ecole marque sa différence et imprime sa griffe.

Fête de l'Ecole polytechnique fédérale de Lausanne, 1992.

Premières ouvertures vers l'étranger

Le début de la présidence de Bernard Vittoz est aussi marqué par le développement des relations internationales. Sous la présidence de Maurice Cosandey, les relations que l'EPFL entretenait avec les grandes écoles polytechniques et universités techniques francophones existaient déjà, mais ce domaine va prendre de l'ampleur.

Expériences inoubliables pour les étudiants qui préparent leurs diplômes, prise de conscience salutaire que le transfert de technologie de l'Occident vers un pays en développement n'est pas toujours simple, utiles réflexions pour les membres de l'EPFL de savoir si une nouvelle technologie représente un réel progrès pour le pays où l'on souhaite l'implanter : toutes ces questions suscitent des débats passionnés. La direction tient à cette ouverture, ne serait-ce que pour que le savoir-faire de l'EPFL s'exporte également pour attirer des étudiants étrangers. L'Ecole, en devenant fédérale, a marqué et renforcé ses ambitions internationales. En 1979, elle accueille dans ses cours de premier et deuxième cycles des étudiants de plus de 70 pays différents. Les collaborations avec d'autres écoles d'ingénieurs dans les pays en développement sont multiples, que ce soit l'Université nationale de Colombie à Medellin, des écoles d'ingénieurs et d'architecture à Tunis, ou encore un établissement d'enseignement polytechnique à Madagascar. L'EPFL assure un soutien didactique et pédagogique, alors que le soutien financier émane de la Direction de la Coopération au développement et de l'aide humanitaire (DDA). Mentionnons également l'intense coopération engagée dès 1977 par l'EPFL pour créer près d'Abidjan une école d'ingénieurs électriciens, sous la responsabilité de l'Union des producteurs et distributeurs d'électricité en Afrique, qui regroupe près d'une vingtaine de pays du continent noir. Enfin, un projet d'école d'ingénieurs de l'équipement rural à Ouagadougou se développe dans les années 1980 avec un fort appui de l'Institut de génie de l'environnement de l'EPFL.

Roland Crottaz, vice-président de l'EPFL et président du CEPF
Roland Crottaz a laissé un souvenir lumineux à tous ceux qui l'ont croisé. Ingénieur civil de l'EPFZ, il crée à 32 ans à Hergiswil (Nidwald) son bureau d'ingénieur spécialisé dans la planification et la construction des routes et chemin de fer. L'année d'après, en 1964 et très en avance sur son temps, il crée à Bâle une entreprise de génie civil spécialisée en épuration et assainissement des eaux. Fort de cette longue expérience professionnelle, il entre à l'EPFL en 1975 comme professeur et responsable du Laboratoire des voies de circulation au Département de génie civil. A cette époque, il charge l'un de ses diplômants d'étudier une liaison ferroviaire entre le centre de Lausanne et le nouveau site d'Ecublens, première ébauche du futur M1. Sa carrière académique sera relativement brève, car dès 1979, il occupe le poste de vice-président de l'EPFL, nouvellement créé. Il reste 10 ans à cette fonction, avant de prendre la tête en 1990 du Conseil des EPF, succédant à Maurice Cosandey. Il démissionne de cette fonction à fin 1994, ne parvenant pas à dialoguer suffisamment avec Ruth Dreifuss. Roland Crottaz s'est pleinement investi pour l'EPFL. Il a été notamment l'un des membres fondateurs de l'association des professeurs de l'Ecole. Roland Crottaz est décédé en 2009 à l'âge de 78 ans.

La direction reste cependant toujours sensible au souci de ne pas disperser ses forces, et d'assurer une certaine continuité en offrant des prestations de qualité plutôt que des conseils isolés. L'EPFL met ainsi sur pied un premier cours postgrade consacré aux pays en développement, dont le but essentiel est de permettre aux ingénieurs et architectes de se familiariser avec les contraintes des collaborations multinationales et de travail dans ces pays. L'autre souci est plus éthique. Mieux vaut offrir, chaque fois que c'est possible, la recherche et l'enseignement sur place, pour éviter que les Occidentaux ne soient perçus comme des étoiles filantes. Au début des années 1990, la direction nomme un délégué aux relations EPFL-pays en développement en la personne de Jean-Marie Plancherel.

Déjà au début de l'ère Vittoz, ce domaine est suffisamment sensible pour que la direction de l'Ecole renforce son pouvoir d'action. Quelques mois après l'entrée en fonction du nouveau président en août 1978, le Conseil fédéral décide de créer le poste de vice-président de l'EPFL, fonction qui

n'existait pas sous l'ère Cosandey. Le vice-président est chargé de trois missions principales : la postformation, la gestion du déménagement de l'Ecole à Ecublens et du programme de construction, ainsi que les relations de l'EPFL avec les pays en développement. Vaste programme. Le Conseil fédéral nomme le professeur Roland Crottaz, professeur de construction des voies de circulation comme premier titulaire de cette nouvelle charge. Il entre en fonction le 1er janvier 1979.

La nouvelle direction s'adresse à la presse. Le président Bernard Vittoz et le vice-président Roland Crottaz évoquent l'ampleur des chantiers qui attend l'équipe dirigeante. La gestion du déménagement des différents laboratoires sur le nouveau site et leurs soucis financiers liés au blocage du personnel.

S'il faut un signe de l'importance que l'EPFL attache à ses relations avec l'extérieur, il suffit de reprendre les souvenirs personnels de Bernard Vittoz. Lui-même raconte avec un certain humour sa première journée de président. «Mardi 1er août 1978, je reçois un téléphone de l'ambassade de Chine à Berne : acceptez-vous des étudiants chinois ? Pourquoi pas. L'EPFZ a refusé car ils ne sont pas sur la liste officielle des universités acceptées. » [10] Le lendemain, il reçoit un conseiller de l'ambassade de Chine à Berne, avec deux collègues professeurs et un traducteur. Les discussions portent sur les conditions d'admission en 1re année. La délégation chinoise repart avec les documents

10. Document personnel de Bernard Vittoz mis à disposition par Mme Claudine Vittoz

nécessaires. En février 1979, la Chine décide qu'elle enverra des stagiaires à l'EPFL. Les premiers sont accueillis au printemps de la même année. En automne, c'est une délégation de l'EPFL emmenée par le président qui s'envole pour la Chine. C'est le début d'échanges fructueux. Rappelons que la Suisse a été le premier pays d'Europe occidentale à reconnaître la Chine en 1949.

Les contacts avec la Chine s'intensifient au début des années 1980. Après la visite d'une délégation chinoise à l'EPFL, c'est une délégation EPFL emmenée par son président qui se rend en Chine.

Des professeurs EPFL iront plusieurs fois donner des cours en Chine, des étudiants chinois feront leur doctorat à l'EPFL. En 1980, une délégation chinoise séjourne à l'EPFL, elle répond à une visite d'une délégation de l'EPFL au printemps de la même année. Les contacts avec l'Université de Xi'an Jaitong se multiplient. Ces contacts aboutissent à un accord de collaboration signé en octobre 1980. C'est le premier accord de ce type entre hautes écoles suisse et chinoise.

A la fin des années 1970, l'accord international le plus important de l'EPFL concerne l'Euratom et la fusion thermonucléaire. Euratom est le nom donné à la Communauté européenne de l'énergie atomique (CEEA). La Suisse accepte de s'associer aux efforts des autres pays européens pour mener des recherches particulièrement coûteuses. Et c'est l'EPFL qui est mandatée pour ces recherches, via son Centre de recherche en physique des plasmas (CRPP), consistant à mener des travaux dans le domaine du confinement magnétique. Durant des années, bien avant les accords bilatéraux signés après l'échec de l'Espace économique européen (EEE) en 1992, cet accord scientifique sera le seul qui liera la Suisse à l'Europe. L'accord avec l'Euratom sera une immense chance pour l'EPFL de développer des travaux dans un domaine d'une rare complexité. Un premier tokamak est mis en service en 1980, qui vise à mettre au point une méthode efficace de chauffage du plasma. Les expériences sur cette première machine seront arrêtées en 1990.

Une deuxième installation plus imposante sera édifiée sur le site d'Ecublens. Il s'agit cette fois d'un tokamak TCV (tokamak à configuration variable), qui, comme son nom l'indique, doit permettre de créer des plasmas de formes très diverses. Ce TCV est une machine unique en son genre en Europe. La halle qui abrite cette installation, à quelques dizaines de mètres du futur Parc scientifique d'Ecublens (PSE), est suffisamment imposante pour qu'elle soit surnommée «La Cathédrale» ou plus communément « Notre-Dame-du-Lac ». Les enjeux sont énormes, même si les délais pour la mise en exploitation de la fusion nucléaire paraissent très éloignés et que l'on n'ose plus guère évoquer de date.

Quatre jours avant la fin de son mandat, Bernard Vittoz a l'honneur de procéder au premier essai, les scientifiques parlent de « tir », du Tokamak TCV. Derrière lui, le Prof. Francis Troyon, directeur du CRPP.

En 1979, alors que la Suisse vient de signer avec l'Euratom, les espoirs, les attentes et l'enthousiasme des chercheurs sont immenses. Le Centre de recherche en physique des plasmas (CRPP), unité créée en 1961 sous l'égide du Fonds National, avait été rattaché à l'EPFL en 1973, dont il était devenu une des unités hors département et l'un des plus grands groupes de recherche de l'EPFL. Grâce au savoir des chercheurs lausannois dans la physique des plasmas et de la fusion, la Suisse participe de plein droit à un programme de recherche européen. L'EPFL apporte à l'Europe une grande expérience dans la stabilisation dynamique du plasma, ainsi que dans la réalisation d'oscillateurs hautes fréquences de grande puissance.

Chamboulement et… lassitude

Les premiers mois de la présidence de Bernard Vittoz sont marqués par une activité débordante. Renforcement des contacts avec l'étranger, nouveaux plans d'études, développement de nouveaux enseignements, et surtout poursuite du déménagement des différentes unités de l'Ecole sur le site d'Ecublens, ce qui n'est pas sans créer des difficultés au niveau de la logistique. En été 1979, le bâtiment et les halles de génie civil sont disponibles, ce qui met un terme à la dispersion géographique particulièrement marquée pour ce département, d'ores et déjà présent sur le site avec son Institut de la construction métallique. De nouveaux chantiers sont ouverts, pour les départements de mécanique et de mathématiques, la physique et le centre de calcul. La direction doit gérer ses nombreux sites, les déménagements, l'augmentation du nombre d'étudiants et encore et toujours le blocage du personnel décrété par la Confédération.

Le premier jour de sa présidence, le 1er août 1978, Bernard Vittoz reçoit un téléphone de l'ambassade de Chine à Berne qui lui demande si l'EPFL est prête à accepter des étudiants chinois. Le nouveau président est favorable à cette idée. Ce sera le début d'une collaboration fructueuse avec ce pays.

Au début des années 1980, le ton change. Dans le rapport d'activité 1981 de l'EPFL, le président exprime une certaine lassitude. Le nombre d'étudiants continue de croître régulièrement (2197 en 1980, 2316 en 1981, 2501 en 1982). Ce sont surtout les étudiants de première année qui augmentent le plus : 25% de progression entre 1980 et 1981. En ce sens, l'EPFL remplit parfaitement sa mission : offrir une formation de très haut niveau en ingénierie et en sciences afin qu'à leur tour les diplômés EPFL, par leur savoir-faire, deviennent des créateurs d'emplois à haute valeur ajoutée. Ce sont les sections d'ingénierie qui attirent le plus de nouveaux étudiants. Soit l'électricité, la microtechnique et la mécanique. La physique reste néanmoins une discipline très prisée, qui forme des ingénieurs physiciens et donne à toutes les autres disciplines de l'ingénierie une solide formation de base.

L'EPFL conserve son pouvoir d'attraction intact, mais les moyens ne suivent pas. Cette politique de restriction paralyse les actions de la direction. Bernard Vittoz sort alors de sa réserve « Des mesures d'urgence ont dû être prises : changement dans la répartition des étudiants entre les divers enseignants des branches de base, augmentation des forces d'encadrement dans les disciplines particulièrement chargées par transferts internes et par recours au crédit enseignement et recherche. » [11] Mais le président prévient : « Ces mesures internes arrivent au bout de nos possibilités. Nous avons même dissous une chaire, celle de mécanique de la turbulence, après que fut décidé d'un commun accord de développer à l'Ecole polytechnique fédérale de Zurich le centre de gravité en physique de l'atmosphère et en météorologie. Des moyens supplémentaires devront nous être octroyés si l'on veut maintenir la qualité de la formation et de la recherche. »[12] Plus anecdotique, mais significatif des soucis budgétaires qui occupaient les pensées du président, sa femme Claudine raconte qu'il a toujours refusé les services d'un chauffeur pour se déplacer, quel que soit le lieu où il devait se rendre.

Reste que si l'Ecole peut continuer à progresser, elle le doit à son dynamisme. Ainsi les restrictions budgétaires sont en partie compensées par une augmentation que le président juge « spectaculaire » des mandats de recherche confiés par l'industrie et les pouvoirs publics. Au début des années 1980, l'Ecole renforce ses efforts dans ce sens, constatant que les mandats qu'elle reçoit de l'extérieur lui fournissent une partie non négligeable de son budget, et que cela permet aussi aux futurs ingénieurs de se frotter à la réalité du terrain.

Murat Kunt, professeur au Département d'électricité

Pionnier du traitement du signal et de la compression numérique, Murat Kunt a été l'une des personnalités les plus marquantes de l'EPFL durant près de trois décennies. On ne compte plus les distinctions internationales qu'il a reçues. Sous sa direction, son laboratoire de traitement de signaux, le LTS, était une vitrine de l'Ecole, avec un esprit de corps particulièrement développé. On entrait au LTS un peu comme en religion, avec à la tête un vrai patron, brillant, charismatique et exigeant. Murat Kunt est un battant et ce n'est pas par hasard si lui et son équipe ont réussi, au milieu des années 1990, l'exploit peu banal d'imposer la norme MPEG-4 au plan mondial. Ses travaux ont conduit à la signature de contrats industriels très importants, comme celui signé en 1997 avec Hewlett Packard, pour près de 9 millions de francs. Visionnaire, avec un caractère entier, Murat Kunt a été étudiant et assistant sous l'ère Cosandey, nommé professeur par Bernard Vittoz et ses travaux se sont imposés sous l'ère Badoux. L'homme, attachant, parle du LTS comme d'une famille. Le patriarche, c'était lui, sans contestation possible. Doté d'un sens de l'humour décapant, il n'a pas hésité, lors de sa leçon d'adieux, à laisser parler à sa place ses 70 doctorants qu'il est très fier d'avoir formés.

Le virage tardif de l'informatique

En 1981 a lieu également un tournant dont on dira plus tard que la Suisse l'a pris trop tard. C'est le virage de l'informatique. Depuis la fédéralisation de l'Ecole en 1969, trois sections supplémentaires d'étudiants ont été créées : mathématiques, sciences des matériaux et microtechnique. Elles complètent l'offre qui existait avant la fédéralisation, soit génie civil, génie rural, génie mécanique, électricité,

11. & 12. Avant-propos de Bernard Vittoz dans le rapport d'activité 1981 de l'EPFL

physique, chimie et architecture. En 1981 s'ajoute la création d'une section d'informatique. Ce sont encore les prémisses de ce qui deviendra quelques années plus tard, dans la douleur, une formation autonome d'informaticiens avec la création d'un département ad hoc. A l'automne 1981, la nouvelle section d'ingénieurs en informatique est créée à partir de la troisième année. Les premiers diplômes EPFL en informatique sont décernés en 1983. Les premiers diplômés sont au nombre de neuf. Déjà 49 étudiants sont inscrits dans la section en 1982 et 73 en 1983 pour le seul second cycle. Bernard Vittoz prend conscience que ce domaine explose et que les besoins de l'industrie sont immenses. Cette même année, il annonce qu'une étude est en cours pour développer la section d'informatique sur quatre ans, à l'instar des autres sections d'ingénieurs. Il s'attend à devoir octroyer des moyens conséquents en professeurs et collaborateurs à ce domaine, puisqu'il prévoit que le nombre d'étudiants informaticiens va tripler en quatre ans : soit 250 étudiants en 1987. Cette estimation sera encore revue à la hausse, car les effectifs de la section vont exploser les années suivantes.

Mais au début des années 1980, l'heure de l'informatique triomphante n'a pas encore sonné. Les résistances sont très fortes au sein de l'Ecole. Certains considèrent même cette décision de Bernard Vittoz comme un acte d'autorité, lui qui privilégie le dialogue et le consensus comme mode de gouvernance.

La bataille fait rage entre ceux qui entendent créer une section autonome, on ne parle pas encore de département, et ceux qui jugent qu'une formation de second cycle est suffisante, après un premier cycle en électricité, solution qui sera finalement retenue. Un assistant du Département de mathématiques prend la plume dans le journal interne de l'Ecole en juin 1980 et résume de

Daniel Favrat, professeur de génie mécanique

L'efficacité des systèmes énergétiques a été le moteur de toute sa carrière professionnelle et académique. Daniel Favrat, directeur du Laboratoire d'énergétique industrielle, est un expert internationalement reconnu dans le domaine de l'énergie. Il est membre de l'Académie des sciences techniques et a été membre du Conseil suisse de la science. Après avoir obtenu son doctorat ès sciences techniques, Daniel Favrat travaille plusieurs années dans l'industrie, au Canada, où il est notamment conseiller scientifique auprès d'une grande compagnie pétrolière et en Suisse pour Atlas Copco, le géant industriel de l'air comprimé. Dès qu'il entame sa carrière à l'EPFL, ses travaux s'orientent vers l'optimisation des systèmes énergétiques, soit comment rendre les centrales électriques ou les pompes à chaleur plus performantes, comment valoriser les rejets de chaleur, ou comment optimiser les performances des moteurs et des piles à combustible. Ses compétences scientifiques l'amèneront à collaborer de près avec le programme « Alliance pour un développement durable » qui réunit l'EPFL, l'EPFZ, le MIT et l'Université de Tokyo. A titre personnel, il reçoit un prix du Forum Engelberg en 1998, qui vise à faire dialoguer les politiciens, les scientifiques et les milieux de l'économie.

manière cinglante le débat. « L'industrie réclame de plus en plus des techniciens et des ingénieurs en informatique et il est grand temps de s'inquiéter de savoir quelle réponse l'EPFL va apporter à cette demande (...). L'EPFL proposera des électriciens et des mathématiciens assaisonnés à la sauce informatique. C'est comme si à un client qui vient acheter des œufs on proposait des pâtes aux œufs frais ou de l'ovomaltine qui contient un peu d'œuf (...). C'est se payer la tête du monde. (...). Créer des mentions informatiques ne serait qu'un rafistolage qui ne ferait que retarder la création du diplôme d'informaticien qui devrait exister depuis déjà pas mal de temps vu qu'il s'agit d'un problème d'importance vitale pour notre pays. » [13]

Cette prise de position est caractéristique de la liberté de ton des débats internes au sein de l'EPFL et de l'information qui règne sous la présidence de Bernard Vittoz. Le journal interne *Flash* n'hésite jamais à publier des opinions fortes, qui ne font l'objet d'aucune censure. Elle considère qu'une des qualités que l'on attend d'un diplômé EPFL est de faire preuve d'esprit critique.

Malgré certains vents contraires et quelques piques, Bernard Vittoz ne fléchira pas dans sa volonté de faire progresser l'informatique, mais il devra limiter les ambitions de l'EPFL. Le domaine est bien devenu une priorité, mais dans la planification prévue entre 1984 et 1987, un seul nouveau poste de professeur d'informatique est prévu. Les réactions ne se font pas attendre. Dans le journal interne de l'Ecole, une série de collaborateurs s'étonnent du sort réservé à un domaine considéré comme prioritaire, mais auquel on accorde des moyens au compte-gouttes. Le président répond quelques semaines plus tard à ces critiques, en rappelant que le plan 1984-1987 prévoit la création de cinq nouveaux postes de professeurs ce qui est un effort loin d'être négligeable. Mais il abonde aussi dans le sens des collaborateurs en informatique. Selon lui, ce n'est pas tellement le nombre limité de nouveaux professeurs qui pose problème, mais la pénurie de postes d'assistants. L'encadrement devient réellement problématique. Et de conclure que « chacun prend conscience ici des effets néfastes pour la formation et pour l'économie d'un stop du personnel administré avec obstination aux Ecoles polytechniques fédérales depuis 1974. » [14]

Bernard Vittoz n'a pas le choix. Commentant les moyens prévus dans cette planification 1984-1987, il affirme sa volonté de fixer des lignes de force et des priorités. Ce qui veut dire aussi décider de certains renoncements, ce qui est un discours relativement nouveau dans l'Ecole, que Jean-Claude Badoux, devenu président, reprendra à son compte de manière encore plus marquée dans un cadre financier devenu extrêmement restrictif.

13. *Flash*, 12 juin 1980, p. 6
14. *Flash*, 19 janvier 1984, p. 11

En 1983, 10 ans auparavant, Bernard Vittoz se débat un peu dans les mêmes difficultés. Selon lui, les moyens en personnel permettent d'offrir à terme un encadrement pour un maximum de 2600 étudiants. Or le nombre d'étudiants est déjà supérieur à cette limite. Evidemment, il n'est pas question de fermer les portes de l'EPFL aux nouveaux titulaires de baccalauréat, ni d'introduire un numerus clausus. L'attractivité de l'EPFL lui cause de gros soucis : l'augmentation du nombre des étudiants est la plus élevée parmi toutes les hautes écoles suisses. Une prévision de l'Office fédéral de l'éducation et de la science annonce 3200 étudiants pour la rentrée 1987, soit 63% de plus qu'en 1978. Elle se révélera exacte. En 15 ans, le nombre d'étudiants à l'EPFL aura ainsi doublé.

Bernard Vittoz comprend rapidement que l'EPFL a besoin de moyens informatiques supplémentaires. Il a l'intuition que la simulation numérique fera faire un pas de géant à la science et à l'ingénierie. Ce sera l'ère des superordinateurs dont l'EPFL s'équipe dès 1986. Le premier modèle est le Cray 1. Quand il est installé à Ecublens, quelque 40 machines de ce type sont en service en Europe et 130 dans le monde.

Dans la première moitié des années 1980, avant que la situation ne se débloque enfin grâce au rapport Hayek, l'heure est aux sacrifices. Les investissements sont plafonnés, voire réduits dans la formation permanente, l'énergie solaire, la technique du bâtiment, l'automatique, la haute puissance électrique, la radiochimie et le génie médical. Et fait très significatif, la création d'un poste de professeur en microtechnique, en robotique, est provisoirement suspendue. Malgré les difficultés, Bernard Vittoz accorde une importance prioritaire à l'informatique. Il comprend très vite l'enjeu de cette nouvelle branche et les possibilités offertes par la simulation numérique. Il l'évoque pour la première fois dans le rapport d'activité de l'Ecole en 1983, en mentionnant les avancées que la simulation numérique peut apporter dans la mécanique des fluides par exemple. Ce qui semble une évidence aujourd'hui était révolutionnaire au début des années 1980. « La simulation du comportement de l'air autour d'une aile d'avion permet de connaître les performances des nombreux profils projetés par les ingénieurs. Ce qui ne serait pas possible par l'expérience en soufflerie à cause du temps que cela demanderait, écrit-il alors [15], avant de conclure de manière prémonitoire : Il faut donc prendre très au sérieux ce troisième pilier de la recherche, la simulation numérique, à côté des deux piliers traditionnels, la théorie et l'expérimentation. Je pense que la simulation par ordinateur apportera autant de bouleversements dans notre conception de la nature, de l'homme et de la société que ne l'a fait la méthode expérimentale introduite par Galilée, il y a un peu plus de trois siècles.» [16]

L'intuition géniale du superordinateur

Bernard Vittoz a saisi l'enjeu de cette nouvelle science. Visionnaire, il en tire les conséquences. Pour que les unités de recherche de l'EPFL puissent recourir à cette nouvelle technologie qui permet de nouvelles formes d'expérimentation en physique des plasmas, en mécanique des fluides, en chimie moléculaire, en science des matériaux et pour les éléments finis de la mécanique et du génie civil, il faut que l'Ecole dispose d'une grande puissance de calcul. Ce sera l'ère des superordinateurs dont l'EPFL s'équipe dès 1986.

Le 21 janvier 1986, deux camions arrivent à Ecublens. A l'intérieur, dix tonnes de matériel en pièces détachées. C'est le fameux Cray 1. C'est le premier processeur haute performance, autrement dit superordinateur, installé en Suisse. L'événement est d'une portée considérable pour l'EPFL, mais aussi pour les hautes écoles et l'industrie suisses. Il permet enfin, via l'EPFL, de développer les applications scientifiques et techniques de la simulation numérique dans notre pays et de combler un certain retard. Quand le Cray 1 est installé à Ecublens, quelque 40 machines de ce type sont en service en Europe et 130 dans le monde. A l'EPFL, la prise de conscience qu'il fallait augmenter significativement la puissance de calcul pour faire progresser les sciences de l'ingénieur et les sciences de base s'est faite, comme on l'a vu, dans la première moitié des années 1980, mais il fut nécessaire de convaincre les milieux politiques de procéder à une telle dépense. Bernard Vittoz préside la commission chargée de mettre au point le cahier des charges et de faire les appels d'offres. Le CEPF donne son feu vert en 1985 et l'administration fédérale des finances débloque quelques semaines plus tard le montant de 6,2 millions, nécessaire à l'achat de cette machine.

L'installation d'un superordinateur à l'EPFL, inauguré en juin 1986, aura des conséquences décisives dans les contrats que l'Ecole signera dans les mois qui suivront avec des grands noms de l'industrie.

15. & 16. Avant-propos de Bernard Vittoz dans le rapport d'activité 1983

L'envol des relations industrielles

La collaboration EPFL-industrie avec les transferts de technologie et les innovations qui en découlent ont toujours été une des forces de l'Ecole, l'un de ses atouts majeurs. Bien avant la création du Parc scientifique d'Ecublens au début des années 1990, et bien avant celle d'un organisme chargé de jouer le rôle d'interface tel que le CAST (Centre d'appui scientifique et technologique), créé en 1986, l'EPFL se préoccupe de ses relations avec l'industrie. En mai 1980, une rencontre entre l'Ecole et le monde industriel réunit quelque 200 personnes à Ecublens. Avant d'y voir l'occasion d'obtenir des mandats de recherche ou d'expertise, l'Ecole considère ces échanges comme une chance qui favorise la formation des ingénieurs et le contact avec la pratique.

Déjà sous la présidence de Maurice Cosandey, les relations entre l'EPFL et l'industrie étaient encouragées. Bernard Vittoz accélère le mouvement. Fin 1979, il nomme Marcel Ecabert pour animer les relations entre l'EPFL et l'industrie. Il y restera trois ans. L'EPFL s'appuie également sur son comité industriel, créé à la fin des années 1960, organe consultatif d'information et de conseil de la direction. Ce comité industriel a pour vocation de favoriser les relations entre l'EPFL et l'industrie. Au début des années 1980, son président est Charles Maillefer, directeur général de l'entreprise éponyme à Ecublens. Des entreprises comme Alusuisse, Elektrowatt, Lonza, Bobst ou encore Hermes Precisa y sont représentées. Charles Maillefer est conscient de l'atout de la présence de l'EPFL en Suisse occidentale pour le renouvellement de son tissu économique. « Nous félicitons les professeurs dont le souci est de s'assurer une oreille ou un œil dans l'industrie et tous ceux qui se soucient que leurs étudiants trouvent dans l'enseignement des connaissances professionnelles utiles », explique-t-il lors de cette journée de mai 1980. [17]

Lisa Stuckart recevant son diplôme en génie civil des mains du professeur René Walther.

Cette journée confirme que l'un des obstacles à une meilleure communication entre ces deux milieux est la crainte que suscite l'EPFL, perçue comme une tour d'ivoire à qui l'on n'ose guère s'adresser. Autre constat : il ne s'agit pas pour l'Ecole de concurrencer le secteur privé, mais d'amener une plus-value dans la gestion d'un mandat. Le facteur recherche doit être prépondérant. Maurice

17. *Polyrama* 47, juin-juillet 1980, p. 40

Cosandey, qui intervient lors de cette journée en tant que président du CEPF, va encore plus loin. Selon lui, la double mission des EPF (enseignement et recherche) devrait être complétée par une troisième tâche : la valorisation technique de la recherche. Il forme le vœu que les EPF se rapprochent des petites et moyennes entreprises (PME). « Lorsqu'on prend la peine d'inventorier toutes les trouvailles techniques réalisées par le personnel des laboratoires et ateliers à propos d'une recherche bien déterminée, on est frappé de la moisson possible d'innovations qui pourraient trouver une application dans des domaines très différents de celui correspondant à la recherche en cause. Il en résulte que la visite régulière des laboratoires par les responsables techniques des PME pourrait accroître les chances de ces entreprises. »[18]

Il revient au patron de fixer les règles qui doivent régir les collaborations EPFL-industrie. Bernard Vittoz mesure l'intérêt pour son Ecole d'accepter un mandat selon plusieurs critères : le mandat doit contribuer à la formation polytechnique, il doit être original, de qualité scientifique et contribuer au développement socio-économique. De nombreuses possibilités de collaboration existent, qui vont du travail pratique de diplôme en passant par le doctorat jusqu'au mandat de recherche confié à un institut de l'Ecole. A cette époque cependant, les résultats du mandat appartiennent au mandataire, qui peut lui-même breveter ou non ces avancées. La propriété intellectuelle d'une recherche financée par une entreprise appartient à celle-ci. Quant à ses propres recherches, l'Ecole s'efforce pour les valoriser d'intéresser une entreprise. Cette situation peu favorable à l'EPFL ne changera qu'au tournant des années 1990, quand elle obtiendra la personnalité juridique.

Après 1980, les journées de rencontre EPFL-Economie se multiplient, avec un certain succès, puisque la recherche mandatée par des tiers triple en quatre ans. Au début des années 1980, les mandats des communautés publiques que l'EPFL

Eric Favre, l'inventeur de la capsule Nespresso

L'histoire d'Eric Favre, père de la capsule Nespresso, est connue. On sait moins qu'il est diplômé de l'EPFL en aérodynamique. Entré chez Nestlé après son diplôme en 1975, ce vaudois de St-Barthélémy y travaille d'abord dans le secteur des emballages. Il veut comprendre la culture d'entreprise de la maison. Puis son instinct d'inventeur reprend le dessus. Marié à une Italienne, il cherche durant des mois comment produire le meilleur café du monde. Jusqu'au jour où, comme pour toute invention géniale, le déclic se fait. Pour que les arômes essentiels du café puissent se développer dans nos papilles gustatives, il faut régler la pression et la dilution de l'air dans l'eau d'extraction du café. Il comprend ce principe en regardant comment un barman du célèbre café Sant'Eustachio à Rome manipule sa machine. Suit l'invention de la capsule à café en 1976, dont Nestlé ne veut pas. Eric Favre patiente dix ans avant que Nestlé ne s'intéresse à ce produit et le nomme directeur de Nespresso en 1985. En 1990, les chemins de Nestlé et d'Eric Favre se séparent. Ce dernier fonde Monodor, qu'il dirige toujours. Depuis lors, les conflits avec Nestlé autour de la question de la propriété intellectuelle se sont aplanis et le prochain défi de cet inventeur est de lancer le marché des capsules de thé.

18. *Polyrama* 47, juin-juillet 1980, p. 49

obtient sont essentiellement vaudois, cela représente 85% des demandes en 1981. Les mandats confiés par les entreprises privées sont plus diversifiés, 12% seulement émanent d'entreprises vaudoises. Cette diversification sera utile à l'Ecole, puisque ces collaborations vont progressivement monter en puissance.

En 1983, l'EPFL finance un tiers de son personnel par des fonds extérieurs, ce qui est important. Ce faisant, elle réussit en partie à compenser les effets négatifs des restrictions budgétaires de la Confédération qui n'a toujours pas desserré son étreinte. En outre, les contacts industriels de l'EPFL ont des répercussions chez les étudiants.

En 1983, la Junior-Entreprise de l'EPFL organise le premier forum. La manifestation deviendra un must de l'EPFL, mais au début des années 1980, le concept est nouveau. Le forum EPFL vise à favoriser les contacts entre étudiants et entreprises. Sont concernés en particulier les diplômants qui s'apprêtent à quitter l'Ecole et qui sont à la recherche de leur premier emploi. Tous les étudiants peuvent bénéficier de ce forum, notamment pour prendre conscience des formes à respecter lors d'un entretien d'embauche. Le premier forum EPFL est un succès. Quelque cinquante entreprises sont présentes. Un étudiant résume ce qu'il a tiré de cette première expérience en jugeant que les différents entretiens qu'il a pu mener avec les représentants des entreprises lui ont ouvert une série de possibilités d'emplois qu'il n'imaginait pas. « Je serais sans doute passé à côté d'entreprises que je n'aurais pas eu l'idée de contacter, et qui ont su me faire des propositions valables. »[19]

Le forum EPFL est un rendez-vous important. C'est là que les futurs diplômants se confrontent au monde professionnel, grâce aux contacts personnalisés entre eux et les représentants des entreprises. Le premier forum a été organisé en 1983 par la Junior-Entreprise de l'EPFL. Cette première édition est un succès.

Les cinq premières années de la présidence Vittoz sont donc marquées par les axes suivants : démarrage d'une collaboration avec l'industrie, même si elle ne sera optimisée que plus tard au niveau des structures, efforts constants de logistique pour accueillir les nouvelles unités qui s'installent progressivement à Ecublens, réformes des plans d'études, jonglage constant sur le plan financier puisque l'encadrement des étudiants doit se faire avec des effectifs bloqués et donc qu'il se détériore, enfin perception de l'importance croissante de l'informatique avec la mise en place des premiers enseignements et les premières réflexions sur la chance que représente la simulation numérique pour faire progresser l'ingénierie.

19. *Flash*, 17 novembre 1983, p. 8

VERS LA FIN DE L'ÉTREINTE FINANCIÈRE

La première ébauche du TSOL devenu le M1

Fin 1983, l'EPFL est prête à faire un nouveau bond en avant. A peine terminé le chantier de la 1re étape avec la mise en service du bâtiment de génie rural, les préparatifs de la 2e étape de l'installation de l'EPFL démarrent. Lors de la session d'hiver 1983, les Chambres fédérales accordent le premier crédit pour cette deuxième étape d'un montant de 172 millions. Les travaux vont pouvoir reprendre de plus belle. C'est dans cette même période que la question de la desserte du site d'Ecublens semble se débloquer. Le journal interne de l'Ecole résonne depuis des mois des polémiques et des espoirs que suscite cette question des transports publics entre le centre de Lausanne et le site de l'EPFL et de l'Université de Lausanne. Grâce aux travaux du professeur Philippe Bovy et de son équipe, une solution semble se dessiner. Mandaté par le

C'est peu dire que le Tramway du Sud-Ouest lausannois (TSOL) était attendu. Dès les premiers cours donnés sur le site Ecublens-Dorigny, la question de la desserte UNIL-EPFL s'est posée. La bonne réponse viendra du professeur Philippe Bovy, qui propose une solution de tramway-métro léger qui offre à long terme les meilleures garanties d'une desserte efficace du Sud-Ouest lausannois.

Conseil d'Etat vaudois, Philippe Bovy propose une solution de tramway-métro léger qui offre à long terme les meilleures garanties d'une desserte efficace du Sud-Ouest lausannois. Philippe Bovy engage toute sa crédibilité d'expert pour convaincre les pouvoirs publics qu'il est indispensable d'investir dans un métro léger circulant en site propre, qui sera certes plus cher qu'un axe fort de trolleybus, mais aussi plus fiable et plus durable. L'avenir lui donnera raison. Au printemps 1984, le Conseil d'Etat vaudois décide de poursuivre des études détaillées. L'avant-projet présenté en 1985 par Philippe Bovy et le conseiller d'Etat Marcel Blanc, chef du Département vaudois des travaux publics, prévoit la réalisation d'un tramway en site propre desservant conjointement l'EPFL et l'Université de Lausanne et comportant 15 stations. Le coût est alors estimé à 133 millions et la durée du trajet complet entre le centre de Lausanne et la gare de Renens est estimée à 18 minutes. L'objectif annoncé est de mettre en service la ligne à fin 1989. Le délai ne sera pas tenu. Le Grand Conseil vaudois accepte la part cantonale du crédit en décembre 1985, les Chambres fédérales font de même un an plus tard. La suite de l'histoire est connue. En juin 1991, le TSOL est mis en service, après des années d'attente pour les usagers de Dorigny et d'Ecublens. Personne n'ose imaginer les problèmes que rencontreraient les quelque 20 000 personnes qui se rendent chaque jour à Dorigny et Ecublens entre l'EPFL et l'Université de Lausanne si ce métro n'était pas en service. Là également, c'est un institut de l'EPFL qui permet aux pouvoirs publics de sortir de l'ornière. Philippe Bovy est le père spirituel de ce qui s'appelle aujourd'hui le M1 dans le réseau des transports publics lausannois.

1984 démarre sous les meilleurs auspices. Le TSOL est au stade du projet concret qui s'apprête à devenir réalité dans un futur pas trop éloigné.

Pierre-André Baudat, responsable des apprentis

Une vie consacrée aux apprentis, dont il parle avec respect. Pierre-André Baudat a été durant sa carrière à l'EPFL celui qui a supervisé les apprentissages. Il entre à l'Ecole en 1969 comme mécanicien au Laboratoire de physique appliquée. Très rapidement, sa complicité avec le professeur Emmanuel Mooser le conduit à prendre en charge les apprentis du laboratoire. L'équipe du professeur Mooser compte alors des apprentis mécaniciens et des laborantins en physique. En 1983, sous l'ère Vittoz, il est nommé commissaire professionnel pour le canton de Vaud, puis devient chef expert pour les examens de fin d'apprentissage. Avec nostalgie, il se rappelle de sa collaboration avec Roland Crottaz, vice-président de l'Ecole, qui le nomme en 1987 responsable de la coordination EPFL pour tous les corps de métier. Lorsque Jean-Claude Badoux devient président, le soutien aux apprentis est encore plus marqué. La direction prend des mesures concrètes, en apportant un soutien financier aux laboratoires formateurs. Les conséquences sont rapides, puisque le nombre d'apprentis passe rapidement de 30 à 70 à l'horizon 2000. On sent chez Pierre-André Baudat une immense estime pour les dirigeants de l'EPFL qui lui ont permis de réaliser son rêve : offrir un avenir professionnel à un maximum de jeunes.

La spirale du dynamisme de l'EPFL

La nouvelle formation en informatique que propose l'EPFL séduit. Il y a de plus en plus de diplômés et l'Ecole met sur pied un cours de 3e cycle dans ce domaine. La rentrée 1984 est d'ailleurs marquée par un véritable engouement pour l'informatique. Sur 899 nouveaux étudiants, 148 s'inscrivent dans cette branche. A la rentrée 1984, l'effectif global d'étudiants a encore augmenté. Il frôle la barre des 3000 (2920). Et si l'informatique prend des forces vives aux autres départements comme les mathématiques, l'électricité, ou la physique, cela n'empêche pas l'Ecole de renforcer ses domaines traditionnels d'enseignement, notamment en physique. Elle inaugure une installation de recherche Lotus, visant à explorer les possibilités de nouveaux réacteurs nucléaires hybrides. En octobre 1984, c'est une autre inauguration très officielle qui fait l'événement : la 1re étape de l'EPFL-Ecublens est achevée dix ans après le début des travaux. Au total, la réalisation a coûté 462 millions. 80% des travaux sont revenus à des entreprises établies dans le canton de Vaud. Au nom du Conseil fédéral, Alphons Egli confirme que la promesse faite d'installer toute l'EPFL sur un nouveau site d'ici 1993 sera tenue. Pour le chef du Département de l'intérieur, il est évident que la Suisse a besoin de plus en plus d'ingénieurs de niveau universitaire pour assurer le développement des technologies de pointe en Suisse. Jacques Masson, le syndic d'Ecublens, rappelle alors que si l'EPFL bénéficie d'un site idéal pour s'y développer, cela n'était pas acquis d'avance. Quarante ans plus tôt, c'est un terrain d'aviation qui avait été planifié à Dorigny et surtout, au moment de la mise à l'enquête des premières constructions pour l'EPFL en 1973, les polémiques sur la hauteur des bâtiments avaient failli mettre à mal tout le dossier.

La remise de diplômes est l'un des événements phare de l'Ecole, où le président remet personnellement aux diplômants leur titre EPFL. Ici Bernard Vittoz, lors de la cérémonie de 1991. A cette époque, l'Ecole s'approche de la barre des 4000 étudiants.

En 1984, ces querelles sont oubliées. Les relations entre les différents pouvoirs concernés sont excellentes. Il faut dire aussi que depuis l'été, la direction et l'administration générale de l'EPFL sont installées à Ecublens. Contrairement à bon nombre de départements et de laboratoires, la tête de l'EPFL était encore située à l'avenue de Cour, à Lausanne. Ce rapprochement facilite les contacts. Et l'EPFL surprend ses voisins en utilisant ses propres ingénieurs pour répondre à ses besoins énergétiques. Elle donne l'exemple en lançant cette même année un ambitieux projet lui permettant de se chauffer avec l'eau du lac. Cette centrale expérimentale à thermopompes est une immense curiosité pour le public, à une époque où les pompes à chaleur n'étaient pas encore popularisées. Cette centrale géante est basée sur le principe du chauffage à moyenne température (65 degrés maximum). De l'histoire de cette réalisation spectaculaire, il faut retenir que l'EPFL a mené une série d'études préliminaires, puis défini un cahier des charges. L'Ecole a ensuite mandaté l'ingénieur Ludwig Silberring la fin des années 1970 pour une étude de faisabilité. Cet ingénieur avait participé au programme du Fonds national « Pompes à chaleur » dans le cadre du Laboratoire de thermodynamique et d'énergétique du professeur Lucien Borel au Département de mécanique.

La station de pompage aspire l'eau à 65 mètres de profondeur à une température moyenne en hiver de 6°C, et rejette l'eau dans la Sorge à 3°C, grâce à un échangeur de chaleur. Cette installation pilote doit couvrir 90% de l'énergie nécessaire au chauffage de tous les bâtiments de l'EPFL, des turbines à gaz fournissant le complément en période de grands froids. Elle est inaugurée en 1988. Le bilan énergétique, une fois l'installation terminée, est excellent. Malgré l'augmentation du nombre de bâtiments, l'Ecole réalise une économie de 80% sur le carburant consommé par rapport à un système traditionnel. La centrale de chauffe, qui a coûté quelque 25 millions de francs, satisfait aux besoins de chauffage de l'ensemble des locaux sur le site d'Ecublens, fournit en outre de l'énergie électrique et distribue l'eau industrielle de refroidissement à l'EPFL et à l'Université de Lausanne. Un exploit qui incite les Chambres fédérales à voter en 1987 un crédit de 20 millions pour la réalisation d'installations similaires.

Au milieu des années 1980, l'heure est au bilan, même provisoire. Devant la presse à la fin du printemps 1984, Bernard Vittoz relève les faits marquants des quinze premières années de la fédéralisation de l'Ecole. Une forte augmentation du nombre des étudiants et des doctorants, des nouvelles voies de formation ouvertes, des possibilités de recherche nettement renforcées permettant un meilleur appui aux milieux industriels et collectivités publiques. En dépit de cet enthousiasme, Bernard Vittoz rappelle que cet essor s'est fait dans des conditions difficiles. La hausse du nombre d'étudiants a été beaucoup plus forte que prévue et les moyens financiers dès 1974 n'ont pas suivi. 44% de hausse de l'effectif étudiants, contre seulement 2% en augmentation de personnel !

Sans la forte hausse des mandats de recherche appliquée qui ont passé de 3,5 millions en 1978 à 16,5 millions en 1983, l'EPFL n'aurait pas été en mesure de remplir ses missions. Bernard Vittoz estime publiquement une nouvelle fois qu'une discussion devrait s'ouvrir sur les deux sujets jusqu'ici tabous : le blocage du personnel fédéral et l'introduction d'un numerus clausus. Le cap symbolique des 3000 étudiants est franchi à la rentrée 1985. Les étudiantes sont au nombre de 407, soit 13,5% de l'effectif total.

Jean-Paul II salue Bernard Vittoz lors de sa visite pastorale en Suisse en 1984. Le pape est à l'Université de Fribourg le mercredi 13 juin 1984. Jean-Paul II évoque les rapports entre les sciences et la foi chrétienne. « Il est de la nature des sciences d'obtenir des résultats précis mais limités, à tel point que les sciences ne sont pas capables par elles-mêmes de répondre aux questions fondamentales surgissant de leurs propres découvertes. »

Un sauveur nommé Hayek

Financièrement, le salut attendu finit par arriver. En novembre 1984, Maurice Cosandey, président du CEPF, annonce qu'une étude d'optimisation des institutions qu'il dirige s'apprête à démarrer. C'est le moyen extrêmement habile qu'a trouvé le président du CEPF pour tenter de convaincre les autorités fédérales d'allouer plus de moyens aux Ecoles polytechniques. Avant de faire voter des crédits supplémentaires, il faut prouver que les moyens accordés sont utilisés à bon escient. L'étude doit répondre à trois questions : les missions remplies dans le domaine du CEPF le sont-elles avec efficacité ? Toutes les activités actuelles du domaine du CEPF sont-elles nécessaires ? Enfin, y a-t-il des missions qui devraient être remplies dans le domaine du CEPF et qui ne le sont pas actuellement ?

En résumé, est-ce que les EPF disposent des moyens nécessaires pour faire face à leurs obligations ? Maurice Cosandey précise que cette étude d'optimisation ne vise pas à juger les collaborateurs de l'Ecole. Quant à Bernard Vittoz, il fait preuve d'une totale transparence sur les enjeux de cette opération. « Elle doit être considérée dans un esprit positif et constructif et nous permettra de mieux nous présenter devant les autorités fédérales à qui nous demandons des moyens supplémentaires. » [20].

C'est Hayek Engineering SA qui obtient le mandat. Pour l'EPFL, l'étude Hayek sera déterminante pour les années qui vont suivre. Menée en un temps record de six mois, ses résultats sont spectaculaires. Pour l'ensemble du domaine des EPF, un total de 500 postes supplémentaires est demandé.

20. *Flash*, 27 novembre 1984, p. 6

Hayek Engineering identifie en outre quelque 50 problèmes à résoudre concernant la structure des institutions, l'orientation dans l'enseignement et la recherche. Pour l'EPFL, les propositions sont extrêmement positives, puisque l'étude Hayek recommande aux Chambres fédérales de lui accorder quelque 220 à 250 postes supplémentaires entre 1986 et 1992. C'est une révolution pour une Ecole qui a vu sa dotation de personnel gelée pendant plus de 10 ans. Dans l'attente des décisions politiques, Bernard Vittoz se met à rêver tout haut. Avec ces nouveaux postes, juge-t-il, l'EPFL pourra enfin rééquilibrer les charges d'enseignement, faire face à la croissance des étudiants et améliorer leur encadrement, intensifier ses efforts dans le domaine de la formation postgrade et développer des axes nouveaux de recherche et de formation. Dans les faits, Hayek ne se contente pas de recommander la création de plus de 200 postes pour l'EPFL, il préconise quelques rationalisations. La création de pools de secrétaires, des simplifications administratives et une meilleure organisation des petits ateliers d'instituts doivent permettre d'économiser entre 20 et 30 postes. En revanche, l'étude recommande de renforcer le service d'exploitation (entretien et surveillance des bâtiments). Hayek propose également des mesures de réorganisation qui doivent permettre de libérer un certain nombre de postes de collaborateurs techniques et administratifs, pour que ces forces soient réaffectées à des tâches d'enseignement et de recherche.

Pour convaincre les Chambres fédérales d'accorder plus de crédits aux EPF, Maurice Cosandey mandate Hayek Engineering SA, pour analyser les besoins du domaine. L'étude Hayek (Nicolas Hayek au centre, avec à sa gauche Pierre Arnold) sera déterminante pour les années qui vont suivre. Un total de 500 postes supplémentaires est demandé pour l'ensemble du domaine des EPF.

En juillet, le CEPF fait siennes les conclusions de l'étude, ce d'autant plus qu'au plan scientifique, le rapport Hayek ne se contente pas de dire qu'il faut faire un effort supplémentaire dans les domaines de technologie de pointe, il propose une stratégie pour rattraper le retard accumulé.

Hayek évoque le chiffre de 1000 professeurs et assistants à nommer d'ici 1995. En informatique et microtechnique, il faut prendre des mesures d'urgence. Bernard Vittoz, inquiet depuis des mois de l'insuffisance de l'encadrement des étudiants, ne peut qu'abonder dans ce sens. Enfin, le renforcement de la formation postgrade apparaît comme une évidence, au moment où la Suisse connaît une pénurie d'ingénieurs dans les domaines de pointe, comme dans le secteur encore naissant des télécommunications, où l'industrie fait appel à des spécialistes étrangers.

Le rapport Hayek agit comme un électrochoc, mettant autorités politiques et scientifiques devant leurs responsabilités. Il dénonce le manque de réaction en informatique notamment. Le document n'épargne pas les deux EPF sur certains points, mais l'EPFL est bien notée pour ses efforts d'ouverture envers la société, tant au plan de la communication interne et externe, qu'en matière de collaboration avec l'industrie. Surtout, sa direction a su faire quelques choix stratégiques bienvenus : en particulier le développement de la microtechnique avec l'Université de Neuchâtel, qui se concrétise en 1984 avec l'ouverture du Centre suisse d'électronique et de microtechnique (CSEM).

Les réactions à cette étude sont nombreuses, globalement positives, mais l'Association du personnel de la Confédération s'inquiète des restrictions annoncées dans certains domaines administratifs et techniques. La différence de traitement entre les professeurs, jugés intouchables, et le « petit » personnel choque. D'autres réactions isolées dénoncent un rapport jugé brouillon. Cela fait partie du débat interne habituel au sein de l'EPFL, mené dans ce cas par une très petite minorité. Surtout, le rapport est suivi d'effets rapides et le blocage du personnel est enfin assoupli.

Les Chambres fédérales accordent une première tranche de 50 postes pour le domaine des EPF. Au sein de l'EPFL, l'après-Hayek s'appelle Avanti. Des groupes de travail se forment pour analyser l'organisation des secrétariats, des ateliers, l'organisation des voyages, l'exploitation et la conciergerie, les procédures administratives et l'examen des divers domaines scientifiques où le rapport Hayek a jugé que des mesures devaient être prises, soit la microtechnique, l'informatique, le génie chimique, l'architecture, les matériaux et le génie civil.

En 1986, des décisions de réorganisations sont prises : regroupement de petits secrétariats, postes supplémentaires pour l'exploitation et la conciergerie. Au plan des disciplines, la création d'un Département d'informatique est décidée, alors qu'il est renoncé à celle du Département de microtechnique. En architecture, il est renoncé à une concentration de l'enseignement dans une seule haute école romande : en revanche, l'EPFL et l'Université de Genève signent une convention pour renforcer leur collaboration. Ce n'est que le début d'une bataille qui s'achèvera sous l'ère de Jean-Claude Badoux par une mainmise de l'EPFL. De même en chimie, il est préconisé le maintien de la répartition des enseignements entre l'Université de Lausanne et l'EPFL.

La création du CAST

1985 marque un tournant pour les relations EPFL-Economie. En janvier, Jean-Jacques Paltenghi rejoint officiellement la direction de l'Ecole avec le titre de délégué à la planification. Ingénieur physicien, docteur en physique de l'EPFL, adjoint scientifique du président de l'Ecole depuis 1971, l'homme maîtrise toute la complexité de la recherche à l'EPFL. Il s'est beaucoup investi dans les différents projets de recherche interdisciplinaire de l'Ecole. Dans sa nouvelle fonction, il va donner un coup d'accélérateur à la collaboration avec l'industrie en se souciant des questions de transferts de technologie. En janvier 1986, le Centre d'appui scientifique et technologique (CAST) est créé, qui lui sera directement subordonné. L'EPFL pense depuis de nombreux mois à se doter d'une structure de liaison Ecole-industrie. Grâce à l'optimisme provoqué par les conclusions du rapport Hayek, le pas est franchi. Le CAST s'inscrit dans un programme de liaison avec les entreprises et sert de point de rencontre entre les deux milieux. On parlerait aujourd'hui de portail d'entrée, de guichet unique. Six personnes composent cette nouvelle structure, dirigée par Véronique Jost. L'association qui soutient toute la démarche est présidée par Denis Gonseth, président du comité industriel de l'EPFL. Quelques semaines avant la création officielle du CAST, Denis Gonseth plaide dans le journal de l'EPFL pour que les relations s'intensifient. « La prise de risque est à la base de l'aventure industrielle. (...) Pour aboutir au produit commercialisable, il existe une chaîne de l'innovation sur le plan économique. (...) Le plein emploi ne peut être assuré que par un courant continu d'innovations ; et plus le niveau de vie sera élevé, plus les innovations devront se trouver à un échelon supérieur dans la chaîne technologique. » [21]. Le président du comité industriel de l'EPFL reprend ensuite les conclusions du rapport Hayek constatant que les EPF de Lausanne et de Zurich sont dans l'incapacité de remplir correctement leur mission en raison de ce déficit de quelque 1000 postes, que la Suisse figure au dernier rang des pays industrialisés, pour la part que l'Etat consacre à la recherche et au développement. Et qu'en conséquence, le pays est en train de perdre pied dans les technologies du futur, comme en témoigne la diminution du pourcentage de demande de brevets, en comparaison internationale. Denis Gonseth préconise une intensification de la recherche appliquée mixte entre l'Ecole et l'industrie, la création de parcs industriels de haute technologie (on parlera plus tard de parcs scientifiques), un appui aux organes chargés de valoriser le transfert de technologie.

21. *Flash*, 31 octobre 1985, pp. 3-4

C'est précisément ce que va faire le CAST. Dans cette plate-forme de contact, l'EPFL assure la direction scientifique et met à disposition ses infrastructures, alors que les salaires des collaborateurs sont financés pour la plus grande partie par les cotisations des entreprises intéressées, qui versent leurs contributions à l'Association pour le soutien du programme de liaison avec les entreprises (APLE), nouvellement créée pour l'occasion et dont Denis Gonseth prend la présidence. Le CAST est chargé d'établir les contacts personnels entre l'industriel demandeur qui ne sait pas à qui s'adresser à l'EPFL et le laboratoire ou institut compétent. « Nous devons nous appuyer sur nos forces : la capacité d'investir, la paix sociale, un potentiel exceptionnel dans les qualifications professionnelles et dans la formation. La majorité des entreprises suisses sont petites ou moyennes. Ces PME ont en général une excellente maîtrise de leur produit dans leur spécialité. Elles manquent toutefois de moyens pour tirer parti des connaissances qui progressent rapidement dans les domaines qui ne sont pas de leur spécialité : nouveaux matériaux, automatique et informatique, biotechnologies, etc. », résume Jean-Jacques Paltenghi pour préciser la mission du CAST [22].

Avec cette nouvelle structure, la fusée EPFL est complète : outre le CAST dont le rôle essentiel est d'être une plate-forme d'information et de contact, le comité industriel est une antenne pour la direction, avec rôle consultatif. En parallèle, la société d'aide à l'EPFL a pour mission de contribuer à l'essor de l'Ecole et la « Junior Entreprise » favorise les relations entre entreprises et étudiants. Ajoutons enfin dans le cadre de ces coopérations avec l'économie la COVRI (Commission vaudoise pour la recherche et le développement industriels) que préside Bernard Vittoz lui-même. En 1986, tous les outils sont en place. Ils vont servir à une nouvelle accélération du développement de l'Ecole.

C'est également en 1986 qu'est célébrée en grandes pompes la parution des ultimes volumes du *Traité d'Electricité*, œuvre collective des professeurs et collaborateurs scientifiques du Département d'Electricité de l'EPFL. Publié aux Presses polytechniques romandes (PPR) sous la direction du professeur Jacques Neirynck, ce traité unique rassemble en 22 volumes et quelque 8'600 pages l'ensemble des connaissances de base indispensables à la formation de l'ingénieur électricien. La fondation des PPR, qui deviendront Presses polytechniques et universitaires romandes (PPUR) en 1990, avait été décidée le 4 septembre 1980 par la Société d'aide aux laboratoires de l'EPFL, avec le plein soutien de Bernard Vittoz. Son but principal, toujours d'actualité, est de fournir des documents de travail corrects et durables aux étudiants et de faire rayonner l'Ecole par une activité de publication et de diffusion des travaux d'enseignement et de recherche.

22. *Polyrama* 70, février 1986, p. 32

L’impact médias de quelques accords phares

Ses moyens financiers retrouvés, les règles de collaborations mieux codifiées et renforcées, sa confiance en son potentiel plus forte que jamais, l’EPFL va en profiter pour multiplier ses contacts avec les entreprises : certaines opérations seront spectaculairement médiatisées. C’est d’abord la collaboration avec l’équipe de Pierre Fehlmann. La course autour du monde à la voile passionnait l’opinion publique, car, bien avant Alinghi, le bateau UBS-Switzerland portait haut les couleurs des marins suisses. L’EPFL révèle alors que l’optimisation de la route suivie par le voilier, en tenant compte de la météo, a été faite par le superordinateur de l’Ecole, sur la base des données climatiques du centre européen de Reading en Grande-Bretagne. La simulation numérique permet à UBS-Switzerland de commencer chaque étape de la course avec un stock de variantes théoriques couvrant l’éventail des probabilités météorologiques possibles. Pierre Fehlmann les utilisera pour choisir les bonnes options de route, alors que certains de ses concurrents seront évidemment plus hésitants. En 1992, Pierre Fehlmann vient donner une conférence pour témoigner de l’apport de l’EPFL dans ses succès tant pour « UBS-Switzerland » que pour « Merit ». Et il n’est pas uniquement question de météorologie et d’options stratégiques sur les routes à prendre, mais aussi de la conception des bateaux et des apports de l’Ecole au niveau de l’hydrodynamique, de l’informatique et des matériaux.

Caricature de Barrigue, alors dessinateur du *Matin*, parue dans *Flash informatique*. Pierre Fehlmann a largement bénéficié avec son équipage des compétences de l’EPFL pour la course autour du monde à la voile.

L’autre opération fortement médiatisée est le double accord signé en novembre entre l’EPFL et la Société suisse de microélectronique et d’horlogerie (SMH), d’une part, l’EPFL et l’entreprise française Thomson, d’autre part. Ces accords auront une importance énorme pour l’Ecole. Les partenariats sont signés pour une période de cinq ans. Avec Thomson, l’EPFL signe un accord pour un programme commun de recherche de base dans le domaine des technologies électroniques. Le contrat porte sur 20 millions, financés à parts égales. Le programme de recherche est placé sous la responsabilité de l’EPFL, mais Thomson bénéficie d’une priorité pour les brevets et « l’exploitation industrielle et commerciale des résultats ». Les domaines de recherche préalablement définis sont l’optoélectronique et le traitement d’images.

Avec la SMH (plus précisément avec Technocorp, la division des technologies de pointe de l'entreprise présidée par Nicolas Hayek), l'EPFL signe un accord de recherche de 14 millions, également sur cinq ans, portant sur les applications laser. Les conditions de prises de brevets et d'exploitation des résultats faites à la SMH sont similaires à celles octroyées à Thomson. Ces accords avec deux groupes industriels majeurs confirment la réputation d'excellence de l'EPFL. Cette Ecole polytechnique d'ingénieurs, quinze ans après sa fédéralisation, commence à jouer dans la cour des grands.

En novembre 1986, l'EPFL signe un important accord de collaboration avec la Société suisse de microélectronique et d'horlogerie (SMH), un partenariat signé pour une période de cinq ans. L'accord avec la SMH (plus précisément avec Technocorp, la division des technologies de pointe de l'entreprise présidée par Nicolas Hayek) porte sur 14 millions.

Après l'accord signé avec Thomson, l'EPFL attire l'attention de la presse française spécialisée. En 1988, la revue *Industries et techniques* consacre une analyse du modèle suisse des universités technologiques où recherche et enseignement sont étroitement liés. Les Français rendent hommage au potentiel de créativité de l'ingénierie suisse. La revue conclut en expliquant que « devenue l'un des centres pivots de la recherche européenne, l'EPFL est un pôle à fort potentiel dont les industriels français devraient profiter ».[23] Cinq ans plus tard, le bilan de la collaboration EPFL-Thomson est excellent. 109 publications scientifiques, 12 doctorats, et quelques percées spectaculaires dans les nouveaux matériaux semi-conducteurs, l'optique intégrée, le traitement numérique des

23. *Flash*, 31 janvier 1989, p. 8

images, et en particulier la qualité des images médicales. Eric Spitz, le directeur de recherche de Thomson, évoque même des premières mondiales, avec notamment la mise en œuvre de lasers semi-conducteurs émettant par la surface, et la fabrication de transistors de très haute fréquence.

Thomson et la SMH bénéficient d'une priorité pour les brevets et pour exploiter industriellement et commercialement les résultats. Ces accords avec deux groupes industriels majeurs confirment la réputation d'excellence de l'EPFL, qui joue dans la cour des grands. Ces deux opérations seront fortement médiatisées.

La simulation numérique donne à l'Ecole, qui vient d'inaugurer son superordinateur, l'occasion de lancer un nouveau projet d'Ecole, baptisé ASTRID (Applications sur superordinateurs touchant la recherche et l'industrie). Outre les besoins pour la recherche du Centre de recherche en physique des plasmas sur la fusion nucléaire, le projet comporte des thèmes aussi pointus que les méthodes de simulation numérique pour les propriétés électroniques des matériaux en électricité, la modélisation d'écoulements fluides visqueux tridimensionnels en mécanique, ou encore la modélisation des flux d'énergie et de matière (air) dans les bâtiments en génie civil. L'EPFL franchit un nouveau pas dans ce nouveau domaine d'expérimentation numérique. ASTRID sera terminé en 1990 et ses principaux résultats prêts pour une commercialisation.

L'échec du cœur artificiel

Durant cette période, rien ne semble arrêter l'EPFL dans sa conquête de nouveaux marchés industriels, d'exploration de nouveaux champs de recherche et d'aventures scientifiques toujours plus poussées. En 1986, l'EPFL démarre l'opération cœur artificiel. Le professeur Marcel Jufer, avec son équipe du laboratoire d'électromécanique et l'équipe du professeur Charles Hahn, directeur de l'Institut de recherche cardio-vasculaire de Sion, se lancent dans la course. L'idée est de mettre au point un appareil capable de fournir au malade une autonomie totale, une bonne adaptation à l'effort, garantissant une fiabilité prolongée. En octobre 1987, l'accord de collaboration est signé entre Bernard Vittoz et Charles Hahn. Mais le projet échoue. Dans une interview donnée au journal *Le Nouveau Quotidien*, quelques semaines après quitté ses fonctions de président de l'EPFL, Bernard Vittoz revient sur cet échec. Il rappelle que la recherche avait bien progressé de 1986 jusqu'à la phase de pré-industrialisation en 1989. L'EPFL trouve avec Sulzer un partenaire médical. Mais en mai 1991, Sulzer apprend que deux entreprises américaines commencent des essais cliniques de ventricules d'assistance. Une étude de marché montre que ces ventricules sont en mesure de couvrir 80% des besoins. Par conséquent, il n'y a plus de besoin avéré d'un cœur artificiel complet. « Ce qui est curieux, c'est que nos partenaires ignoraient cette avance industrielle de la concurrence (...). L'affaire était entendue. On peut dire que nous avons été coiffés au poteau. Mais c'est une belle leçon, même si elle est cuisante. La recherche en génie biomédical se poursuit dans d'autres domaines avec la Faculté de médecine et le CHUV », conclut Bernard Vittoz.[24]

Marcel Jufer, professeur au Département d'électricité

Nommé à 27 ans, un an après son doctorat ès sciences techniques de l'EPUL en 1967 et quelques années passées dans l'industrie chez Sécheron à Genève, Marcel Jufer est l'un des professeurs les plus connus de l'Ecole. Il fait partie de cette génération de jeunes professeurs engagés peu avant la fédéralisation de l'EPFL, dans le but de développer la recherche et l'enseignement de la nouvelle institution. Spécialiste de l'ingénierie des moteurs électriques, Marcel Jufer est particulièrement actif. Enseignant apprécié – il a dirigé quelque 35 thèses – et chercheur infatigable, Marcel Jufer s'investit beaucoup pour que l'EPFL trouve ses marques. Il préside la Commission de réforme de l'Ecole de 1970 à 1991, puis plus tard l'Assemblée d'Ecole. Il a été plusieurs fois chef de département, en électricité et en microtechnique. Comme directeur du Laboratoire d'électromécanique, Marcel Jufer sera l'un des plus fervents partisans de Swissmetro. Son nom reste également associé à l'idée géniale de cœur artificiel, même si le projet n'aboutira pas à une commercialisation. Dès 1985 et jusqu'en 2009, le futur vice-président de l'EPFL assure aussi le développement de tous les moteurs de disques durs pour Seagate, le leader mondial du domaine aux Etats-Unis.

24. *Le Nouveau Quotidien*, 21 février 1993

En ingénierie, même avec les équipes les plus compétentes, il est nécessaire d'arriver au bon moment pour réussir au plan industriel. Le cœur artificiel est l'un des rares exemples où l'EPFL s'est fait prendre de vitesse. Commentant cet échec, Marcel Jufer juge qu'il reste « beaucoup de retombées pour l'enseignement et la recherche en matière de moteurs, d'activateurs, de matériaux, d'électronique industrielle, de micro-informatique, de batteries et de physiologie ». [25]

De l'avis général, 1986 peut être considérée comme une année particulièrement fructueuse pour l'EPFL. Les accords Thomson et SMH qui propulsent les relations industrielles à des niveaux jamais atteints auparavant, le démarrage du CAST, l'inauguration du superordinateur Cray, le déblocage de l'effectif du personnel dans les EPF et de multiples et nombreuses distinctions pour plusieurs professeurs : Julius Natterer, titulaire de la chaire de construction en bois, est distingué par l'Académie française d'architecture, Dominique de Werra, spécialiste de recherche opérationnelle en mathématiques est nommé président européen de son domaine scientifique, le professeur de physique Emanuel Mooser est fait docteur honoris causa de l'Université de Neuchâtel pour son rôle dans la physique des semi-conducteurs et dans le développement de la microélectronique en Suisse.

Enfin, et cela a évidemment des conséquences importantes pour la suite : les Chambres fédérales votent les crédits demandés pour la poursuite du déménagement à Ecublens. Cette deuxième étape comprend notamment la construction de bâtiments pour le Département des matériaux, celui d'informatique, l'extension du Département de mécanique, une halle pour le nouveau Tokamak (TCV). Au total, un crédit de 221 millions. Les promesses faites au moment de la fédéralisation continuent d'être tenues.

25. *Flash*, 29 octobre 1991, p. 5

LA POLITIQUE REVIENT EN FORCE

Changements au sommet de la Confédération

1987 démarre avec un double changement au niveau politique, qui aura des conséquences importantes lors de la succession de Bernard Vittoz en 1992. Flavio Cotti remplace Alphons Egli au Département fédéral de l'intérieur et le professeur Heinrich Ursprung, président de l'EPFZ, est nommé président du CEPF avec entrée en fonction au 1er mars. Il succède à Maurice Cosandey. Des modifications interviennent dans le fonctionnement de cette instance, les deux présidents des EPF de Lausanne et de Zurich lui sont hiérarchiquement subordonnés, et le CEPF lui-même ne doit plus répondre de son action devant l'ensemble du Conseil fédéral, mais seulement au Département de l'intérieur. Ces nouvelles instances confirment en février les cinq membres de la direction de l'EPFL pour un nouveau mandat de quatre ans, soit Bernard Vittoz, président, Roland Crottaz, vice-président, Pierre Immer, directeur administratif, Pierre Pittet, secrétaire général et Jean-Jacques Paltenghi, délégué à la planification, qui gère à la fois l'ensemble de la recherche de l'EPFL et les contacts avec l'industrie. Profitant de cette occasion, la direction convoque les collaborateurs de l'Ecole à une rencontre-information, sur le modèle de l'assemblée générale qui avait été organisée en 1979 peu après l'entrée en fonction de Bernard Vittoz comme président. Dans la salle polyvalente de l'EPFL comble, le dialogue est jugé fécond.

Il faut dire que la direction a fait quelques gestes appréciés des collaborateurs. Elle donne notamment son accord pour l'ouverture d'une garderie à l'EPFL. Non seulement elle en accepte le principe, mais elle décide de mettre les locaux à disposition et d'en assurer l'entretien. La Croquignole, c'est le nom de la garderie, ouvrira ses portes au printemps 1990, pouvant accueillir cinq enfants de moins de deux ans et seize enfants dès deux ans.

Flavio Cotti vient très rapidement visiter l'EPFL. En août, accompagné d'Heinrich Ursprung, il assiste à diverses démonstrations des activités de pointe en génie civil, microtechnique, robotique et en génie médical. Ce domaine commence à faire parler de lui, pas uniquement en raison des recherches liées à la mise au point du cœur artificiel. Le nouveau chef du Département fédéral de l'intérieur évoque aussi la future loi sur les EPF, attendue depuis des années, qui se prépare activement. Les contacts entre l'EPFL et les milieux politiques sont excellents ; il est évident qu'il est plus facile de s'entendre quand les nuages financiers n'assombrissent pas l'horizon. L'EPFL obtient 56 nouveaux postes pour défricher encore plus ses domaines de pointe : la biotechnologie, l'informatique, la micro- et l'optoélectronique et les sciences des matériaux. En 1988, toutes catégories confondues, ce sont 120 postes supplémentaires qui sont octroyés, dont 39 postes d'Etat. En 1989, 43 postes supplémentaires viennent encore s'y ajouter.

Horst Hippler, recteur du Karlsruher Institut für Technologie (KIT)

Né en 1946, l'Allemand Horst Hippler, avant de devenir le patron du KIT, a fait sa thèse à l'EPFL en 1974, sous la direction du professeur Troe, dans le domaine du génie chimique. Les travaux menés par l'équipe du professeur Troe ont conduit Angela Merkel, actuelle chancelière allemande, à poursuivre dans cette voie. Elle a obtenu sa thèse en génie chimique à l'Université de Leipzig. Après son doctorat à l'EPFL, Horst Hippler part travailler dans les laboratoires d'IBM à San José aux Etats-Unis, puis revient en Allemagne, à l'Université de Gottingue, où il est nommé professeur. La suite de sa carrière est vouée au KIT. En 1993, il est nommé professeur de chimie. En 2000, il est directeur de la recherche, il est recteur dès 2002. Dès ce moment, il fait prendre à son institution de nouvelles orientations et définit des priorités. Avec l'appui politique d'Angela Merkel, qui entend donner plus de moyens aux meilleures universités allemandes, il fait de son institution l'une des trois universités allemandes distinguées par leur excellence, les deux autres étant à Munich. Fait exceptionnel : Horst Hippler vient d'être renommé comme recteur du KIT (19000 étudiants, 8000 collaborateurs) jusqu'en 2012, alors qu'il aura passé à cette échéance la barre des 65 ans.

Par ailleurs, l'EPFL revoit sa politique de postformation. Elle est désormais faite de cycles d'études postgrade ; c'est un renfort significatif de l'effort de postformation dans les EPF. Pour l'EPFL, l'effort supplémentaire représente quelque 29 postes et un budget annuel supplémentaire de 1,7 million. L'idée de base est de fournir plus de cours à structure modulaire avec la possibilité d'une formation à temps partiel. Ces nouveautés s'accompagnent d'exigences plus élevées pour les candidats aux études postgrade et au doctorat. Le 3e cycle est d'ailleurs un thème de plus en plus présent, puisque parallèlement aux nouvelles conditions fixées par le CEPF, des discussions s'engagent au plan européen entre les universités technologiques européennes pour mettre au point un système d'équivalence entre ces différentes formations postgrade. Des cours seront aussi organisés avec les pays en développement avec lesquels l'EPFL collabore depuis les années 1970.

Les débuts difficiles du Département d'informatique

1987 est aussi l'année de la création officielle du Département d'informatique. Enfin ! Tant le délai a pu sembler long depuis la décision prise en 1981 d'établir un plan d'études débouchant sur un diplôme d'ingénieur informaticien. Le Département est inauguré officiellement en 1988. Le pouvoir politique a passé outre de nombreuses résistances internes, en particulier celles du Département d'électricité qui craignait un démantèlement trop important de son activité (pertes de professeurs, d'étudiants et de moyens financiers). Le Département d'informatique a d'ailleurs du mal à trouver son identité au début de son existence. Il se compose de deux types de professeurs très différents. Certains ont une longue expérience de l'EPFL derrière eux venant des départements d'électricité et des mathématiques. D'autres sont de nouveaux collègues engagés pour renforcer l'enseignement et la recherche de cette nouvelle discipline. C'est Alfred Strohmeier, nouveau professeur récemment engagé pour diriger le Laboratoire de génie logiciel, qui a la lourde tâche de fédérer ces nouvelles équipes comme premier chef du Département d'informatique. Il quittera plus tard l'EPFL pour devenir recteur de l'Université de Neuchâtel. Ancien directeur du Laboratoire de systèmes logiques, le professeur Daniel Mange résume le sentiment général : « On avait créé le Département d'informatique tout à fait artificiellement en prenant les électriciens dont moi du Département d'électricité qui faisaient du hardware, la partie matérielle de l'informatique, et on a pris des mathématiciens du Département de mathématiques qui faisaient la partie software. On les a mis ensemble, on a rajouté quelques professeurs rapidement nommés et puis tout ça a donné un Département extrêmement artificiel. Et peu après sa création, il a été évalué ; une évaluation catastrophique. » [26] En clair, les débuts du Département d'informatique sont très difficiles, mais le pouvoir politique n'en a cure. La Suisse a manqué le virage de l'informatique. Il faut tout tenter pour combler ce retard.

L'ouverture vers l'Europe communautaire

L'informatique n'est pas le seul train auquel l'EPFL veut se raccrocher, l'autre est celui de l'intégration européenne et le grand marché qui se dessine pour 1992. Compte tenu de l'ouverture internationale de l'Ecole, tant dans le recrutement des étudiants (30% environ des étudiants sont étrangers et viennent de tous les continents) que des professeurs et de l'immense effort fourni pour la coopération technique avec les pays en développement, personne ne se doute de l'issue de la votation fédérale sur l'Espace Economique Européen en décembre 1992. La collaboration avec l'Europe est au centre de l'attention. Début 1989, le professeur Pierre Nüesch est nommé par la direction chargé de mission pour les relations avec la Communauté européenne et l'Europe. C'est l'homme de l'EPFL à Bruxelles, son oreille et porte-parole, partout où l'Europe se prépare. La mobilité, les échanges d'étudiants sont encouragés. Le programme d'échange ERASMUS (European Community Action Scheme for the Mobility of University Students) entre étudiants lancé par la Communauté européenne est fortement soutenu. En 1990, la Conférence universitaire suisse approuve le programme Suisse-ERASMUS. En même temps, Pierre Pittet, le secrétaire général de l'Ecole, est chargé en 1990 de la coordination des relations avec les pays de l'Est, l'ex-URSS comprise. En amont, il faut dire que les étudiants ont pris les devants. L'Association des étudiants de l'EPFL (AGEPOLY) développe depuis plusieurs mois des relations privilégiées avec les étudiants de l'Ecole polytechnique de Varsovie. L'évolution

Il ne s'appelle pas encore Benoît XVI et ne se doute pas qu'il succédera à Jean-Paul II. En 1988, celui qui est encore le cardinal Josef Ratzinger se rend à l'EPFL, à l'invitation de l'abbé Philippe Baud. Celui qui dirige à l'époque la Congrégation pour la doctrine de la foi rencontre notamment des professeurs qui travaillent dans le domaine de l'intelligence artificielle.

26. Interview réalisée par la journaliste Elisabeth Gordon en 2006, inédite

rapide de la situation politique à l'Est au tournant des années 1990 favorise les échanges. Pour l'EPFL, la coopération avec l'Europe ne s'arrête pas à l'Ouest du continent.

Au plan scientifique, en octobre 1987, l'EPFL est choisie par la Communauté européenne de recherche en mécanique des fluides, turbulences et combustion (ERCOFTAC) pour y créer son centre de coordination. C'est un immense honneur, alors que nombre de sites universitaires réputés comme Cambridge, Imperial College Londres, Stuttgart ou encore des industriels comme Marcel Dassault, Rolls-Royce ou British Aerospace sont associés à la démarche. C'est surtout la confirmation de l'intuition géniale de Bernard Vittoz d'être le premier en Suisse à s'équiper d'un superordinateur. L'EPFL qui a encore augmenté le nombre de ses étudiants (3250 à la rentrée 1987) consolide sa réputation d'excellence au plan international.

Les nouvelles technologies émergentes

L'Ecole n'est pas prête de s'arrêter en si bon chemin. Le CEPF prévoit pour les années à venir la création de nouvelles chaires, notamment dans le domaine de la pollution atmosphérique, du traitement des signaux, de l'optique appliquée, des matériaux composites. Trois nouveaux instituts sont créés, deux au Département d'architecture : l'Institut de technique des bâtiments et l'Institut de théorie et d'histoire de l'architecture. En génie civil, c'est un Institut d'hydraulique et d'énergie qui est créé. Un an auparavant, le CEPF avait déjà autorisé la création de l'Institut de micro- et optoélectronique. Quatre axes stratégiques sont définis pour les trois ans à venir, jusqu'en 1991. Les deux premiers concernent les nouveaux matériaux (céramiques polymères, composites, etc.) et les méthodes modernes de production, soit la robotique et la conception et fabrication assistées par ordinateur. Le troisième axe stratégique vise à renforcer la sensibilisation des futurs ingénieurs aux conséquences de leurs travaux, à concilier technique et cadre de vie. Le dernier axe stratégique est quasi prophétique, puisqu'il s'agit de développer la technologie de l'information, soit les applications optiques en

Miroir des Techniques de juin 1991. La manifestation ouverte au public rencontrera un grand intérêt.

microtechnique, le traitement d'images, les télécommunications et les réseaux numériques. Nous sommes en 1988 et Internet ne fait pas partie du vocabulaire courant. Pour toutes ces nouvelles ambitions, 100 postes supplémentaires sont prévus entre 1988 et 1991. Dans un bilan plus qu'encourageant que tire Jean-Jacques Paltenghi au début 1989, le délégué à la planification souligne que la croissance de la recherche financée par des tiers est énorme. 50% d'augmentation des revenus des mandats entre 1986 et 1987, ce qui pose du reste quelques problèmes à l'Ecole au niveau de l'encadrement des jeunes chercheurs, souvent chargés de ces mandats. Jean-Jacques Paltenghi souligne par ailleurs que l'équilibre entre recherche fondamentale et appliquée doit être préservé, qu'il faut réfléchir aux questions posées par les nouveaux équipements scientifiques et qu'il ne faut pas rater les nouveaux défis. Un voyage au Japon lui a fait prendre conscience de l'intérêt des biotechnologies et de la bioélectronique. Il réfléchit alors aux moyens à mettre en œuvre pour ne pas rater ce train. Le directeur de la recherche voit loin. Jean-Jacques Paltenghi sera dans les années 1990 le grand inspirateur des programmes de génie médical que l'EPFL mettra sur pied avec l'Université de Lausanne, le CHUV et plus tard l'Université de Genève.

La diversité des activités de l'EPFL présentées lors du Miroir des techniques fascine le public, car l'Ecole ne cesse de déployer de nouvelles activités.

LE FEU D'ARTIFICE FINAL DE LA PRÉSIDENCE VITTOZ

Dix ans d'expansion

Un feu d'artifice va commencer pour cette dernière phase de la présidence de Bernard Vittoz. Les chantiers continuent de s'ouvrir à un rythme endiablé sur le site d'Ecublens : bâtiments pour les département d'informatique et des matériaux, nouvelle halle pour le Centre de recherche en physique des plasmas, qui veut mettre en service son nouveau Tokamak. Et l'on songe déjà à la suite de la 2e étape avec les premiers crédits d'études, notamment pour les locaux du Département d'architecture. Une troisième étape commence même à être envisagée, comprenant le futur parc scientifique d'Ecublens (PSE).

Bernard Vittoz avait un don étonnant de vulgarisation, capable d'expliquer de manière simple des domaines scientifiques très complexes.

A l'issue des dix premières années de présidence de Bernard Vittoz, ce dernier a de quoi être satisfait : les soucis financiers sont derrière lui, certes momentanément, les bâtiments se construisent à un rythme effréné, les industriels se pressent aux portes de l'EPFL et les nouveaux domaines d'enseignement et de recherche sont à la pointe de l'ingénierie. L'Ecole remplit exactement la mission que ses pères fondateurs lui ont donnée en fédéralisant l'EPUL.

Dans une interview donnée au journal interne de l'Ecole à cette occasion, Bernard Vittoz reconnaît que le parcours accompli est proprement stupéfiant. «L'EPFL a atteint, grâce à l'engagement et l'ambition de ses membres, une dimension et une qualité extraordinaires que les artisans de la transformation de l'EPUL en EPFL n'avaient probablement pas imaginé. (...) Ces 10 dernières années ont été marquées par un impressionnant développement des liens tissés avec les milieux industriels et la collectivité scientifique internationale.»

Surtout, les effectifs des étudiants ont explosé, dans des proportions encore bien plus fortes que tout ce qui avait été imaginé. En une décennie, ils ont augmenté de 60%, 2157 en 1980, 3440 en 1989, même si le pourcentage des femmes reste très faible : 15% en 1989, en tenant compte de la forte proportion d'étudiantes en architecture. Sans l'architecture, le pourcentage de femmes étudiantes à l'EPFL tombe à 10%. Mais hommes ou femmes, ce sont eux qui font l'EPFL. Bernard Vittoz rend au passage hommage à « ses » étudiants. « Ils constituent les forces vives de l'Ecole – sans eux, elle n'existerait pas en tant que telle – et les forces vives de l'économie future. Et ils le montrent bien : plus accrocheurs, plus volontaristes qu'il y a 10 ans, ils font preuve de dynamisme, d'innovation. » Les étudiants se montrent d'ailleurs de plus en plus sensibles à l'éthique. Ils lancent une réflexion sur ce thème, qui aboutit à la rédaction du «Serment d'Archimède », inspiré de celui d'Hippocrate dont se réclament les médecins, et de la Déclaration des droits de l'homme. Le texte précise notamment que le diplômé EPFL doit utiliser ses connaissances au profit des hommes, qu'il doit pratiquer sa profession dans le respect de l'environnement et ne pas utiliser ses connaissances à des fins destructrices. Les diplômés se montrent ainsi sensibles à l'environnement social dans lequel ils travaillent.

Dans le même interview bilan, Le président juge également le positionnement de son Ecole : « L'EPFL est nationale et de niveau international : les défis scientifiques, économiques et sociaux qu'elle relève le prouvent. » Il se fixe comme l'une des priorités des quatre années de la fin de son mandat : « Une extension très forte de la reconnaissance de facto de nos diplômes en Europe et ailleurs, et une plus grande intégration de l'Ecole dans les programmes internationaux, non seulement européens, mais aussi américains (sud et nord), asiatiques et africains. »[27]

27. *Flash* 17, 29 novembre 1988, pp. 3-4

En 1989, le roi Baudoin de Belgique visite l'EPFL et assiste à une démonstration du robot Delta, sous l'œil attentif du professeur Christof Burkhardt. Jean-Pascal Delamuraz et Paul-René Martin, alors syndic de Lausanne, sont également présents.

Le premier programme de génie médical

Cette troisième et dernière période de l'ère Vittoz se caractérise aussi par la multiplication des contacts avec les universités romandes. Avec l'Université de Lausanne, un accord est conclu pour financer des projets de recherche en commun dès 1989. Le critère pour obtenir un financement des deux directions est de se lancer dans une recherche ambitieuse qui fasse appel à une coopération véritable, complémentaire et mutuellement bénéfique. Les relations entre les deux patrons, Bernard Vittoz et Pierre Ducrey, sont bonnes. Dans l'interview qu'il donne à l'édition spéciale *Polyrama/Uni Lausanne* de juillet 1990, Bernard Vittoz reconnaît que l'EPFL a pu effrayer sa voisine. « Nous avons eu des problèmes en biologie. Lorsque l'EPFL s'est intéressée à la biotechnologie, certains collègues de l'Université ont cru que nous allions développer une section de biologie. Mais nous n'en avons ni les moyens ni le goût. Finalement, nous avons étudié avec l'Université la façon d'utiliser ensemble et rationnellement les moyens à disposition dans ce domaine »,

conclut le président de l'EPFL. Dans les actes, ces intentions se traduiront par les programmes communs de génie médical. Imaginé par Jean-Jacques Paltenghi, le processus est lancé fin 1991 par un accord conclu entre l'EPFL, l'Université de Lausanne et le CHUV et signé par les conseillers d'Etat vaudois, Pierre Cevey et Philippe Pidoux, aux côtés de Bernard Vittoz. Le programme de recherche est doté d'un montant de cinq millions pour les années 1992 à 1994. Un comité de gestion se met en place pour préparer le dossier, où l'on retrouve Charles Kleiber, directeur général du Service vaudois des Hospices cantonaux et qui deviendra par la suite le Secrétaire d'Etat à la science et à la recherche. Ce premier programme de génie médical est lancé fin septembre 1992. Les cinq projets retenus sont le développement d'un pancréas artificiel pour diabétiques, la photodétection et photothérapie du cancer, l'immunothérapie spécifique des réactions allergiques (concrètement, trouver une thérapie contre les allergies au venin d'abeille), l'étude des propriétés et du comportement de la paroi artérielle dans un but de prévention de l'artériosclérose,

Le concept paraît évident aujourd'hui, mais en 1992 la volonté d'institutions comme l'EPFL, le CHUV et l'UNIL de collaborer pour effectuer de grandes percées scientifiques était révolutionnaire. Un premier programme commun est lancé. De gauche à droite, Jean-Jacques Paltenghi, le conseiller d'Etat vaudois Philippe Pidoux, Pierre-André Grandchamp, directeur des Hospices cantonaux, le conseiller d'Etat vaudois Pierre Cevey, Bernard Vittoz et le recteur de l'UNIL Pierre Ducrey.

enfin un programme visant à mesurer la dépense énergétique humaine dans la vie quotidienne. Vastes ambitions qui motivent des équipes de médecins et d'ingénieurs qui n'ont encore jamais eu l'occasion de travailler ensemble. Par ailleurs, l'Université de Lausanne mandate en cette même année 1992 le CAST pour qu'il mette à son profit la mission qu'il remplit pour l'EPFL. C'est un signe de l'excellence du travail accompli par le CAST depuis six ans et un nouvel exemple de collaboration entre l'Université de Lausanne et l'EPFL.

D'autres collaborations se mettent en place: pour l'enseignement du droit aux étudiants de génie civil, génie rural et d'architecture, une convention est passée avec l'Université de Fribourg, l'Université de Lausanne n'étant pas intéressée par cette collaboration. Aux étudiants EPFL, Fribourg dispense un enseignement pratique concentré sur les problèmes de la construction (responsabilité, fixation des prix, aménagement du territoire et protection de l'environnement). L'EPFL entame en 1988 une collaboration avec l'Université de Genève en créant un Institut romand de recherche numérique en physique des matériaux (IRRMA). Les laboratoires de cet institut sont installés à Ecublens et bénéficient des ressources informatiques de pointe de l'Ecole. Le succès scientifique de cette collaboration incitera les autres universités romandes (Lausanne, Neuchâtel, Fribourg) à rejoindre la démarche l'année suivante. La simulation numérique a dopé la recherche sur les nouveaux matériaux, elle permet notamment de déterminer avec une grande précision les caractéristiques microscopiques de la matière condensée. Cette recherche fondamentale a des applications quasi immédiates : les supraconducteurs à haute température ou encore les lasers employés en télécommunications. En clair, cinq Hautes Ecoles romandes signent un pacte pour développer les matériaux de l'an 2000.

Mêmes révolutionnaires, les super-ordinateurs sont rapidement dépassés par des nouveaux appareils plus puissants. Le Cray 2, installé en 1988 est six fois plus puissant que le Cray 1, totalement saturé après deux ans d'exploitation. Le Cray 1 sera, quant à lui, conservé à l'Ecole comme pièce de musée.

L'ambition scientifique de ce projet est d'autant plus justifiée que l'EPFL dope encore la puissance de calcul de ses superordinateurs. Un nouvel appareil Cray 2 est installé à l'automne 1988. Six fois plus puissant, il remplace le Cray 1, qui tourne à plein régime depuis deux ans et qui est totalement saturé. La puissance augmentée de cet ordinateur de nouvelle génération (1 milliard d'opérations par seconde) permet de simuler des effets en trois dimensions de la physique des plasmas et de la dynamique des fluides. Le Cray 1 sera conservé à l'Ecole... comme pièce de musée. En 1992, le Cray 2 sera même complété par un nouvel appareil le Cray Y-MP. Les spécialistes de l'informatique expliquent alors aux profanes que le Cray 2 est dédié à la simulation et à la modélisation numérique, tandis que le nouveau Cray sera voué aux transferts de données entre les diverses unités de l'EPFL. C'est en fait un énorme serveur central.

En 1992, le Cray 2 sera complété par un nouvel appareil le Cray Y-MP. Le Cray 2 est dédié à la simulation et la modélisation numérique, tandis que le nouveau Cray sert aux transferts de données entre les diverses unités de l'EPFL.

Parallèlement, les contacts avec l'industrie continuent de se renforcer. Un nouveau dispositif est mis en place, qui prend le relais de certaines structures : ce sera la JSM-EPFL, forme de joint-venture que préside Pierre Arnold, ancien PDG de la Migros, grand patron de la SMH avec qui l'EPFL a conclu un ambitieux accord de recherche et qui est aussi membre du comité industriel de l'Ecole. Ce n'est pas par hasard si la journée polytechnique 1988 est placée sous le thème « l'EPFL au pays des industriels ». Le conseiller fédéral Flavio Cotti profite de sa présence pour insister sur le lien essentiel à ses yeux entre la compétitivité de l'économie et l'encouragement de la recherche. Il constate avec grande satisfaction que depuis 1985, l'industrie est devenue le principal bailleur de fonds pour les projets de recherche de l'EPFL, devançant même le Fonds national. Le chef du Département fédéral de l'intérieur annonce aussi à cette occasion que la future loi sur les EPF vise à donner une plus grande liberté d'action aux instituts et aux professeurs EPF en matière financière.

La Suisse manque d'ingénieurs

Alors que l'EPFL s'apprête à fêter en grande pompe les vingt ans de sa fédéralisation et que le cap des 3500 étudiants est franchi lors de la rentrée 1989, Bernard Vittoz lance cependant un cri d'alarme lors de la traditionnelle remise des diplômes : la Suisse manque encore cruellement d'ingénieurs. Le président juge qu'il faudrait doubler leur nombre en Suisse et lance un appel aux femmes. Il est nécessaire que les étudiantes se lancent dans les professions techniques, les

Le concours de robots est une grande tradition de l'EPFL. Etudiants et chercheurs en informatique et microtechnique rivalisent d'inventivité.

10% d'effectifs qu'elles représentent dans les sciences de l'ingénieur ne le satisfait pas. Pour cela, il est nécessaire que les préjugés envers les sciences soient démontés. Pour le président, les parents et les enseignants du primaire et du secondaire sont les premiers à les entretenir. Un groupe intitulé Polyfemmes se crée pour une meilleure intégration des femmes dans l'Ecole, pas seulement pour que les chercheuses soient mieux traitées, mais aussi pour les collaboratrices du secteur administratif. Quelques années plus tard, le président Jean-Claude Badoux, lui aussi très sensible à cette question, nommera une déléguée à l'équité pour qu'une politique volontariste en faveur des femmes soit menée à l'EPFL. Quant à la préoccupation globale liée au manque d'ingénieurs en Suisse, elle sera reprise et développée la même année par l'Académie suisse des sciences techniques. L'Académie lance un appel aux pouvoirs publics pour que les capacités de formation de toutes les écoles polytechniques et d'ingénierie en Suisse, et pas seulement les deux EPF, soient accrues de 50%, quelles qu'en soient les conséquences pour les finances publiques. Ce souci n'empêche nullement l'EPFL d'organiser une grande fête en mai 1989 pour les vingt ans de sa fédéralisation. La manifestation est triple. Elle combine une journée portes ouvertes qui attire un très nombreux public, la traditionnelle Journée polytechnique et une assemblée générale de l'Ecole réunissant l'ensemble des collaborateurs désireux de dialoguer avec la direction. Deux des trois doctorats honoris causa décernés à cette occasion ont une saveur toute particulière, puisque l'EPFL rend hommage aux deux pionniers qui ont permis à l'ancienne EPUL de devenir l'EPFL moderne : l'ancien président Maurice Cosandey et l'ancien conseiller d'Etat vaudois Jean-Pierre Pradervand sont honorés. Pour les vingt ans de la fédéralisation, la cérémonie est marquée par la présence du conseiller fédéral Jean-Pascal Delamuraz, alors président de la Confédération. En vingt ans, l'Ecole a triplé son nombre d'étudiants. Elle décernait à l'époque sept types de diplômes, quatre sont venus s'y ajouter (mathématiques, matériaux, microtechnique et informatique). En outre, un onzième département est créé : car après avoir hésité, la direction crée le Département de microtechnique, confirmant les options prises dans ce domaine, en collaboration avec l'Université de Neuchâtel dès 1978. Le Département de microtechnique sera inauguré en 1990.

L'heure est à la confiance en l'avenir. « Je puis vous dire que j'ai rêvé de cette EPFL et que, ce rêve réalisé, je n'ai cessé de croire à son destin, à son rayonnement ici, dans le pays, et au-delà », déclare alors Jean-Pierre Pradervand, lorsqu'il reçoit son titre de docteur honoris causa.

Les premiers pas vers EURECOM

Jean-Pierre Pradervand, sans le savoir, colle à l'actualité, puisque quelques semaines plus tard, le rayonnement de l'EPFL incite le Conseil général des Alpes-Maritimes, en France, à demander officiellement à l'EPFL d'installer une école d'ingénieurs en communication dans le plus important parc technologique d'Europe, près de Nice. L'aventure Sophia Antipolis est sur le point de démarrer. Elle correspond parfaitement aux lignes prioritaires dégagées quelques mois plus tôt par la direction de l'Ecole : les technologies de l'information. L'EPFL étudie longuement le projet. Il s'agit de former des ingénieurs en systèmes de communication, en remplaçant les orientations correspondantes de la section électricité et de la section informatique. Une collaboration avec Sophia Antipolis ferait faire un nouveau pas concret à l'EPFL pour la reconnaissance de ses diplômes par un pays de la Communauté européenne. Bernard Vittoz annonce que la phase de réflexion sur les modalités de cette collaboration avec la France devrait aboutir à une décision en 1991.

En 1990, une manifestation de protestation a lieu sur le site contre la perspective de l'introduction d'une vignette pour le parcage des voitures. La vignette sera néanmoins introduite.

Le retour des restrictions financières

Dans l'attente de cette décision, c'est le retour à une situation bien connue qui se profile : les restrictions budgétaires. L'EPFL vient de connaître cinq années fastes, après le rapport Hayek, mais au tournant des années 1990, le climat change à nouveau. Certes, encore en termes mesurés. Mais les signes ne trompent pas. Une communication du CEPF du printemps 1990 précise la tendance qui se profile. Le domaine des EPF doit tenir compte des restrictions budgétaires décidées par les Chambres fédérales. Il ne s'agit pas encore de renoncer à certains projets en cours ou de les réduire. En revanche, il faut repousser la réalisation de certaines ambitions. L'EPFL renonce à la mise en route de deux grands projets de recherche en microtechnique et en informatique. La planification 1992-1995 qui se prépare pose comme hypothèse la fin de la croissance du personnel et donc un effectif constant. On revient au blocage du personnel. L'EPFL prévoit cependant de créer des nouveaux postes de professeurs, en gestion des risques industriels, chimie physique moléculaire, communication/informatique, mais annonce d'ores et déjà qu'elle va renoncer à la succession de deux professeurs en chimie technique et métallurgie des soudures. Par ailleurs, la direction annonce qu'elle renonce à donner suite à 35 (!) propositions de nouvelles chaires, même si elle juge que certaines sont hautement souhaitables. L'heure des « vaches maigres », dont parlera plus tard Jean-Claude Badoux, et qui marquera toute sa présidence, s'annonce. Mais Bernard Vittoz, dans les derniers mois de sa présidence, y est déjà confronté. Signant son dernier message comme président dans le rapport d'activité 1991 de l'EPFL, Bernard Vittoz ne cache pas la réalité. Il évoque des renoncements à des voies de formation au profit de domaines prioritaires. Il évoque aussi une accentuation de la collaboration et de la coordination universitaires, avec la mise sur pied le cas échéant de centres de compétences au plan romand. Comme exemple de renoncement, il cite la radiochimie, abandonnée au profit de l'Institut Paul Scherrer (PSI) et de l'Université de Berne. Au niveau des collaborations avec les universités romandes, il est en contact étroit avec Luc Weber, le recteur de l'Université de Genève pour un partage des tâches en architecture. La conclusion de l'accord Vittoz-Weber ne sera pas faite avant le départ de la présidence de Bernard Vittoz, et c'est Jean-Claude Badoux qui reprendra les discussions sur d'autres bases.

Dominique de Werra, vice-président, professeur au Département de mathématiques

La carrière de Dominique de Werra à l'EPFL comporte une période de 20 ans et une de 10 ans. De 1971 à 1990, il est professeur de recherche opérationnelle au Département de mathématiques, premier professeur de l'Ecole dans ce domaine. Ingénieur physicien de formation, ce sont néanmoins les mathématiques qui attirent ce Valaisan au plan académique. La recherche opérationnelle doit beaucoup à Dominique de Werra, docteur honoris causa de l'Université de Paris et de l'Université de Poznan, président des associations européennes de son domaine de recherche en 1987-1988. Ce professeur, doté d'un sens de l'humour décapant et capable d'autodérision, est toujours resté accessible. Tout ceux qui l'ont croisé dans son lieu de travail se souviennent de la réplique de la fusée de Tintin qui ornait son bureau. Dès qu'il est nommé vice-président de l'Ecole en 1990, en remplacement de Roland Crottaz, il dirige les relations internationales de l'EPFL, parvenant à faire entrer l'Ecole dans plusieurs réseaux européens, afin de faciliter les échanges d'étudiants. Au plan extra-européen, il décide de renforcer les relations avec l'Inde et la Chine. Dès 1993, il dirige le secteur de la formation et y consolide notamment la place des sciences humaines dans la formation technique.

La fin 1990 est marquée par d'importants changements au niveau des structures du CEPF et de l'EPFL. Heinrich Ursprung quitte la présidence du CEPF pour prendre la tête du Groupement de la science et de la recherche, avec le titre de Secrétaire d'Etat. Cette promotion provoque un effet domino. Roland Crottaz, vice-président de l'EPFL, remplace Heinrich Ursprung, tandis que Dominique de Werra, qui venait d'être nommé président de la Conférence de chefs de département (CCD), l'organe essentiel de consultation pour la direction et parfois seul réel contre-pouvoir de celle-ci, remplace Roland Crottaz début 1991. Et c'est le professeur François Descoeudres qui remplace Dominique de Werra à la tête de la CCD. Le Conseil fédéral nomme aussi le nouveau président de l'EPFZ en la personne de Jakob Nüesch, spécialiste de biotechnologie et professeur à l'Université de Bâle. Pour le futur président Jean-Claude Badoux, cette nomination est une chance : ses relations personnelles avec Jakob Nüesch sont depuis toujours excellentes, ce qui favorisera évidemment les arbitrages futurs entre les deux EPF.

L'EURECOM à Sophia Antipolis

Quant aux réflexions autour de la nouvelle filière d'ingénieurs en systèmes de communication, elles aboutissent dans les délais prévus. En 1991, le projet de collaboration avec Sophia Antipolis est prêt. Télécom Paris, les PTT suisses et Ascom participent à son élaboration. L'idée est de faire un cursus incluant la 5e et dernière année à Nice pour tous les étudiants choisissant cette spécialité. Le CEPF donne son feu vert en mai, puis le Conseil fédéral ratifie la création de ce 12e diplôme de l'EPFL. Formellement, les étudiants provenant du premier cycle des sections d'informatique, de physique, de microtechnique et d'électricité ayant réussi le second examen

En 1991, le projet de collaboration avec Sophia Antipolis est prêt. Télécom Paris, les PTT suisses et Ascom participent à son élaboration. L'idée est de faire un cursus incluant la 5e et dernière année à Nice pour tous les étudiants choisissant cette spécialité. EURECOM, puisque tel est le nom donné à cet institut commun à l'EPFL et à l'Ecole nationale supérieure des Télécommunications à Paris, dispense ses cours dès mars 1992. Ici, les professeurs Jacques Neirynck et Dominique de Werra entourent Bernard Vittoz.

propédeutique de leur section accèdent de plein droit au second cycle de cette nouvelle section. Des étudiants d'autres sections peuvent raccorder moyennant de satisfaire certaines conditions. Les cours à Sophia Antipolis sont donnés en français et en anglais. EURECOM, puisque tel est le nom donné à cet institut commun à l'EPFL et à l'Ecole nationale supérieure des Télécommunications à Paris (ENST), dispense ses cours dès mars 1992. Pour l'EPFL, à l'heure de l'intégration européenne, c'est un coup de maître. Dominique de Werra, le nouveau vice-président de l'EPFL, prend la présidence de l'assemblée des membres d'EURECOM.

La nouvelle loi attendue depuis vingt ans

Au plan politique, la situation s'éclaircit enfin pour les EPF. La loi attendue depuis plus de vingt ans est prête à passer devant les Chambres fédérales. Les divergences entre Conseil national et Conseil des Etats éliminées, la loi est acceptée définitivement par le Parlement en juin. Elle remplace un texte de... 1854. Depuis la fédéralisation de l'EPFL, des dispositions transitoires s'appliquaient suite au succès du référendum lancé par les étudiants dans les années 1970 : au total, quatre arrêtés fédéraux depuis ces événements. Cette loi de 1991 est également attaquée par les associations d'étudiants, au motif qu'elle donne trop de pouvoir aux présidents des EPF et restreint trop le droit des étudiants de participer aux prises de décision. Cette fois, le référendum n'aboutit pas. La loi donne la personnalité juridique aux EPF, donc à l'EPFL, elle institue un organe de dialogue et de consultation, l'Assemblée d'Ecole (AE), organe paritaire composé de représentants élus des divers corps constitutifs de l'Ecole. Cette Assemblée d'Ecole a le droit de faire des propositions sur tous les actes normatifs du CEPF, le budget et la planification, la création ou la suppression d'unités d'enseignement. Un pouvoir étendu sur le papier, qui reste néanmoins consultatif. Le premier président de l'Assemblée d'Ecole sera le professeur Alfred Strohmeier.

La nouvelle Assemblée d'Ecole est constituée de représentants des 4 corps de l'EPFL, professeurs, collaborateurs scientifiques, collaborateurs administratifs et étudiants. Selon la loi sur les EPF, elle préavise sur tous les sujets qui engagent l'avenir de l'Institution. Cette Assemblée d'Ecole a le droit de faire des propositions sur tous les actes normatifs du CEPF, le budget et la planification, la création ou la suppression d'unités d'enseignement.

Le nouveau président est désigné

En mai 1992, la nouvelle très attendue à l'interne tombe. Bernard Vittoz, qui quitte ses fonctions fin novembre pour raison d'âge, est remplacé par Jean-Claude Badoux. Professeur à l'EPUL depuis 1967, directeur de l'Institut de la construction métallique (ICOM) au Département de génie civil, ancien chef du Département de génie civil, Jean-Claude Badoux n'est de loin pas un inconnu. Mais sa nomination créée la surprise, comme le reconnaît le journal interne de l'Ecole. Il n'était pas le candidat des professeurs. Discrètement, Bernard Vittoz avait sondé ses pairs et l'Association des professeurs s'était rangée derrière la candidature de François Descoeudres, le président de la CCD. Dominique de Werra, vice-président, était également candidat à la succession de Bernard Vittoz. Mais le Conseil fédéral tranche en faveur de Jean-Claude Badoux. Les professeurs de l'EPFL n'ont de toute manière aucun pouvoir pour choisir le président de leur Ecole. Quelques remous agitent les médias, vite oubliés. Dans *Le Nouveau Quotidien*, Heinrich Ursprung, le Secrétaire d'Etat et directeur du Groupement pour la science et la recherche, balaie sèchement les critiques. « J'étais tellement convaincu à 100% que cette nomination était formidable que tout le monde devait s'en réjouir », explique-t-il. [28] Dans le même article, le président désigné se défend d'être l'homme d'Heinrich Ursprung, au moment où les restrictions financières se font plus pressantes que jamais. « Je ne suis l'instrument de personne, les gens vont s'en rendre compte. L'indépendance intellectuelle me caractérise », explique Jean-Claude Badoux. La première décision visible du président désigné, avant de prendre officiellement ses fonctions, sera de confirmer la direction de l'Ecole. Il démarrera son mandat le 1er décembre avec la même équipe que Bernard Vittoz, signe de son respect pour le travail accompli par l'équipe dirigeante depuis 14 ans. A noter que Jean-Claude Badoux est également nommé en automne 1992 président de l'Académie suisse des sciences techniques, fonction qu'il occupe dès mars 1993 et qui fait de lui le premier Romand à ce poste.

La loi sur les EPF instaure une Assemblée d'Ecole, organe consultatif. Le premier président de cette nouvelle instance sera le professeur d'informatique Alfred Strohmeier, salué ici par Bernard Vittoz

28. Interview donné au *Nouveau quotidien*, 8 mai 1992, p. 3

Le Parc scientifique d'Ecublens

Quant à Bernard Vittoz, il se retrouve un peu dans la situation des présidents américains à la fin de leur second mandat. Mais celui qui a tenu brillamment les rênes de l'Ecole durant 14 ans a encore quelques cartouches à tirer. La plus importante sera la mise sur pied du Parc scientifique d'Ecublens, le PSE. Il y a plusieurs mois que cet important projet est en gestation. L'idée est d'accueillir sur le site d'Ecublens des entreprises novatrices (start-up) dans le domaine des hautes technologies, en leur offrant un lien très fort avec l'EPFL. Bernard Vittoz prend la présidence du Conseil de fondation du PSE, qui est constitué en février 1991. Au sud du site, la construction du premier bâtiment démarre en 1992. Il est ouvert à la fin de l'année 1993. Il offre une surface locative de 2400 mètres carrés, faisant bénéficier ses locataires de plusieurs avantages liés à la synergie avec l'EPFL, dont la proximité et l'accessibilité des services de l'Ecole. L'implantation des entreprises au PSE est évidemment subordonnée à l'existence d'une collaboration scientifique avec l'EPFL, puisque l'idée est d'accueillir des entreprises de haute technologie dont les entrepreneurs sont issus des Hautes Ecoles. Après la réalisation du premier bâtiment en 1993, un deuxième dispositif se met en place en 1994 : la Fondation pour l'innovation technologique (FIT), dont le financement sera assuré par plusieurs organismes, et par Claudine et Bernard Vittoz directement. La FIT apporte un soutien important aux projets innovateurs souvent issus du PSE. A fin 2000, 24 prêts auront été octroyés pour un montant de plus de deux millions.

Concours de robots de l'EPFL 1992. Au centre, le professeur Jean-Daniel Nicoud.

Le PSE est un concept dont le succès est rapide. En 1997, la construction d'un deuxième bâtiment est décidée, car les surfaces du premier bâtiment, inauguré en 1994, sont entièrement louées. Ce 2e bâtiment est mis en service le 1er octobre 1998 et la décision de construire le 3e suit rapidement et permet son ouverture le 1er juillet 2001. A fin 2000, le PSE héberge 47 entreprises, dont 37 start-up issues de l'EPFL. Dans ce succès, un homme, Damien Tappy, joue un rôle essentiel. En 1997, il accepte de remplir le rôle d'accompagnateur des futurs créateurs d'entreprises. Lui-même diplômé en microtechnique, il revient d'une expérience académique aux Etats-Unis. Il quittera ses fonctions fin décembre 1999. La fondation du PSE, toujours présidée par Bernard Vittoz, nomme alors Jean-Luc Mossier comme directeur du PSE.

Un bilan exceptionnel

Bernard Vittoz a l'honneur, quatre jours avant son départ de la présidence, de mettre en service le nouveau Tokamak (TCV). Il effectue le premier test, sous l'œil attentif du professeur Francis Troyon, directeur du Centre de recherche en physique des plasmas. Il s'engage aussi à fond pour que les Suisses acceptent le 6 décembre 1992 d'entrer dans l'Espace Economique Européen, qu'il juge vital pour la poursuite des collaborations de recherche. On connaît la suite : la fameux « dimanche noir » dont parlera Jean-Pascal Delamuraz.

Puis viennent le temps des hommages à un homme qui a marqué de son empreinte l'histoire de l'EPFL. Flavio Cotti est à l'EPFL en novembre pour inaugurer officiellement la fin de la 2e étape des constructions du site d'Ecublens. Il profite de l'occasion pour remercier chaleureusement Bernard Vittoz pour l'engagement, la compétence et la passion voués à l'EPFL. Symboliquement, le président s'en va alors que le cap des 4000 étudiants est juste franchi. L'effectif a donc doublé durant son mandat. Le budget de l'Ecole a passé de 92 millions à 350 millions. Il y avait 93 professeurs en 1978, ils sont 140 ; et 1000 postes en 1977, 2064 en 1992, toutes catégories confondues. Quant aux ressources provenant des mandats des collectivités publiques et de l'industrie, elles ont fait un bond de 1,8 million en 1977 à... 32,6 millions en 1991. Ces chiffres donnent le vertige et en disent long sur le fantastique développement de l'ancienne EPUL en une génération.

Fin novembre le conseiller fédéral Flavio Cotti est à l'EPFL pour la cérémonie d'inauguration de la 2e étape des travaux. A quelques jours de la fin du mandat de président Vittoz, Flavio Cotti le remercie pour l'immense travail accompli durant ses 14 ans de présidence.

Quel bilan tirer de l'ère Vittoz ? Selon Jean-Jacques Paltenghi, « chaque président monte sur les épaules du précédent ».[29] Il est clair que le travail effectué par Maurice Cosandey a facilité le sien, mais diriger une institution confrontée à de tels bouleversements a été une tâche à la fois passionnante et harassante. Surtout lorsque l'on est confronté à des décideurs politiques dont l'avis change,

29. Entretien avec l'auteur

Fête de l'Ecole polytechnique fédérale de Lausanne, Vivapoly, 1992.

et c'est logique, au gré des aléas de la conjoncture. Lors de son dernier discours comme président à la journée magistrale 1992, Bernard Vittoz stigmatise ces contradictions. « Les Chambres fédérales, sur proposition du Conseil fédéral, ont décidé l'automne passé de faire un effort particulier dans la relève des professeurs universitaires. Deux mois plus tard, cette stratégie a été bien mise à mal par les mêmes autorités en raison des coupures qu'elles ont introduites dans le budget fédéral et qui diminuent de moitié l'effort précédemment voté. » [30] Bernard Vittoz plaide alors pour un effort soutenu de coordination, tout en mettant en garde comme au début de son mandat contre des restrictions trop brutales qui mettraient la qualité de la formation en danger, surtout avec les taux de croissance d'étudiants que connaît l'EPFL. « De deux choses l'une : ou bien on continue à ouvrir largement les portes de nos hautes écoles et l'on s'en donne les moyens, ou bien on ne dispose pas des moyens nécessaires et l'on en tire les conséquences logiques : dégradation de la formation ou limitation de l'accès aux hautes écoles. Notre pays est au carrefour de tels choix. Son avenir à moyen et long terme est en jeu », conclut le président.

Quant à sa philosophie sur ce que devrait être l'ingénieur du futur, Bernard Vittoz en avait fait part quelque 6 ans avant de prendre sa retraite lors la journée magistrale 1986. Selon lui, l'essentiel est qu'un ingénieur puisse s'appuyer sur une solide formation de base, être sensibilisé à la fiabilité, la sécurité et la main-

30. *Polyrama* 91, juin 1992, p. 35

tenance de ses réalisations, être sensible aussi aux interactions entre l'homme et son environnement, prendre conscience que son action s'inscrit dans une dimension historique et éthique. Un ingénieur ne doit jamais oublier d'avoir comme objectif le développement industriel de ses produits.

Il est toujours difficile de parler de soi. Mais Bernard Vittoz se prête de bonne grâce aux demandes d'interviews. Le 21 février 1993, *Le Nouveau Quotidien* lui pose la question : « Bernard Vittoz, qu'avez-vous fait de l'Ecole polytechnique fédérale ? » Le journal souligne que sous son règne l'Ecole a littéralement explosé. « On dira plus tard, commente le journal, que c'était l'âge d'or. » Dans cette interview, Bernard Vittoz répond avec le recul de l'historien. Il rappelle qu'il a créé le laboratoire de génie atomique au sein de l'ancienne EPUL et qu'il croit toujours au potentiel du nucléaire, malgré Tchernobyl, jugeant que l'Occident maîtrise mieux les techniques nucléaires que l'Europe de l'Est. A propos de la reprise de l'EPUL par la Confédération, il rappelle que c'était vital pour la survie de l'institution, même si à l'époque certains milieux vaudois n'y étaient pas très favorables. Il avoue pourtant qu'il ne s'était pas préparé à devenir président de l'EPFL, que cela ne faisait pas partie de son plan de carrière, mais qu'il a jugé cela passionnant. Que son style de présidence a été plutôt collégial, en cherchant à convaincre ses collègues professeurs plutôt qu'à imposer ses décisions brutalement. Qu'il a eu de la chance, à l'exception de cette longue période de blocage de personnel. Il avoue aussi qu'il s'est battu fermement pour imposer les premiers superordinateurs auxquels personne au sein du Conseil des EPF ne croyait à l'époque. Il estime transmettre à Jean-Claude Badoux une EPFL en grande forme, même si des nuages financiers pointent à l'horizon.

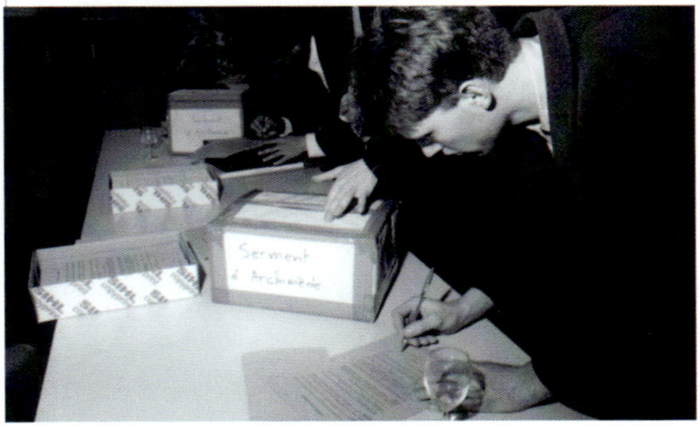

Au tournant des années 1990, des étudiants lancent une réflexion sur l'éthique, qui aboutit à la rédaction du « Serment d'Archimède », inspiré de celui d'Hippocrate. Le texte précise en particulier que le diplômé EPFL doit pratiquer sa profession dans le respect de l'environnement et ne pas utiliser ses connaissances à des fins destructrices.

Le 1er décembre 1992, Bernard Vittoz transmet le flambeau à Jean-Claude Badoux. Une nouvelle ère commence. Bernard Vittoz donne sa leçon d'honneur le 4 février 1993 sous le titre « Des atomes et des hommes » et reçoit à cette occasion un vibrant hommage de l'ensemble de la communauté de l'EPFL. Il sera nommé docteur honoris causa de l'Université de Neuchâtel en 1994, en remerciement de ses efforts pour la collaboration universitaire, en particulier dans le domaine de la microtechnique.

Le site actuel de l'EPFL à Ecublens est encore vierge de toute construction. La commission constituée par le Conseil d'Etat, présidée par Emmanuel Faillettaz, préconise en 1965 pour l'UNIL et pour l'EPUL (on ne parle pas encore de l'EPFL) un nouvel emplacement de quelque 90 hectares. Après analyse comparative, le site de Dorigny-Ecublens

d'environ 150 hectares est retenu, dont quelques 60 hectares pour la future EPFL, non compris les terrains du Centre sportif commun de l'UNIL et de l'EPFL. A la suite d'un concours national, le plan directeur du bureau d'architectes Zweifel et Strickler et Associés (ZSA) est choisi en 1970 pour la réalisation d'une première étape de construction.

La zone quelques mois avant le début des travaux. L'UNIL a déjà réalisée ses premiers bâtiments. En 1972, le Conseil fédéral demande les crédits aux Chambres fédérales qui portent sur les 4/5 du coût de la première étape (462 millions). En mars 1973, l'avant-projet de l'ensemble de la première étape est mis à l'enquête, avec

une demande de permis de construire pour les deux premiers bâtiments. Elle suscite l'hostilité des habitants d'Ecublens, en raison de la hauteur des bâtiments prévus. L'EPFL, les constructions fédérales et les architectes de ZSA élaborent un nouveau projet qui réduit la hauteur des bâtiments litigieux. En 1974, les travaux démarrent.

La première étape a pris forme. Les premiers bâtiments sont entrés en fonction en 1977. Ce sont la halle-fosse du génie civil, les halles de mécanique et les halles de chimie notamment. Le chantier de la station de pompage pour l'alimentation en eau du lac du site universitaire débute également en 1977.

Le 20 avril 1978, les premiers bâtiments sont inaugurés en présence du conseiller fédéral Hans Hürlimann. Même si les travaux de cette étape sont loin d'être achevés, comme en témoigne cette photo, les premiers étudiants emménagent sur le site à la rentrée d'automne.

La 1re étape de construction se termine avec l'achèvement du bâtiment de génie rural, mis en service en 1984. En octobre 1984, elle est inaugurée dans son ensemble, dix ans après le début des travaux, en présence du conseiller fédéral Alphons Egli. Au total, la réalisation a coûté 462 millions; 80% des travaux sont revenus à des entreprises établies dans le canton de Vaud. Les préparatifs de la 2e étape ont commencé en 1979 par la mise sur pied d'un

nouveau concours d'architecture, sur la base d'une révision de la planification directive. Le projet des bureaux Bernard Vouga et Réalisations scolaires est retenu. Après diverses études complémentaires, les Chambres fédérales accordent le premier crédit pour cette 2e étape en 1983. Le message demande notamment des crédits pour édifier le Département d'électricité, les locaux d'enseignement de la Coupole et la centrale de chauffe par thermopompes.

On distingue clairement les grandes lignes de la 2e étape : la diagonale, qui permet de rejoindre les départements des matériaux, d'électricité et d'informatique, ainsi que l'Allée de Savoie, porte d'entrée sud de l'EPFL, qui débouche sur l'Esplanade, la nouvelle place centrale. Les bâtiments du Département d'informatique sont

encore en chantier. La première phase sera achevée en 1989, la seconde en 1992. Enfin, ni les bâtiments du PSE, ni celui du Centre de recherche en physique des plasmas (Tokamak TCV) ne sont sortis de terre, même si l'on distingue le début des travaux de ce qui deviendra la plus grande installation scientifique de l'Ecole.

La partie sud de la deuxième étape est achevée, avec le bâtiment du CRPP, dont le premier tir du Tokamak TCV a été effectué par Bernard Vittoz à fin novembre 1992. Le premier bâtiment du PSE est visible, il est mis en service cette même année. En 1993, les préparatifs pour le quartier Nord de l'EPFL avancent, après l'organisation d'un nouveau concours d'architecture, remporté par le bureau zurichois

Schnebli-Amann-Ruchat. Le quartier Nord doit notamment accueillir le Département d'architecture, ainsi que le bâtiment pour le Département de microtechnique. En 1993, le quartier Nord est encore vierge de toute construction, Il est utilisé comme parking. On distingue le tracé du nouveau métro M1, mis en service en juin 1991.

Le bâtiment de microtechnique est terminé, alors que le reste du quartier Nord n'est pas encore édifié. On distingue, au premier plan de la photo, le bâtiment de chimie de l'UNIL, avec ses trois « cheminées » caractéristiques, qui sera repris par l'EPFL après l'entrée en vigueur des accords liés au projet triangulaire

de collaboration entre l'EPFL et les universités de Lausanne et Genève. Enfin, le bâtiment « Odyssea », dû à l'architecte Rodolphe Lüscher, est également construit. Réalisé par et pour les besoins de Swisscom, il sera racheté plus tard par l'EPFL, à l'initiative de Jean-Claude Badoux.

JEAN-CLAUDE BADOUX (1935)

LA DIALECTIQUE DE JEAN-CLAUDE BADOUX

Bertil Galland

Jean-Claude Badoux déclare, dans un condensé presque mathématique de ses origines, à Forel, village de la Broye:

«5000 ans de paysannerie, 1500 ans de foi en Jésus-Christ, 300 ans où chacun savait lire et écrire ». Il faudrait être bien sot pour croire qu'un tel enracinement contredit l'ouverture au monde. Preuve en est donnée par la destinée de l'homme qui présidera l'Ecole polytechnique fédérale de Lausanne de 1992 à 2000.

La dialectique n'est pas réservée à Marx. Elle implique pour Badoux l'ici et l'ailleurs. Tout son élan tend à lier ces orientations apparemment contradictoires. Elles vont se féconder l'une l'autre jusqu'à tracer une ligne d'une singulière netteté. Ce fils aîné d'un paysan vaudois connaît la cohérence initiale d'une grande famille. Sous le toit de deux fermes, elle est unie dans l'exploitation d'un seul domaine. Or le garçon se voit privé de toute perspective d'en devenir un jour le maître. Un accident de santé lui barre la route de la paysannerie. Sans amertume, mais stimulé par les lectures qui ont marqué cette période, il se sentira porté par la passion de rester lui-même en vivant autrement.

Quel ailleurs ? C'est d'abord Lausanne, la petite capitale et ce grand inconnu, l'univers urbain, où le jeune campagnard hésite à monter dans un tram. Au Collège scientifique, trois disciplines éveillent son enthousiasme, la physique, les mathématiques, les langues. Une durable amitié le rend témoin d'une ambition politique, celle d'un camarade de classe qui deviendra président de la Confédération, Jean-Pascal Delamuraz. L'ailleurs, le hors-scolaire, apparaît aussi à l'adolescent dans une vision poussée jusqu'à de vastes horizons. Il étudie le russe et derrière les vainqueurs de la Deuxième Guerre mondiale qui, au grand effroi de l'Occident, plaquent sur l'Est européen le communisme concentrationnaire, l'adolescent pressent, hors de toute idéologie, des immensités prometteuses qui se prolongent jusqu'à l'Asie. Il est sensible à l'appel d'écrivains qui, tel Dostoeïvsky, labourent profond.

A dix-neuf ans, il ose le bond vers une autre culture, proche encore : la Suisse de langue et de mœurs germaniques. En vérité, l'année de travail outre-Sarine est une vieille habitude des jeunes paysans vaudois. Ainsi le père de Jean-Claude, à 14 ans, s'en alla-t-il apprendre l'allemand comme valet de ferme. A Zurich, le fils affronte, lui, le milieu des grandes techniques contemporaines. Au «Poly», vénérable établissement où, dans les années cinquante, on coudoie les prix Nobel, il étudie le génie civil. Paul Scherrer est le gourou des innovations nucléaires. Ferdinand Gonseth, mathématicien philosophe, réunit des étudiants à son domicile pour sonder et guider des réflexions fondamentales. Badoux en prend de la graine.

L'ailleurs, c'est ensuite la Technische Hochschule et le hochdeutsch quotidien de Hanovre. L'Allemagne tente de renaître de ses ruines et de se défaire des miasmes de l'hitlérisme. La dialectique, dans les pensées et les projets de Jean-Claude Badoux, se développe en réaction à la tragédie mondiale des idéologies totalitaires et à l'enfermement où la Suisse dut chercher son salut. Son esprit découvreur et son tempérament positif l'invitent à partager l'espoir d'une Europe en pleine réédification. Sa vocation personnelle n'est-elle pas de construire? A Hanovre il s'initie à la pratique des calculs statiques. Chez Stalthon Prébéton, en Suisse, où il deviendra ingénieur en chef, il se consacre aux audaces sécurisées du précontraint. Sa Broye natale bénéficie alors d'une usine implantée à Avenches pour l'exploitation des nouvelles techniques de la préfabrication.

Mais quel est l'ailleurs, en cet après-guerre, qui propose le modèle le plus spectaculaire ? L'Amérique, évidemment. Le jeune ingénieur y débarque avec sa jeune femme en immigrant convaincu. Il trouve un pays avide de ses connaissances techniques, immédiatement élargies par le nouveau contexte. Badoux obtient un doctorat en ingénierie à Bethlehem, en Pennsylvanie. En Californie, fort de la carte verte, le couple s'applique à parler l'anglais en famille. Voici le fils du paysan de Forel qui, riche de ses compétences dans l'art des calculs et dans la combinaison du métal et du béton, devient professeur aux Etats-Unis à 30 ans. On consulte ce spécialiste renommé.

L'américanisation du Vaudois aurait été complète si un projet séduisant, la création d'un Institut de la construction métallique en Suisse, avec une trentaine de collaborateurs, n'avait déterminé le retour de l'ingénieur au pays et son entrée à l'Ecole polytechnique de Lausanne qui en 1969 sera fédéralisée. Jean-Claude Badoux devient ainsi l'un de ceux qui, à cette époque, importent dans la région lémanique la dynamique du Nouveau Monde. Sa passion de l'enseignement suscitera l'enthousiasme et le respect durable d'une pleine génération d'étudiants.

Mais, pour lui, l'exemple des Etats-Unis n'est pas tout et l'ailleurs ressurgit. Observons une nouvelle orientation explicitement affichée. Lorsque Badoux est porté à la présidence de sa Haute Ecole, en 1992, et qu'il convient d'annoncer sa stratégie, il écarte l'idée d'une EPFL à vocation principalement francophone. Il invite l'ensemble des professeurs, par une lettre-programme, à nouer des contacts étroits avec les industries suisses et la Suisse allemande. Mais la hardiesse n'est pas là. La prescience du nouveau président est révélée par une autre injonction. Nous ne devons pas nous contenter, dit-il en substance, d'élargir nos échanges académiques traditionnels avec l'Europe occidentale et l'Amérique du Nord. Il importe que l'EPFL pousse résolument ses réseaux à l'Est, vers la Russie, vers l'Inde, vers la Chine, vers la Corée (dont Badoux deviendra un jour le consul pour les questions scientifiques et culturelles). La globalisation et le monde multipolaire se sont ainsi trouvés inscrits dans le champ de vision de la Suisse romande dès la fin des années soixante.

Simultanément à ces perspectives, résolument élargies et clairement proclamées, se poursuit chez cet enraciné planétaire un combat plus intime. Dans sa pensée, la dialectique doit tendre à la synthèse sur un tout autre plan. L'ici et l'ailleurs se conçoivent aussi, chez Badoux, dans la verticalité. S'il est passionnément ingénieur, il ne craint pas, avec une fraîcheur presque candide qui surprend ses interlocuteurs, d'évoquer sa foi en Jésus-Christ. Une telle annonce spontanée est insolite dans les milieux universitaires. Voici donc un croyant notoire au pays des convictions discrètes, parfois enfouies. D'un côté, face à la matière, au métal, au béton, il manifeste le souci de l'exactitude millimétrée.

Par ses calculs, il se flatte d'offrir la solidité dans des constructions d'envergure et néanmoins plus libres et plus légères. L'amour du concret, acquis dès son enfance terrienne par ce Broyard, l'a servi jusque dans les technologies d'avant-garde. *Concrete* est le nom anglais du béton. Celui-ci, combiné à l'acier, promet aux yeux de Badoux une vie meilleure à tous les habitants de la Terre. Mais pour lui la certitude statique du bâtisseur ne contredit en rien la force invisible du lien religieux.

Ainsi l'élan intérieur, chez lui, intègre une espérance en deux dimensions. Elle s'est consolidée après la Deuxième Guerre mondiale, quand l'ingénieur, patriote pérégrin, a senti mûrir ses convictions face aux ruines de l'impérialisme totalitaire, tandis que le plan Marshall diffusait le savoir américain. Les «trente glorieuses», le jeune professeur de l'EPFL les a rapportées au murmure intérieur de son *Soli Deo gloria*. Mais qu'on se rassure, il n'y eut nul prosélytisme en son enseignement, ni rien que de strictement métallique et concret dans les travaux de son Institut. On peut néanmoins percevoir, dans la finalité de ses projets, et au dedans de lui-même, une célébration du monde, qui, il en est certain, exige toute l'attention des hommes auxquels Dieu l'a confié. L'impulsion donnée à la recherche à l'EPFL sous la présidence de ce protestant, qui à la même époque sera président du Conseil synodal de l'Eglise réformée vaudoise, a manifesté une certitude que partagea Jean-Paul II : nous devons reconnaître une égale dignité à la vérité scientifique et à la vérité de la foi. La première se traduit par une concentration du chercheur sur le domaine extraordinairement précis et matériel de ses investigations. La deuxième donne tout son sens aux friabilités humaines face à la transcendance du message évangélique.

Jean-Claude Badoux (1935)

Originaire de Cremin (VD), marié, quatre enfants, Jean-Claude Badoux entreprend des études à l'EPFZ, après son gymnase à Lausanne. Il y obtient son diplôme d'ingénieur civil en 1958. Il poursuit ses études à la Technische Hochschule à Hanovre, puis à la Lehigh University, Bethlehem aux USA, où il termine son doctorat en 1965. Après quelques années de pratique professionnelle, il est chargé de cours en 1964-1965 à l'Université Lehigh, puis nommé en 1965, professeur à l'Université de Californie. Dès 1967, il est professeur à l'EPUL. Il fonde et dirige l'Institut de la Construction métallique de l'EPFL dès 1969. En 1971-1972, il est chef du Département de génie civil. Jean-Claude Badoux a présidé la Société suisse des ingénieurs et architectes de 1987 à 1991, il en devient membre d'honneur dès 1991 et président de son Conseil d'honneur dès 1999. Il a aussi présidé l'Académie suisse des sciences techniques de 1993 à 1999, année où il est nommé membre d'honneur. Le 1er décembre 1992, Jean-Claude Badoux succède à Bernard Vittoz comme président de l'EPFL. Il a présidé le Conseil d'administration de Coop Vaud-Chablais Valaisan entre 1983-2000 et le Conseil synodal de l'Eglise Evangélique réformée du Canton de Vaud entre 1986 et 1990. Il préside depuis 1999 le Conseil de la Fondation Bois Chamblard, à Buchillon. Après son départ de la présidence de l'EPFL en février 2000, il est président-fondateur du Réseau suisse d'innovation (RSI). En 2005, l'Association *Plan-Fixes* lui consacre un portrait. En 2009, il devient membre d'honneur de l'A3E2PL, l'association des anciens étudiants de l'EPFL.

A l'EPFL s'est ainsi confirmée chez Jean-Claude Badoux une confiance plénière et à double fond. Elle a parfois suscité la surprise ou irrité les sceptiques, mais elle a fondé la dynamique d'une présidence. Elle a prouvé son efficacité dans une multiplication tous azimuts de ses contacts humains. Le respect de chaque professeur, de chaque étudiant, de l'interlocuteur de toute origine, est pour Badoux une règle cardinale. L'empathie a ouvert la voie à ses relations avec les industriels, dans les milieux politiques jusqu'aux Chambres fédérales où il a été une voix très écoutée, dans les corps hétéroclites de la communauté helvétique. L'attitude du président de l'EPFL poussait aux consensus avec les Alémaniques dont il entend le dialecte. L'aisance des contacts, la clarté synthétique, la compétence en ingénierie, l'expérience en éducation technique l'ont porté à la tête de grands organismes académiques et professionnels suisses et internationaux. Les mêmes dons lui ont ouvert les portes dans les pays lointains où il dispense ses conseils, la Corée en nouveau lion industriel, la Chine dans les étapes d'un développement gigantesque, le Népal qui s'arrache à ses archaïsmes.

Jean-Claude Badoux s'est appliqué à concentrer sa plus forte attention à la Haute Ecole où il a laissé ses marques. Il évita tout vain conflit avec le « Poly » de Zurich, se gardant d'oublier qu'il était l'un de ses diplômés et rendant justice à sa tradition impressionnante. Mais il a perçu les chances offertes au jeune établissement fédéral de Lausanne: la souplesse favorisant des voies neuves, l'implantation dans une Suisse lémanique qui est cosmopolite depuis des siècles, ouverte aux mouvements d'idées, de vieille tradition pédagogique, enrichie par le passage de grands esprits, innovante depuis Rousseau, Forel, Yersin, Tschumi ou Piccard.

Dans l'enseignement pointu qu'il est parvenu à développer, Jean-Claude Badoux n'a cessé de manifester de l'intérêt à l'environnement culturel, aux arts, à la littérature, aux mouvements créateurs de son pays. Une multiple intégration fut son souci permanent. L'attachement à ce qu'il ne craint pas d'appeler sa patrie n'a été que l'envers de son infatigable ouverture à l'ailleurs.

Reste enfin, chaque jour, le cercle intime. L'épouse qui soutient, prie et partage. Quatre enfants. Dix-sept petits-enfants.

Et le souvenir de la grande famille de Forel, qui n'était certes pas du modèle papa-maman-bébé, mais offrit sa richesse d'oncles et de tantes aux mains usées et un grand-père inoubliable, né en 1873, debout sur sa terre ancestrale, désignant du bras le bon chemin.

L'ÈRE BADOUX 1992-2000, LA DYNAMIQUE DU CHANGEMENT DANS UNE PÉRIODE DIFFICILE

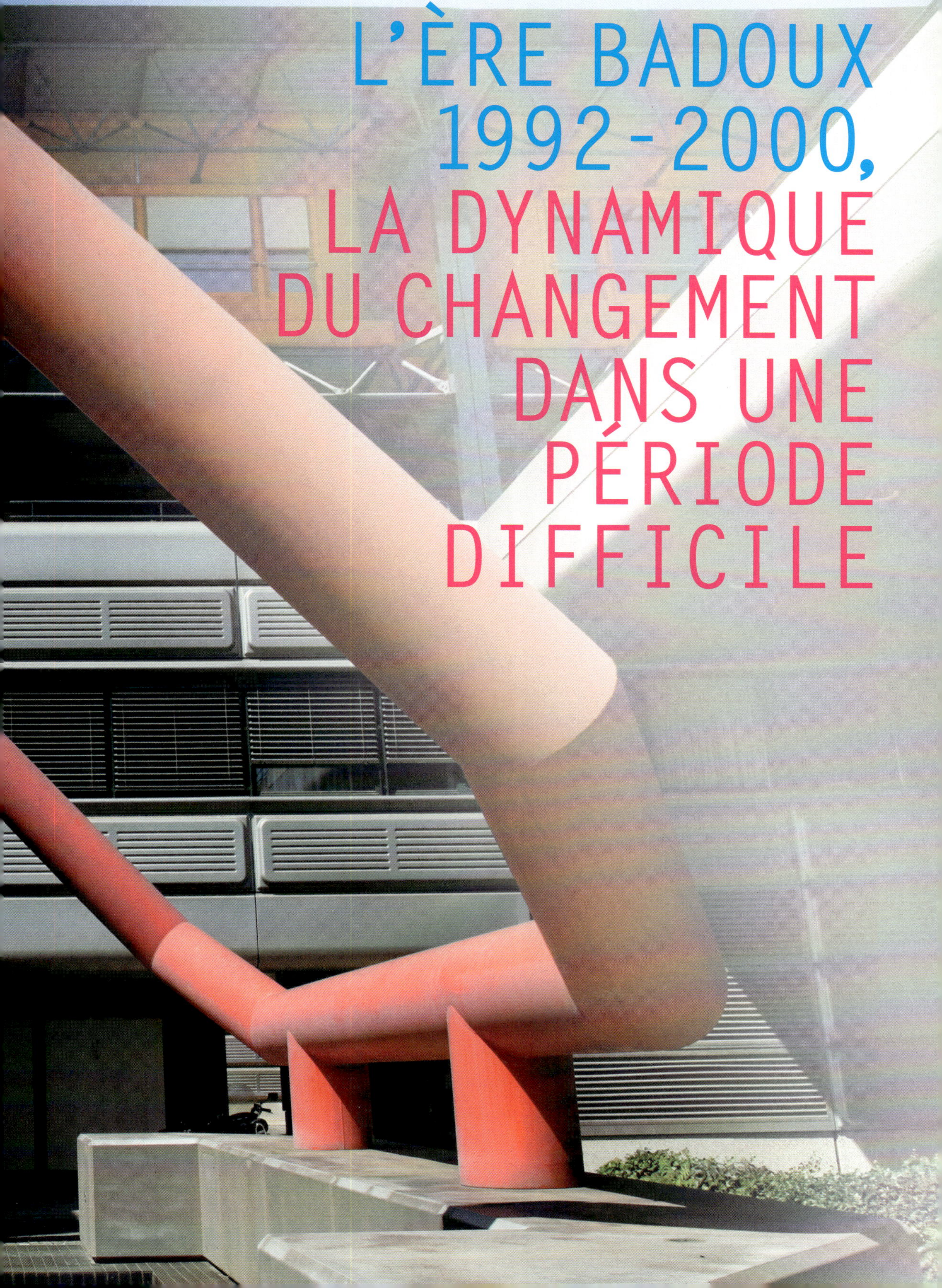

LE NOUVEAU PATRON IMPRIME SON STYLE

Une transition bien préparée

Le 1er décembre 1992, Jean-Claude Badoux prend les rênes de l'EPFL, en s'appuyant sur la direction qui a travaillé avec son prédécesseur, y compris le vice-président Dominique de Werra, qui était pourtant candidat officiel à la succession de Bernard Vittoz. Mais le vice-président ne garde aucune rancœur de ne pas avoir été choisi. Il collaborera loyalement avec Jean-Claude Badoux, tout au long de ses huit ans de présidence.

Vu la réaction d'un certain nombre de professeurs au moment de sa nomination, Jean-Claude Badoux aurait pu prendre l'option inverse : changer les membres de la direction et nommer des personnes, comme il le dit lui-même, « à sa botte ». Il choisit l'option de la continuité. « Très rapidement, dès ma nomination en avril 1992, j'ai vu Dominique de Werra. Cela m'arrangeait qu'il assure la continuité vis-à-vis de l'enseignement et des professeurs. J'ai vu ensuite les autres membres de la direction individuellement. Ils ont été très constructifs et j'avais la conviction qu'ils apportaient tous beaucoup. J'ajoute que sur le plan personnel, j'étais très ami avec Pierre Pittet. Nous nous connaissions bien, puisque depuis 1980 nous collaborions au sein de la commission d'admission des étudiants que je présidais. A mon arrivée à la

direction, je n'ai donc pas estimé que je devais amener du sang neuf. J'arrivais certes dans une situation difficile, mais j'étais suffisamment confiant en moi-même. Le seul changement que j'ai effectué a touché le secrétariat.»[31]

La nouvelle direction sous la présidence Badoux. Le nouveau patron a confirmé l'équipe qui officiait sous le règne de son prédécesseur. De gauche à droite, Pierre Pittet, Pierre Immer, Jean-Jacques Paltenghi, Jean-Claude Badoux, Dominique de Werra.

La situation difficile qu'évoque Jean-Claude Badoux, c'est effectivement la fronde que provoque sa nomination par le Conseil fédéral, fronde qu'il apaisera rapidement durant les neuf mois qui séparent sa nomination de son entrée en fonction. Il voit individuellement presque tous les professeurs pour leur expliquer sa vision de l'Ecole, et ce que seront ses priorités d'action. Et il ne se laisse pas décourager par les vents contraires. Il juge que le temps calmera les esprits. « Il est parfaitement humain et compréhensible que les supporters de tel ou tel autre président potentiel soient déçus deux semaines après le choix. C'est même légitime. Mais trop de professeurs m'ont écrit pour que je doive penser qu'il s'agit d'un vrai malaise général. (...) C'est par les contacts, d'une part, et les actions concrètes en tant que président, d'autre part, que les choses vont se régler. Je ne me fais pas trop de soucis. » [32]

31. Entretien avec l'auteur
32. Interview donné au *Nouveau quotidien*, 8 mai 1992, p. 3

Jean-Claude Badoux avec Heinrich Ursprung, secrétaire d'Etat à la science et à la recherche. Les relations entre les deux hommes étaient cordiales et empreintes de respect. Mais Jean-Claude Badoux s'est défendu lors de sa nomination d'être l'homme d'Heinrich Ursprung.

La main de Flavio Cotti

Car Jean-Claude Badoux sait évidemment qu'il a la totale confiance du Conseil fédéral, en particulier du conseiller fédéral Flavio Cotti, en charge du Département de l'intérieur, et celle du Secrétaire d'Etat à la science et à la recherche Heinrich Ursprung, ancien président de l'EPFZ. Il peut s'appuyer sur ce socle. Il va le faire pour préparer une entrée qu'il qualifie lui-même de « fracassante ». Par l'attitude d'une partie du corps professoral au moment de sa nomination, il juge aujourd'hui qu'il avait été mis dans une situation de grande liberté. En raison de la virulence de certaines réactions, Jean-Claude Badoux se dit qu'il n'a pas grand-chose à perdre en imposant ses vues. Et son premier interview comme président dans *Flash* le journal interne de l'Ecole, en décembre 1992, donne le ton. « Je n'ai pas été élu président pour être forcément aimé. » [33]

33. *Flash*, 15 décembre 1992, p. 4

Il ne faut pas se méprendre sur le sens de cette affirmation. Jean-Claude Badoux ne revendique pas de devenir un patron dur et brutal, mais laisse percevoir son style de présidence. Il sait prendre des décisions, même impopulaires si nécessaire, et il est capable de les assumer. Le patron copain avec tout le monde mais qui n'ose pas trancher de peur de se brouiller avec ses collègues, ce n'est pas son style. C'est parce qu'il avait une vision très claire de l'EPFL, de sa mission d'excellence et du rôle de l'ingénieur dans la société, forgée par des années de responsabilités au sein de la Société suisse des ingénieurs et architectes (SIA), puis de l'Académie suisse des sciences techniques (SATW), qu'il a été désigné par le Conseil fédéral. Alors qu'il avait fait acte de candidature en 1978 pour succéder à Maurice Cosandey, il n'était pas candidat à la succession de Bernard Vittoz. Les deux candidats déclarés étaient Dominique de Werra et François Descoeudres. Jean-Claude Badoux est donc appelé.

Avant de procéder à la nomination du nouveau président au printemps 1992, Flavio Cotti organise un « hearing ». « Il a organisé un repas à la maison de Watteville à Berne, où il avait convié des personnalités du monde universitaire, économique, politique et de la haute administration fédérale et il a demandé aux trois papables d'exposer leur vision. » [31] A *L'Hebdo*, le président désigné explique qu'il a été nommé parce qu'il a une vision et une pratique professionnelle qui lui fait considérer les synergies du monde entier comme les synergies gagnantes : l'EPFL ne peut se confiner à sa dimension romande, encore moins vaudoise. « Dans mon Institut (celui de la construction métallique), un tiers des étudiants sont étrangers, un tiers romands, un tiers alémaniques. » [34] Le choix du Conseil fédéral doit être compris comme la volonté du pouvoir politique de voir l'EPFL dirigée par un ingénieur largement connu dans la profession et les associations professionnelles de l'ingénierie, et qui fasse de l'Ecole un centre d'excellence en l'ouvrant au maximum sur l'étranger, en allant chercher dans le monde entier les meilleurs professeurs et doctorants. Jean-Claude Badoux affirme aujourd'hui qu'il assume complètement sa perception élitaire de l'EPFL, qui doit recruter les meilleurs. Il est président pour que l'EPFL vive l'âge d'or de l'ingénierie, sachant à quel point la Suisse a besoin de spécialistes de haute technologie. Si l'EPUL a été fédéralisée en 1969, c'est très explicitement pour que la Suisse forme un maximum d'ingénieurs de haut niveau de manière à permettre à la Suisse de rester dans le peloton de tête des pays qui maîtrisent les hautes technologies. Diriger l'EPFL, c'est assumer totalement cette mission au service de la Suisse entière.

31. Entretien avec l'auteur
34. *L'Hebdo*, 23 avril 1992, p. 15

Les priorités de Jean-Claude Badoux

Lors de son entrée en fonction, Jean-Claude Badoux envoie une lettre à tous ses collègues, qu'ils reçoivent à leur domicile le matin même du premier jour de sa présidence. Cette missive précise les intentions du nouveau patron. Les trois points sur lesquels il entend s'appuyer sont l'excellence, la rigueur et la transparence. Ce ne sont pas des mots jetés en l'air, car le président précise que, vu les restrictions financières qui s'annoncent, il donnera la priorité aux « domaines d'excellence dans lesquels l'Ecole a fourni la preuve d'un savoir-faire et d'une efficacité que l'on nous envie souvent et même de fort loin. » Il entend par là le renforcement de l'encadrement des volées de premier cycle, la stimulation de doctorats dans tous les départements, en donnant les moyens nécessaires pour que cette politique soit suivie d'effets. Elle le sera rapidement. Le nombre de doctorants, inscrits comme tels, passe de 440 candidats en 1993, à 521 en 1994 et 550 en 1995.

Jean-Claude Badoux annonce aussi qu'il veut créer beaucoup de postes supplémentaires de professeurs titulaires, de professeurs assistants et de maîtres d'enseignement et de recherche (MER), qui renforceront les dotations existantes, malgré les brutales restrictions de crédits. Et il entend que la formation EPFL corresponde à l'attente des étudiants. « Les étudiants nous font confiance, nous avons l'obligation de répondre à leur exigence d'une formation professionnelle adéquate, axée vers leur avenir. » Il veut aussi que l'EPFL soit encore plus reconnue comme institution phare. « Les citoyens, l'opinion publique, les autorités, la communauté scientifique et professionnelle comme l'industrie doivent reconnaître davantage en l'EPFL une source de connaissance, un foyer de rayonnement, à la fois un phare et un pôle. » [35]

Un phare dans la tempête budgétaire ? Convaincu que l'EPFL devra développer des secteurs de haute technologie pour viser l'excellence et qu'elle ne pourra le faire qu'à budget constant, le président sait qu'il devra réduire des équipes, fermer des instituts, supprimer des chaires. Il n'y a pas de quoi se rendre populaire. A Claude Comina, le chef du service de presse et d'information, il donne sa première interview comme président en fonction, le 15 décembre 1992. Il constate que le refus des citoyens suisses d'adhérer à l'EEE est évidemment un problème pour les étudiants, pour leur mobilité, pour leur insertion professionnelle. A ce handicap, l'EPFL ne peut que répondre par l'excellence. « D'abord pour offrir aux jeunes une ouverture que les résultats de la votation du 6 décembre leur ont refusé. Nous devrons nous battre pour être les meilleurs,

35. Lettre d'intention du président aux professeurs, envoyée le 1er décembre 1992

puisque maintenant c'est à cet aune que se mesureront nos possibilités de collaborations avec nos collègues des universités européennes. » Il juge que l'EPFL doit être l'institution phare de la formation des ingénieurs en Suisse. Quant aux renoncements qui devront être faits, il annonce qu'il assumera ses décisions, non sans avoir consulté tout ce que l'Ecole compte comme instances. Il annonce qu'il sera « ouvert au dialogue et à la concertation ! Oui, même s'il faut bien, en définitive, que quelqu'un décide. » [36] Les termes de priorités et de postériorités font désormais partie du vocabulaire de la direction.

Nous sommes fin 1992. Le moment est plus propice aux fêtes de fin d'année qu'aux remises en questions drastiques. Mais un premier message interne est déjà envoyé. L'expansion quasi illimitée qu'a connue l'Ecole sous l'ère Vittoz est terminée, même si cette tendance restrictive était déjà perceptible durant les derniers mois de l'ancienne présidence. Voici venu le temps des vaches maigres, compte tenu de la conjoncture et de l'état des finances fédérales. La direction de l'EPFL fera tout ce qui est en son pouvoir pour limiter les dégâts, mais ne pourra pas lutter contre le brutal renversement de la conjoncture. La direction sait que le Conseil fédéral, via le CEPF, lui imposera des restrictions budgétaires. L'EPFL ne se dérobera pas et ne laissera pas l'échelon supérieur trancher à sa place.

1999, visite du Conseil d'Etat vaudois. Les contacts entre les gouvernements cantonaux et la direction de l'EPFL ont été constants. Jean-Claude Badoux accordait une grande importance aux milieux politiques.

36. *Flash*, 15 décembre 1992, pp. 3-4

Le nouveau président est d'autant plus conscient de la gravité de la situation financière qui s'annonce que Roland Crottaz, le président du CEPF, l'a associé aux séances dès l'été 1992. Les intentions qui se précisent au Département fédéral de l'intérieur et au Département fédéral des finances lui sont connues.

La collaboration renforcée avec les universités romandes

Avant même son entrée en fonction, Jean-Claude Badoux définit sa stratégie vis-à-vis des autres universités romandes. Et c'est aux pouvoirs politiques qu'il va s'adresser, soit aux conseils d'Etat des cantons latins – Vaud, Valais, Fribourg, Tessin, Genève, Berne et Jura – qu'il reçoit tous, le plus souvent *in corpore*, durant sa première année de présidence. Ses relations avec le monde politique suisse sont étroites depuis longtemps, ce qui fait de lui une exception parmi ses collègues professeurs de l'Ecole. Sauf s'il est en charge de responsabilités, à l'image d'un recteur, un professeur d'université a en général très peu de contacts avec le monde politique et reste confiné dans le milieu académique. Souvent, les deux mondes s'ignorent.

Le président a une approche toute différente. « Depuis mon enfance avec mon père député, j'étais nourri du monde politique, avec le respect du monde politique, ce qui est très rare dans le monde universitaire. (...). Je lui fais d'emblée confiance, jusqu'à ce qu'il m'ait prouvé le contraire. Alors que certains d'emblée sont méfiants. » [31]

Cette confiance et ce respect vont lui être très utiles durant les premiers mois de présidence, car s'il convie les gouvernements cantonaux à rencontrer la nouvelle direction, c'est pour faire passer un message très précis. Il leur dit que l'économie brutale des moyens, combinée à une forte augmentation du nombre des étudiants implique des choix entre les deux EPF et les cinq universités de Suisse occidentale. Et que la Romandie n'a pas une population suffisamment importante et donc pas assez de professeurs et d'étudiants pour que chaque université atteigne l'excellence dans tous les domaines. Jean-Claude Badoux démarre sa présidence avec la conviction que la Romandie est trop petite pour offrir à Genève, Neuchâtel, Fribourg et Lausanne cinq fois la même géologie, la même chimie, la même physique théorique et les mêmes mathématiques fondamentales : « Je leur ai dit : l'EPFL n'est plus une institution vaudoise, elle est une institution suisse avec la volonté de placer la Suisse sur le plan international. Aux Vaudois, j'ai expliqué que le traumatisme de la fédéralisation qui avait empoisonné nos relations depuis une génération était terminé.

31. Entretien avec l'auteur

Pour moi, il fallait que cesse ce traumatisme provoqué par la disparité des moyens en collaborateurs et en équipements. Les moyens entre l'EPFL et l'Université de Lausanne étaient incomparables et généraient beaucoup de frustrations au sein de l'Université. J'ai dit aussi au rectorat lausannois que l'EPFL allait accentuer sa formation et donc l'enseignement, dans le domaine de l'ingénierie physique et chimique et laisser la formation plus théorique des physiciens et des chimistes et des mathématiciens à l'Université de Lausanne. » [31]

De fait, cette politique où l'EPFL se recentre sur la formation des ingénieurs physiciens provoque quelques tensions entre le président et le Département de physique. Son prédécesseur Bernard Vittoz venait de la physique et avait toujours bien traité le département.

Au sein de la Conférence des chefs de département (CCD), Jean Buttet, le chef du Département, s'émeut de l'orientation voulue par la nouvelle direction. « Le chef du Département de physique jugeait que, si le nombre de professeurs en physique théorique passait de 5 à 3 à l'EPFL, le rapport entre les théoriciens et les autres professeurs de physique serait probablement le plus faible de toutes les universités suisses » se souvient le président [31]. Quelques mois plus tard, ce sont 37 diplômés de physique de l'Ecole qui expriment leurs inquiétudes quant aux risques de démantèlement de la physique théorique. « A terme, le risque que prend l'EPFL en diminuant ses activités de recherche dans les domaines fondamentaux (en physique, en chimie et mathématiques) est celui de se priver des compétences nécessaires pour affronter les défis scientifiques du prochain siècle », écrivent les signataires d'une *Lettre ouverte au président Badoux*. [37]

Urs von Stockar, professeur au Département de chimie et président de la CCD

Urs von Stockar, c'est d'abord une présence. Ce professeur de génie chimique impressionne ses interlocuteurs par son autorité naturelle. Cette caractéristique a fait de lui un président efficace et remarqué de la Conférence des chefs de département entre 1996-2000. Il fallait un homme à poigne pour diriger cette instance, le seul réel contre-pouvoir de la direction, très respecté par celle-ci. L'histoire de l'EPFL retiendra que le premier président de la CCD fut Bernard Vittoz et le dernier Urs von Stockar. Mais ce fut aussi un scientifique remarqué, obtenant la médaille d'argent pour sa thèse à l'EPFZ en 1973. Il travaille ensuite durant trois ans à l'Université de Californie, puis chez Ciba-Geigy comme ingénieur chimiste. Il devient professeur à l'EPFL en 1977, dirige à plusieurs reprises le Département de chimie. Il mène des recherches en biotechnologies collaborant avec l'UNIL, l'Institut suisse de recherche contre le cancer et avec de nombreuses industries. Il y développe notamment des procédés de fabrication de plusieurs types d'anticorps et de protéines recombinantes. Ses compétences reconnues au plan international feront de lui le président de la Fédération européenne de biotechnologie en 1996-1997.

Dans l'intervalle, Jean-Claude Badoux précise ses intentions. A l'issue de ces cent premiers jours, il définit ses priorités : la microtechnique, les systèmes de

31. Entretien avec l'auteur
37. *Flash*, 26 avril 1994, pp. 9-10

communications et la biotechnologie. Il définit les domaines où les efforts seront réduits, les « postériorités » : chimie analytique et spectrométrie de masse, radiochimie, physique des particules. Il annonce aussi à l'interne, ce qu'il a dit ou va dire aux gouvernements cantonaux dans les mois suivants : les efforts de coordination avec les universités romandes seront intensifiés, notamment en physique avec l'Université de Lausanne. La physique des particules, la radiochimie et certains domaines de chimie-physique sont condamnés et seront à court terme abandonnés. C'est un fait rare dans une université d'abandonner volontairement certains domaines.

Le président est conscient des dégâts que cette politique peut provoquer, mais il annonce que tous les efforts seront faits pour replacer les collaborateurs concernés au sein même de l'Ecole. C'est le cas pour les secrétaires, aussi bien que pour les collaborateurs scientifiques. « Si un physicien est libéré au génie atomique [sic] et que son profil ne correspond pas au profil de physicien que l'on recherche au Département de physique ou ailleurs, nous refuserons quand même l'engagement d'un candidat extérieur tant que ce physicien n'a pas trouvé un débouché. Il faut être correct avec les gens qui nous ont fait confiance et qui se sont engagés dans cette Ecole. »[38] Des unités doivent être fermées, mais la direction ne laissera pas tomber le personnel concerné, en tout cas celui qui bénéficie de contrats à durée indéterminée (postes d'Etat). La direction imposera des transferts, même si certains directeurs d'instituts sont mécontents, parce qu'ils auraient souhaité engager un autre collaborateur.

Décider de renoncer à des domaines d'activité dans une Ecole habituée à ouvrir des laboratoires plutôt que d'en fermer n'avait rien d'évident. Dans le cas du génie atomique, comme dans d'autre cas qui se présenteront ensuite, Jean-Claude Badoux profite de la retraite du professeur Jean-Pierre Schneeberger pour cesser des activités dans ce domaine. C'est évidemment plus facile d'intervenir quand il y a un départ à la retraite. Et le démantèlement du génie atomique ne sera pas total. Le président de l'EPFL conclut un accord avec le Paul Scherrer Institut (PSI) afin de garder un enseignement de génie nucléaire à l'EPFL, de manière à ce que des ingénieurs suisses soient encore formés pour intervenir en cas de difficultés dans les centrales nucléaires. Il nomme l'Indien Rakesh Chawla, professeur au laboratoire de physique des réacteurs, rattaché à l'Institut de génie atomique.

Jean-Claude Badoux affronte le Département de physique. Certains jugent dans l'Ecole qu'il est facile de s'en prendre au domaine de son prédécesseur. Mais ses détracteurs sont plus surpris lorsqu'ils constatent que le deuxième

38. *Flash*, 6 avril 1993, p. 4

département dans sa ligne de mire est le génie civil, celui dont il vient. Comme il voulait renforcer les domaines de pointe qu'il avait définis, et nommer plus de professeurs, il fallait bien réduire les effectifs ailleurs, sachant que l'EPFL vivait un nouveau blocage du personnel fédéral, absolu et brutal. C'est donc dans les équipes existantes de génie civil qu'il va retirer des forces. « J'avais obtenu pour l'EPFL les centres d'excellence en construction en bois et en mécanique des roches. Mais tous les ratios montraient que le génie civil était bien servi, alors que le nombre d'étudiants qui suivaient cette filière diminuait. En tant que professeur venant du génie civil, j'aurais perdu toute crédibilité si j'avais refusé de voir que le département était surdoté. C'était un bon signe qu'un ancien président de la SIA, ingénieur civil, ose trancher dans ce sens. Au début, on ne l'a pas compris. J'étais passé du rôle d'ancien chef du Département de génie civil en 1969, de président de la SIA à celui de président de l'EPFL, qui doit évidemment avoir une vision plus générale » [31]. Les centres d'excellence dans la construction en bois et la mécanique des roches donneront à l'EPFL une exclusivité européenne pour son cycle d'études postgrades dans ces domaines.

La journée d'accueil des étudiants est un moment clé de la vie de l'EPFL. Conscient que la société attend de l'Ecole qu'elle forme les meilleurs chercheurs et les futurs patrons des sociétés à haute valeur technologique ajoutée, la direction sait que l'enseignement donné doit répondre aux exigences des étudiants.

31. Entretien avec l'auteur

L'heure est aux grands bouleversements à l'interne et aux messages apaisants à l'externe. Si Jean-Claude Badoux explique à l'Université de Lausanne et au Conseil d'Etat vaudois que l'EPFL ne va pas marcher sur les pieds de sa voisine dans le domaine de la physique théorique, il va encore plus loin puisqu'il propose à l'Université de Lausanne de déléguer l'un de ses professeurs à chaque commission de nomination dans les sciences de base (chimie, physique, mathématiques). « Je leur ai dit, ce traumatisme de la fédéralisation qui a empoisonné nos relations depuis une génération, c'est fini. Nous on forme des ingénieurs physiciens, des ingénieurs chimistes et des ingénieurs mathématiciens et on vous laisse les autres, d'ailleurs contre l'avis de mes départements. » [31]

Aux Neuchâtelois, l'EPFL fait passer le message que la collaboration en microtechnique, déjà fortement entamée sous la présidence de Bernard Vittoz, sera intensifiée. Aux Fribourgeois, le président propose la poursuite de la collaboration dans le domaine du droit, à savoir que l'Université de Fribourg assure l'enseignement de cette branche, notamment dans les sections de génie civil et d'architecture. Aux Valaisans, qui n'ont pas d'université, l'EPFL explique qu'elle est leur Haute Ecole naturelle. Aux Tessinois, le même message est transmis. Le nombre d'étudiants tessinois qui s'inscrivent à l'EPFL va augmenter les années suivantes. Globalement, à tous les cantons qui disposent d'une université, le message est similaire. « L'EPFL est au service de la Suisse, la Suisse romande a trop peu d'habitants et d'étudiants et de professeurs potentiels pour qu'on puisse se permettre des doublons. L'EPFL va faire autre chose, on ne va plus vous marcher sur les pieds. »[31] En résumé, l'EPFL n'a pas de volonté impériale, mais le souci de servir l'excellence universitaire.

Climat orageux avec Genève

Reste le cas plus compliqué de Genève. Depuis des mois, le sort de l'architecture est source de tensions. Durant les derniers mois de sa présidence, Bernard Vittoz avait négocié un accord avec Luc Weber, alors recteur de l'Université de Genève. L'accord préconisait un partage des tâches entre les deux institutions, avec un seul plan d'études, un seul diplôme, ce qui exigeait donc une certaine mobilité des étudiants. Ce projet Vittoz-Weber, surnommé « VW » n'aboutira pas avant le départ de Bernard Vittoz. En mars 1993, Flavio Cotti et Dominique Föllmi, conseiller d'Etat genevois en charge de l'instruction publique, annoncent un accord sur la coordination des études d'architecture entre l'EPFL et

31. Entretien avec l'auteur

l'Université de Genève, accord qui prévoit que le 1er et le 2e cycles des études se font à l'EPFL, Genève conservant un 3e cycle. C'est une proposition de Jean-Claude Badoux qui a l'aval de Roland Crottaz, le président du CEPF. C'est donc un projet bien différent de l'accord Vittoz-Weber.

Mais un mois plus tard, le 6 avril 1993, Luc Weber et Dominique Föllmi rompent unilatéralement les négociations. Jean-Claude Badoux prend acte et regrette cette rupture, estimant que les négociations, certes difficiles, avaient au moins le mérite d'exister. Avec le recul de 15 ans, il revient sur les circonstances de cette rupture, qui sera suivie par la signature d'un nouvel accord en 1994, cette fois très favorable à l'EPFL. « En architecture, il y avait trois formations en Suisse, une à Zurich, deux en Suisse romande. La SIA n'acceptait plus les diplômés de Genève. L'accord Vittoz-Weber a été bloqué par Roland Crottaz au nom du CEPF. Il est clair que j'étais sur la même ligne, le jour de mon entrée en fonction, j'ai eu un téléphone houleux avec Luc Weber à qui j'ai annoncé que je ne signerai pas cet accord. » [31].

Aux universités romandes, Jean-Claude Badoux explique que l'EPFL ne veut pas tout prendre sous son aile, qu'elle n'est pas impérialiste. Dans les faits, elle gagne sans pitié le combat de l'architecture, signant quasiment la fin de l'Ecole d'architecture de Genève.

Double message ? Le président s'en défend. « Une partie de l'Université de Genève et le parti libéral genevois considéraient que l'Ecole d'architecture était un centre de gauchistes absolu. D'une certaine manière, j'ai rendu service à l'Université de Genève. Ce qui intéressait surtout Genève c'était les physiciens qui travaillaient avec le CERN. Genève craignait que l'EPFL ne se lance dans la physique des particules et devienne l'interlocuteur privilégié du CERN. Je leur ai donné des garanties que nous n'allions pas les concurrencer dans ce domaine. » [31] Autrement dit, un deal est passé. Genève lâche l'architecture, mais l'EPFL renonce à toute incursion dans la physique des particules et dans l'astronomie. Le 4 février 1994, l'accord sur l'architecture est signé. Genève abandonne le premier cycle. Dès la rentrée 1994, les étudiants ne peuvent plus s'inscrire à Genève et doivent commencer leurs études à l'EPFL, s'ils veulent les mener en Suisse romande. L'Ecole devient la seule en Suisse romande qui offre une formation complète d'architecte. Avec cet accord, l'EPFL espère pouvoir débloquer le dossier construction du Département d'architecture à Ecublens. Le message aux Chambres fédérales pour le crédit de construction est alors attendu pour 1996. [39] Genève mettra l'accent essentiellement sur le 3e cycle, plus particulièrement sur

31. Entretien avec l'auteur
39. *Flash*, 15 février 1994, p. 1

l'urbanisme et l'aménagement du territoire. Pour autant, l'EPFL ne cède pas son Institut de recherche sur l'environnement construit (IREC), aux compétences internationalement reconnues. Pour l'Université de Genève, le choc est sévère. Elle ferme son Ecole d'architecture pour ne garder qu'un Institut d'architecture. Mais elle sait qu'elle a échappé au pire. En 1992, Flavio Cotti avait imaginé de supprimer purement et simplement toute l'architecture à Genève.

L'EPFL s'est donc battue férocement pour conserver l'architecture, toute l'architecture, y compris ses aspects de sociologie urbaine, symbolisée par l'Institut de recherche sur l'environnement construit (IREC) dirigé par le professeur Michel Bassand. Pour le président, ce professeur était l'un des piliers de l'Ecole. Il parle de son respect profond pour cette discipline. « D'abord, je venais du génie civil et des structures, donc du domaine le plus proche de l'architecture sans en être formellement. J'avais des assistants à l'Institut de la construction métallique (ICOM) qui enseignaient en architecture. J'étais ainsi à la limite de l'architecture. J'avais même présidé un jury d'architecture pour remodeler le centre d'Aarau, avant d'être président de l'EPFL. Les architectes me respectaient. Par ailleurs, la Suisse est l'un des seuls pays au monde où ingénieurs et architectes sont ensemble dans la même société, soit la Société des ingénieurs et architectes, la SIA. En tant que président de la SIA et on me considérait comme favorable à l'architecture. Ce ne sont pas les professeurs d'architecture qui se sont opposés à moi. J'ai parfois lutté contre certaines nominations d'idéologues. En outre, j'ai décidé lorsque la question s'est posée qu'ils devaient déménager dans le quartier Nord de l'EPFL. » [31]

Cette décision sera prise en 1996-1997 lorsque les messages pour l'obtention des crédits aux Chambres fédérales se préparent. Au début de sa présidence, Jean-Claude Badoux se débat contre le Département d'architecture pour lui imposer des professeurs à plein temps. Le 2 mai 1994, il fait part de ses soucis à sa direction, ayant rencontré des diplômés et des parents de diplômés qui ont attiré son attention lors de la cérémonie de remise des diplômes sur le manque d'encadrement des étudiants en architecture. Les professeurs se considèrent avant tout comme des chargés de cours, explique le président. Il veut donc que les deux professeurs supplémentaires qu'il envisage d'engager en urbanisme et en architecture soient des postes à plein temps. Il juge que la politique de l'EPFL est trop laxiste. A l'EPFZ, presque tous les professeurs d'architecture sont engagés à 100% et font de la

31. Entretien avec l'auteur

recherche. A l'EPFL, les professeurs ne sont présents qu'à temps très partiel et ne font pas de recherche. Jean-Claude Badoux veut que cette politique de l'Ecole change.

Ce message est précisé dans la séance suivante de la direction au chef du Département de l'architecture d'alors, le professeur Martin Steinmann. « Avec ma direction, nous voulions que ce département s'impose sur le plan international en matière de recherche, qu'il publie le résultat de ses travaux et que globalement les professeurs soient plus présents. Nous avons estimé que la recherche menée par les architectes dans leurs bureaux privés, pratique qui remontait au temps de l'EPUL, était contraire à la mission donnée à l'EPFL depuis sa fédéralisation » [31] raconte Jean-Claude Badoux.

Vincent Mangeat, nommé professeur à l'EPFL en 1990, tout en poursuivant sa pratique professionnelle qui l'a rendu mondialement célèbre (le pavillon Suisse pour l'exposition universelle de Séville en 1992 par exemple) nuance quelque peu cette analyse. Il remarque d'abord que « le législateur a voulu, d'une manière tout à fait originale que l'enseignement d'architecture soit à l'Ecole polytechnique. Savait-il que c'était très original ? Peu importe, mais en tout cas, c'est une curiosité, car l'architecture n'est pas une science. » Evoquant les années 1960, Vincent Mangeat note que les architectes étaient très minoritaires à l'Ecole. Mais tant Maurice Cosandey que Bernard Vittoz ont été très à l'écoute, selon lui, des architectes et «ne considéraient pas l'architecture comme une chose subalterne ou secondaire. Plus tard, le président Badoux m'a aidé infiniment en mettant à disposition de mon enseignement de l'architecture de première année des moyens importants en postes et installations de toutes sortes. Grâce à lui, j'ai pu inventer une nouvelle manière d'enseigner l'architecture. » Reste que Vincent Mangeat ne cache pas que le monde de l'ingénierie ne comprend pas toujours celui des architectes. « L'architecture a besoin d'hommes, mais très peu de matériel (...) Il faudrait donc idéalement avoir une politique encore plus responsable pour l'architecture, qui lui donnerait l'encadrement nécessaire et des enseignants de qualité. » Et Vincent Mangeat de conclure « Est-ce qu'il y aura toujours un enseignement de l'architecture à l'Ecole polytechnique ? Bien imprudent, celui qui peut l'affirmer. Pour ma part, je pense que si un jour la société devenait plus exigeante et, pour être terre à terre, si elle regardait mieux le rapport qui devrait exister entre ce qu'elle investit dans la formation d'autant d'architectes et le résultat qu'elle en retire, ce moment-là serait terrible. » [40]

31. Entretien avec l'auteur
40. Interview par la journaliste Elisabeth Gordon en 2006, inédite

DANS LA TEMPÊTE BUDGÉTAIRE

Faire autrement avec moins

Les premiers mois de la présidence sont donc marqués par une intense activité auprès des milieux politiques, mais aussi par la mise en place d'une nouvelle politique à la tête de l'EPFL. Avec des moyens constants, Jean-Claude Badoux nomme un très grand nombre de professeurs en présidant personnellement toutes les séances de commission de nomination. Dans la première séance du CEPF, où il participe comme président, il demande la création de six nouveaux postes de professeurs assistants.

Il cultive le dialogue avec le personnel et les étudiants. En janvier 1993, la direction répond à l'initiative de l'Association des étudiants (AGEPOLY), qui veut débattre avec elle. Il est question de reconnaissance des diplômes EPFL à l'étranger rendue plus difficile après l'échec de l'EEE, du renforcement de l'encadrement des étudiants. La nouvelle direction demande expressément à l'AGEPOLY de se manifester et de réagir sur les aménagements apportés, les manques et les points forts de l'enseignement qui est donné. Elle promet d'écouter leurs doléances.

En automne, c'est dans un auditoire comble que la direction au complet explique la situation au personnel préoccupé par son avenir. Jean-Claude Badoux explique que son objectif pour ces prochaines années est de limiter à moins de

10 les licenciements dans le contingent du personnel fédéral. [41] Un contingent de quelque 1000 postes. La direction évoque à cette occasion le sort de l'Institut de mécanique appliquée et de constructions de machines (IMECO) et reconnaît que cet institut lui pose problème et qu'une expertise externe a été demandée. Elle confirme que des suppressions de chaires seront à l'étude lors de la retraite des professeurs en place. Ce n'est que l'application stricte de la politique définie. Les moyens supplémentaires sont accordés aux secteurs de pointe et prioritaires. En ce qui concerne la mécanique appliquée, il est précisé que le CEPF envisage de transférer une partie de ce domaine aux futures Hautes écoles spécialisées (HES) dont on commence à parler. Enfin, Pierre Immer, le directeur administratif, confirme que la nouvelle loi sur les EPF, entrée en vigueur au printemps 1993, donne plus de liberté et donc de responsabilité à l'EPFL pour définir ses priorités dans l'enseignement et la recherche. La direction a plus de liberté d'agir, après avoir consulté les instances internes, dont cette nouvelle Assemblée d'Ecole (AE). En théorie, les deux EPF et les instituts annexes disposent d'une plus grande autonomie vis-à-vis de leur organe de tutelle, le CEPF.

Cette autonomie que lui laisse la nouvelle loi pour s'affranchir en partie de ses organes de tutelle, le président, en accord avec sa direction, entend bien l'utiliser. L'EPFL convoque la presse pour un bilan des 100 jours de la nouvelle direction. Le 30 mars 1993, l'Ecole reçoit une quinzaine de journalistes venus de toute la Suisse. La direction évoque surtout sa difficulté à œuvrer avec des moyens qui globalement stagnent, voire tendent à diminuer, alors que le nombre d'étudiants augmente. Le président évoque « l'effet rebibes », soit le fait que des ordres sont régulièrement donnés de l'échelon supérieur pour raboter quelque chose, alors que l'EPFL a pour mission de développer des domaines essentiels pour ses étudiants et pour le renouveau du tissu économique de la Suisse. La presse reprend l'image et titre « L'Ecole polytechnique fédérale de Lausanne se bat contre l'effet rebibes » [42]. Le journal *24 heures* insiste sur cette contradiction, des moyens en baisse de 5 à 10% entre 1992 et 1993 et une mesure de blocage du personnel décrétée en février sans aucune nuance par la Confédération, alors que la nouvelle loi sur les EPF devrait permettre à l'Ecole de gérer ses ressources, certes en baisse, mais de manière indépendante. La direction réaffirme néanmoins son hostilité à toute forme de numerus clausus. Le *Nouveau Quotidien* est sur la même ligne. Il y a selon le journal une contradiction entre l'autonomie accordée aux EPF et l'interdiction absolue décrétée depuis février par le Conseil fédéral de repourvoir tout poste devenu vacant. [43]

41. *Flash*, 19 octobre 1993, p. 5
42. *24 heures* du 31 mars 1993
43. *Le Nouveau quotidien* du 31 mars 1993

Dans ce même journal, la direction précise sa pensée. Elle ne conteste pas les économies, mais leur application à l'aveuglette. Elle veut être en mesure de faire elle-même des choix. Le message de la direction adressé à la presse se veut néanmoins optimiste. Jean-Claude Badoux dit attendre avec confiance l'arrivée de Ruth Dreifuss, personnalité qu'il connaît déjà et qu'il apprécie, au Département de l'intérieur, où elle vient de succéder à Flavio Cotti. Le message que les difficultés budgétaires rendent la mission de l'EPFL difficile à remplir sera transmis à la nouvelle conseillère fédérale en mai lors de la journée magistrale de l'Ecole, où elle est l'invitée vedette avec l'astronaute Claude Nicollier qui y reçoit le titre de docteur honoris causa de l'Ecole. Quant au Secrétaire d'Etat et directeur du Groupement de la science et de la recherche Heinrich Ursprung, qui accompagne ce jour-là la ministre, il a déjà participé à une journée de travail avec la nouvelle direction en février, s'informant des efforts de l'EPFL dans le domaine des systèmes de communication et visitant la nouvelle installation du Centre de recherche en physique des plasmas, le Tokamak TCV.

Les relais politiques

Le président, très vite, ne rate aucune occasion de contact avec le monde politique. Fin juin, c'est Martin Bangemann, ancien ministre de l'économie de l'Allemagne de l'Ouest, et surtout vice-président de la Commission des communautés européennes qui est reçu à l'EPFL. Le numéro 2 européen, après Jacques Delors, est en charge des dossiers de la politique industrielle de l'Europe et des technologies et industries des télécommunications. Accompagné pour l'occasion d'Adolf Ogi, président de la Confédération et du conseiller fédéral Jean-Pascal Delamuraz, Martin Bangemann affirme sans détour qu'après son refus d'adhérer à l'EEE, la Suisse est dangereusement isolée. C'est pour limiter cet isolement que la Suisse débloque un crédit de 477 millions après le refus de l'EEE fin 1992 déjà pour financer la participation de la Suisse aux programmes européens de recherche.

Adolf Ogi revient une seconde fois à l'EPFL en automne 1993. Cette fois, le président de la Confédération, en charge du Département fédéral des transports, communications et énergie, consacre sa visite aux recherches de l'EPFL sur les télécommunications, la télévision haute définition et la fusion nucléaire avec le Tokamak TCV. Sans oublier Swissmetro, le projet futuriste de métro souterrain qui relierait les principales villes de Suisse en quelques dizaines de minutes.

Le psychodrame de Swissmetro

Swissmetro est un dossier douloureux pour l'EPFL. En mars 1993, à l'invitation du CAST (Centre d'appui scientifique et technologique), une journée nationale Swissmetro se tient à l'EPFL. La journée permet au nombreux public présent de prendre connaissance de l'étude de faisabilité du projet, établie pour l'essentiel par plusieurs laboratoires de l'EPFL. Les résultats de l'étude préliminaire de faisabilité indiquent que des études plus poussées sont possibles et que le projet n'est pas utopique. Mais le malaise à l'EPFL est perceptible. Dans le numéro spécial de *Polyrama* consacré à Swissmetro de février 1994, Roland Crottaz confirme que les EPF de Lausanne et de Zurich sont prêtes à mettre leurs compétences scientifiques dans l'étude principale du projet. Mais il est hors de question, pour le président du CEPF, que les EPF concurrencent les bureaux privés d'ingénieurs, qui doivent prendre le relais. Le CEPF souhaite que l'économie privée, rassemblée dans une société intitulée Swissmetro SA assure la suite de l'avancement du projet. Il ne s'agit en aucun cas de désavouer les quatre professeurs qui ont porté le projet de l'ingénieur lausannois Rodolphe Nieth depuis le début des années 1980, soit Marcel Jufer, Willy Benoit, François Descoeudres et Francis-Luc Perret. Mais la direction de l'Ecole ne veut pas que l'EPFL s'engage trop loin, d'autant moins qu'au sein de l'institution la polémique éclate et qu'elle sera étalée publiquement. *24 heures* titre alors « Pourquoi les experts de l'EPFL se crêpent le chignon à propos de Swissmetro ». [44] La raison du titre du journal vaudois ? Philippe Bovy, le père spirituel du M1 clame haut et fort que Swissmetro est un mauvais projet, que la sécurité des passagers dans une combinaison de technologies non éprouvées ne sera pas assurée, en particulier en raison de la circulation sous vide d'air

Olivier Français, municipal lausannois et conseiller national

Les liens d'Olivier Français avec l'EPFL sont étroits. Avant de siéger à la Municipalité de Lausanne depuis 2000, au Grand Conseil, puis au Conseil national depuis 2007, Olivier Français était un ingénieur heureux. Bâtir, trouver des solutions, innover : les passions d'Olivier Français touchent à l'essence de l'ingénierie. Directeur des travaux de Lausanne, c'est grâce à lui que les déchets brûlés dans la nouvelle usine d'incinération de la ville transitent par un tunnel souterrain, desservi par le rail. L'homme est un spécialiste de la mécanique des sols. En 1982, il a été diplômant puis assistant du professeur Edouard Recordon. Il juge que la géotechnique rend humble devant la nature. Quelques rencontres ont façonné sa carrière : Edouard Recordon, Léopold Pflug, Roland Crottaz et Jean-Claude Badoux. Il quitte ensuite le milieu académique, pour travailler pour diverses entreprises, avant de rejoindre le bureau de géostructures et de géotechnique Karakas, dont il devient l'unique propriétaire sous la raison sociale Karakas et Français. Il vend son entreprise dès qu'il est élu à l'exécutif lausannois. La passion de l'ingénierie demeure chez lui : preuve en est la maestria avec laquelle le gigantesque chantier du Métro M2 a été géré sous sa responsabilité.

44. Cité par *Flash*, 3 octobre 1995, p. 12

partiel ; enfin que Swissmetro est un système de transports non eurocompatible pour un pays situé au milieu de l'Europe. Pour un système de transports annoncé comme révolutionnaire, le message de Philippe Bovy est glacial et peut se résumer en « circulez, il n'y a rien à voir ».

Avec le recul, Jean-Claude Badoux juge qu'en soi le fait que des professeurs s'opposent et polémiquent publiquement ne le dérangeait pas. Le débat entre scientifiques est une composante essentielle de la liberté académique. Il rappelle que la SIA avait pris, sous sa présidence, des actions dans Swissmetro. « Mais arrivé à la présidence de l'EPFL et avec l'appui total de Jean-Jacques Paltenghi, nous nous sommes dits que ce « concubinage » avec Swissmetro n'était plus possible. Nous ne voulions pas qu'en Suisse allemande, Swissmetro soit l'affaire de l'EPFL et l'EPFL l'affaire de Swissmetro. Je voyais venir une affaire du type cœur artificiel et ne voulais pas que l'Ecole prenne le risque des retombées de l'échec de Swissmetro. »[31]

Michael Graetzel, professeur au Département de chimie

C'est le scientifique le plus connu de l'EPFL. Michael Graetzel, professeur à l'Ecole depuis 1977, a donné son nom aux fameuses « cellules Graetzel », dont le principe est révolutionnaire. Produire de l'électricité à partir de cellules munies d'un colorant, qui imitent la photosynthèse à l'œuvre dans les plantes. Au début des années 1990, le public découvre le procédé et l'EPFL, tout en gardant la propriété intellectuelle de l'invention, conclut des contrats de licences. Deux décennies plus tard, l'âge d'or de la cellule Graetzel est proche. La Suisse ne s'y est pas trompée, qui lui a remis en 2009 le très prestigieux prix Balzan. La récompense n'a rien à envier au Nobel. En attendant peut-être cette consécration qui récompenserait un visionnaire de l'industrie solaire, c'est une belle revanche pour ce professeur d'origine allemande, citoyen suisse depuis 2000, né pendant la Deuxième Guerre mondiale près de Dresde et dont le père n'a pas hésité à apporter son aide à des Juifs, malgré les menaces de mort que faisaient peser sur lui les Nazis. La famille Graetzel fuit à l'Ouest en 1960. Cette jeunesse difficile fera de lui une personnalité tenace. Après des études de chimie à Berlin-Ouest, sa rencontre avec Maurice Cosandey sera déterminante. La suite de l'histoire est connue.

La direction cherche à tirer les leçons de cette affaire et mandate la commission d'éthique, présidée par le professeur Giovanni Coray, pour lui fournir un rapport. Dans ce document, la commission juge en substance que, comme pour tous les grands projets, des confrontations sont inévitables et qu'elles sont nécessaires à la formation des opinions des décideurs politiques. En revanche, elle émet deux critiques. D'une part, la journée nationale organisée à l'EPFL en 1993 « présentait une information trop promotionnelle, sans préciser en même temps que l'apport de l'Ecole n'était que partiel. Et le professeur Bovy aurait dû chercher le dialogue à l'intérieur de l'Ecole. » Morale de l'histoire tirée par Giovanni Coray : « Swissmetro est un bon exemple qui montre jusqu'où peut conduire un problème qui n'est pas assez discuté à l'intérieur de l'Ecole. Il nous indique que nous devons favoriser le débat interne à l'Ecole. »[45]

31. Entretien avec l'auteur
45. *Flash*, 3 octobre 1995, p. 12

Le rythme s'accélère

La querelle Swissmetro frappe l'opinion publique, mais au sein de l'EPFL, c'est une péripétie tellement les événements se succèdent à un rythme élevé. Les premières démarches du quartier Nord, destiné à accueillir notamment la direction, l'administration générale, le Département d'architecture s'élaborent : le concours d'architecture est lancé début 1993. Les résultats sont proclamés le 2 septembre. Les vainqueurs sont Zurichois, architectes de l'EPFZ, le bureau Schnebli, Ammann et Ruchat. Outre le programme prévu, le projet intègre un nouveau bâtiment, celui de microtechnique.

EPFL
ÉCOLE POLYTECHNIQUE
FÉDÉRALE DE LAUSANNE

Début mars, le nouveau logo EPFL, toujours en vigueur, est présenté. Il remplace le logo datant de la fin des années 60 et dont le style est jugé dépassé.

Au plan de la recherche, douze laboratoires provenant de sept départements signent l'acte de fondation du Centre de recherche et d'enseignement en technologies énergétiques intégrées (CRETE). Cette alliance marque la volonté, près de vingt ans après le lancement du projet d'école Energie, que l'EPFL accentue ses efforts de recherche et d'enseignement dans le domaine crucial de l'énergie.

De son côté, le président concrétise certaines de ses priorités par des actes forts. Comme il entend promouvoir les doctorats, il crée un prix EPFL qui distinguera chaque année les deux meilleures thèses. Les deux premiers lauréats seront Ambroglio Fasoli et Martin Schmidt, récompensés lors de la journée magistrale 1994. En juillet, les premiers diplômes d'ingénieurs en systèmes de communication sont décernés par l'Institut EURECOM. Treize étudiants de l'EPFL et trois de l'EPFZ en sont les premiers titulaires. En février 1994, utilisant ces nouvelles technologies de l'information, une toute première vidéoconférence sera mise en place, à titre de test, entre Sophia Antipolis et l'EPFL.

Enfin, toujours dans le cadre de la collaboration avec la France, l'EPFL signe un accord avec l'Ecole Polytechnique de Paris (la fameuse X de Paris), l'une des grandes écoles françaises. C'est la première fois que cette école conclut un accord, avec une institution étrangère qui forme des ingénieurs, pour un vrai et substantiel échange d'étudiants. L'accord prévoit de promouvoir la mobilité des étudiants et des professeurs entre les deux Hautes Ecoles.

Quelques brillants résultats scientifiques viennent compléter ce tableau. 1993 est l'année où les « cellules Graetzel », du nom de ce professeur d'ingénierie chimique, permettent à l'EPFL de réussir une grosse percée industrielle. L'EPFL possède les brevets de base de ces cellules solaires révolutionnaires, dont le principe de fonctionnement est basé sur la photosynthèse naturelle des plantes. L'Ecole valorise ses efforts de recherche en signant un premier contrat de licence avec l'Institut d'applications photovoltaïques de Gelsenkirchen, en Allemagne. Il sera suivi d'autres accords sous licence avec des entreprises suisses, dont la vaudoise Leclanché, la bernoise Glas Trösch et la tessinoise Solterra Fotovoltaico. D'autres contrats sont signés dans les mois qui suivent. En 1995, ce sont sept entreprises qui sont actives dans ce domaine, dont trois en Suisse romande, une en Suisse alémanique et une en Suisse italienne.

En septembre 1993, un authentique exploit est réalisé entre le CHUV et l'EPFL, prélude aux succès futurs dans le domaine du génie médical. Le robot Minerva, mis au point par les ingénieurs de l'Institut de microtechnique et le Service de neurologie du CHUV, est mis en service. Deux patients qui devaient être opérés du cerveau bénéficient de cette nouvelle technologie. Les deux opérations dites stéréotaxiques sont réussies. Le chef du projet Minerva, Dominique Glauser, chargé de cours à l'Institut de microtechnique, qui travaille avec le professeur Reymond Clavel, résume : « le robot offre des yeux au chirurgien. » [46] Des yeux et une précision que n'obtient pas la main la plus habile. Le chirurgien a une précision de l'ordre du millimètre, Minerva de 0,3 millimètre.

En septembre 1993, le robot Minerva mis au point par l'équipe de l'Institut de microtechnique et le Service de neurologie du CHUV permet la réussite de deux opérations. Dominique Glauser, chef du projet (au centre), avec le professeur Christof Burkhardt.

Par ailleurs, toute une série d'accords de collaboration sont signés. Avec le Paul Scherrer Institut (PSI), un accord est signé en fusion nucléaire. Le Centre de recherche en physique des plasmas de l'EPFL ouvre une antenne au sein du PSI, sans hypothéquer son budget. En octobre, l'EPFL accentue encore sa collaboration avec Cray Research (USA), déjà entamée sous la présidence Vittoz avec les premiers superordinateurs. En 1993, l'accord signé avec l'entreprise américaine fait de l'EPFL le pôle européen d'un réseau mondial. Le programme commun de recherche prévu sur trois ans relève du domaine du calcul massivement parallèle. Soit l'utilisation simultanée et coordonnée de milliers de processeurs pour la résolution de problèmes de simulation numérique très complexes. Un nouvel appareil le Cray T3D est installé à l'EPFL au printemps 1994. Il dope les

46. *Flash*, 5 octobre 1993, pp 3-4

recherches en dynamique des fluides, en physique des plasmas et en sciences des matériaux. Il permet de poursuivre les efforts déjà largement entamés à l'Ecole pour le traitement des images numériques, en favorisant la mise au point de nouvelles méthodes de compression des images. Surtout l'EPFL bénéficie d'une exclusivité européenne pour ce programme de recherche de pointe. Cray a signé des accords similaires seulement avec Caltech, l'institut de technologie de Californie, et l'Université de Carnegie Mellon, à Pittsburgh. C'est dire à quel point la réputation de l'EPFL dans le domaine de la simulation numérique est devenue mondiale. Jean-Claude Badoux et Bob Bishop, le patron de Cray, entretiennent des relations cordiales.

En 1993, poursuivant sur la piste engagée des superordinateurs depuis le milieu des années 1980, l'EPFL signe avec Cray un nouveau programme de recherche sur les ordinateurs massivement parallèles.

Reste que la rentrée académique 1993, malgré les succès scientifiques de l'Ecole, est marquée par une certaine morosité. Le président confirme que l'Ecole n'a pas d'autre choix que de foncer vers ses domaines d'excellence, surtout dans les domaines de l'ingénierie. Pour lui, les entreprises suisses ont besoin de prendre de l'avance. Il redit son intention de corriger progressivement les déséquilibres importants qui tiennent à l'histoire de l'Ecole.

« Si on ouvrait l'Ecole maintenant avec ses douze sections, on attribuerait les moyens très différemment. »[47] Enfin, il confirme que des pressions politiques sont exercées tant sur l'Université de Lausanne, via le gouvernement vaudois, que sur l'EPFL, via le CEPF, pour revoir à la baisse les moyens accordés en physique. L'objectif global est une économie d'au moins 10%. Il dit enfin craindre d'autres mesures de ce type, imposées sans ménagement de la part des pouvoirs publics, au gré de la dégradation de la conjoncture. Jean-Claude Badoux aura donc comme objectif durant toutes ces années difficiles de limiter les dégâts grâce à ses contacts privilégiés avec le monde politique. Tout cela dans un contexte où la progression du nombre des étudiants se poursuit à un rythme soutenu. Toutes catégories confondues, ils sont 4500 à la rentrée 1993. Avec toujours le même pourcentage très faible de femmes, 11% du total, si l'on ne tient pas compte de l'architecture.

En septembre 1994, Claude Nicollier vient commenter les résultats de sa plus célèbre mission dans l'espace, le vol de la navette Endeavour en décembre 1993, qui lui a permis de réparer le télescope Hubble. Cette même année 1994, Claude Nicolier est nommé professeur titulaire en robotique spatiale au Département de microtechnique.

Les relations de confiance avec l'EPFZ

1994 s'ouvre sur un événement très significatif. Jean-Claude Badoux profite des contacts précieux noués de longue date avec son homologue de Zurich, le professeur Jakob Nüesch. En janvier, un accord est signé qui voit l'EPFZ céder son Institut d'économie rurale et les postes correspondants au Département de génie rural de l'EPFL. Certes, l'Institut était une antenne de l'EPFZ située à Château d'Œx.

Les relations personnelles entre les deux présidents jouent donc un rôle essentiel. De très longue date, ils se vouent une estime et une amitié réciproques. Il faut rappeler que Jakob Nüesch, biologiste et ancien professeur de l'Université de Bâle préside l'EPFZ depuis le début de la décennie 90. «Quant Jakob Nüesch a été nommé, je le tutoyais. Alors qu'aucun membre de la direction de l'EPFL de l'époque n'avait entendu parler de lui. Jakob Nüesch était un

47. *Flash*, 5 octobre 1993, p. 6

homme de grande classe et visionnaire, qui respectait profondément la Suisse romande, qui parlait français en famille avec ses enfants. On s'entendait bien avant de devenir chacun président. Pendant toutes ces années de présidence respective, nous nous sommes vus une fois par mois. J'avais aussi l'appui de Roland Crottaz. C'était plus facile de faire passer mon point de vue dans les discussions au CEPF. »[31]

Ce dialogue construit sur une confiance réciproque sera très utile à Jean-Claude Badoux. Durant toute sa présidence, le domaine du CEPF n'aura aucune augmentation de budget en valeur réelle, les hausses étant annulées par l'inflation. A force de persuasion, il obtient certains arbitrages, en convainquant le CEPF que l'EPFL souffre d'un certain déséquilibre dans l'attribution des ressources, avec 20% des moyens disponibles et 30% des étudiants du domaine. Le bilan de cette action est largement favorable à l'EPFL. Le rapport d'activité 1995 donne les chiffres : grâce à ces réallocations internes, l'EPFL gagne une dizaine de chaires et quelque 70 postes de collaborateurs.

Cette confiance mutuelle se poursuivra avec le successeur de Jakob Nüesch, Olaf Kubler, et les deux institutions éviteront de se concurrencer leurs meilleurs professeurs dans une surenchère malsaine. Par ailleurs, Jean-Claude Badoux note que Zurich n'approuvait pas sa politique de nomination des maîtres d'enseignement et de recherche (MER), mise en œuvre dès son arrivée, mais qu'elle l'a tout de même soutenu.

Jakob Nüesch, ancien président de l'EPFZ, docteur honoris causa de l'EPFL

Personnalité rayonnante, Jakob Nüesch a présidé l'EPFZ de 1990 à 1997. Sous sa présidence, les relations entre les deux EPF de Lausanne et de Zurich ont été harmonieuses ; ses excellentes relations personnelles avec Jean-Claude Badoux facilitant grandement les contacts. Ingénieur agronome et docteur ès sciences techniques de l'EPFZ en 1960, il quitte l'institution pour la chimie bâloise. Il est en charge de la recherche en microbiologie et en biochimie chez Ciba-Geigy (devenu Novartis). Parallèlement à ce mandat industriel, il devient agrégé de microbiologie et privat-docent à l'Université de Bâle en 1972 et dès 1978 professeur de microbiologie. Jakob Nüesch rejoint en 1987 la direction de Ciba-Geigy comme directeur du domaine biotechnique et responsable de la recherche pharmaceutique. Trois ans plus tard, il est nommé président de l'EPFZ. C'est une personnalité de l'extérieur, venue de l'industrie bâloise, mais c'est aussi un retour aux sources dans l'institution où il a obtenu son doctorat. L'excellence des relations entre Lausanne et Zurich incite l'EPFL à lui décerner le titre de docteur honoris causa en 1998. Après sa retraite en 1997, Jakob Nüesch devient membre du Comité international de la Croix-Rouge. Il a également présidé la Société suisse de microbiologie.

Enfin cette confiance a pour conséquence que l'EPFL a la chance de participer dès 1995 à un ambitieux programme intitulé « Alliance pour un développement mondial durable » ou Alliance for global sustainability (AGS). Ce programme réunit l'EPFZ, le MIT de Boston et l'Université de Tokyo. L'EPFL

31. Entretien avec l'auteur

Visite du professeur Shiguekiko Hasumi, président de l'Université de Tokyo en 1998, francophone et spécialisé en littérature et cinéma romands. Avec le MIT et l'EPFZ et Tokyo, l'EPFL participe au programme « Alliance pour un développement mondial durable » dès 1995.

y sera associée grâce à Jakob Nüesch. « En arrivant à la présidence de l'EPFL, Jakob Nüesch m'a dit : je suis en train de démarrer l'AGS avec le MIT et l'Université de Tokyo. Il m'a demandé si l'EPFL était partante. J'ai évidemment répondu oui. » [31]. Le programme vise à développer de nouvelles technologies tout en préservant l'environnement. En donnant son accord à cette participation et en libérant des fonds, le président a la volonté de placer l'EPFL sur la carte mondiale. Les professeurs Hubert van den Bergh (laboratoire de pollution atmosphérique et du sol) et Daniel Favrat (laboratoire d'énergétique industrielle) joueront un rôle essentiel dans ce programme. Et Lausanne aura l'honneur de recevoir les assises de l'AGS, en 2001.

Les avancées de l'Ecole malgré les freins financiers

La nouvelle loi sur les EPF, enfin en vigueur, permet de mettre en place les outils prévus. Notamment cette Assemblée d'Ecole (AE), organe paritaire, composé des représentants des corps constitués de l'Ecole, professeurs, assistants, collaborateurs techniques, administratifs et étudiants. Après un an de fonctionnement, son président, Alfred Strohmeier, estime que la participation est un processus qui doit être apprivoisé, mais qu'elle n'est pas un vain mot. « L'Assemblée d'Ecole aide la direction à prendre en compte tous les intérêts en jeu », résume-t-il. [48] Jean-Claude Badoux ajoute que les excellents contacts personnels qu'il entretenait avec Alfred Strohmeier ont mis de l'huile dans les rouages.

Au plan de l'enseignement, la nouvelle direction accentue ses efforts dans le cursus de base. Dix postes à 50% d'assistants sont créés pour mieux encadrer les étudiants dans leur formation en chimie, physique, mathématiques, disciplines nécessaires à toutes les sections d'ingénierie. Tous ces postes sont de durée limitée, mais apportent un soulagement bienvenu aux professeurs

31. Entretien avec l'auteur
48. *Flash*, 1er février 1994, p. 3

concernés. Le manque d'encadrement des étudiants, en particulier au premier cycle, est une préoccupation constante des instances dirigeantes de l'EPFL.

La journée magistrale 1994 donne l'occasion à l'EPFL d'honorer plusieurs chercheurs, dont le Français Eric Spitz, directeur général adjoint du groupe Thomson, qui a joué un rôle déterminant dans les importants accords de collaboration signés au milieu des années 1980. Arun Netravali, un Indien de Bell Telephone aux Etats-Unis, pionnier de la télévision haute définition, est également distingué. C'est Murat Kunt, qui a fait de l'Ecole un centre de compétences mondialement reconnu dans ce domaine, qui fait l'éloge d'Arun Netravali. Branco Weiss est également distingué par l'EPFL pour les multiples efforts qu'il a entrepris pour favoriser le transfert de technologie. Il est, rappelons-le, à l'origine d'un prix qui porte son nom récompensant l'esprit d'innovation chez les jeunes chercheurs.

La sortie en juin 1994 du document planifiant l'avenir de l'EPFL pour les années 1996-1999 confirme ce que la direction sait depuis longtemps. Elle devra piloter l'Ecole et ses futurs développements avec des moyens financiers constants. Et encore dans la meilleure hypothèse, car la crainte est de devoir réduire la voilure. La direction accentue donc sa politique de priorités. Elle prévoit plus de vingt nouveaux postes de professeurs assistants et quinze maîtres d'enseignement et de recherche dans les domaines spécifiques de l'Ecole, microtechnique et systèmes de communication. Dans une moindre mesure, le génie médical, les biomatériaux et les systèmes neuromimétiques (informatique) sont également renforcés. En revanche, un poste de professeur en mensuration est supprimé, de même que le groupe de conservation de la pierre, et la forte restructuration de l'Institut de mécanique appliquée et de construction des machines est entérinée.

La journée magistrale 1994 donne l'occasion à l'EPFL d'honorer notamment Eric Spitz, directeur général adjoint du groupe Thomson, avec qui l'EPFL avait conclu en 1986 un très important contrat de collaboration.

Jean-Claude Badoux, interrogé dans le journal interne de l'Ecole, à la fin du semestre 1994, ne cache pas son inquiétude. Il juge que la pression financière des milieux politiques ne cesse de s'accroître. Il avoue passer un quart de son temps à l'extérieur de l'EPFL, en particulier en Suisse alémanique, pour défendre

Première journée magistrale du nouveau président, Ruth Dreifuss est présente, de même que le secrétaire d'Etat Heinrich Ursprung. A gauche, Roland Crottaz, président du CEPF pour quelques mois encore.

l'institution contre les menaces financières. Cela dans un contexte difficile, parce que l'EPFL, pour des questions d'équité et par une volonté affirmée de la direction, paie mieux ses chargés de cours et ses assistants-doctorants que les autres institutions du CEPF. Dans ces conditions, demander des rééquilibrages au niveau de la répartition des ressources devient périlleux. Le président avoue faire de l'équilibrisme, mais reste fier que l'EPFL soit la Haute Ecole la plus généreuse pour la rémunération de ses doctorants. La promotion du doctorat est, on le sait, une priorité absolue pour lui. « La direction est favorable à ce que tous les départements qui le peuvent paient les assistants-doctorants à 100%. Mais ce complément doit être apporté par les professeurs sur leur dotation de base. C'est leur responsabilité. Avec l'augmentation du nombre de candidats et la diminution de la dotation de base, il est clair que tous ne souhaitent pas le faire. En garantissant 75% du salaire à tous les assistants-doctorants et en imposant qu'il n'y ait pas d'engagement au dessous de ce taux, l'Ecole pratique une politique équitable. »[49] A titre de comparaison, l'EPFZ et les instituts annexes assurent 50% du salaire.

49. *Flash*, 28 juin 1994, p. 4

La démission protestataire de Roland Crottaz

Fin juin 1994 tombe également une nouvelle qui confirme les fortes tensions auxquelles sont soumises les institutions dépendant du CEPF. Roland Crottaz, son président, annonce sa démission. Il avait pourtant été reconduit dans ses fonctions le 1er février 1993 pour quatre ans. Roland Crottaz explique alors en substance n'être plus en mesure de remplir sa tâche. On comprend qu'il n'est pas sur la même ligne que Ruth Dreifuss, la nouvelle cheffe du Département de l'intérieur. Il dit espérer que sa démission « serve à définir une politique claire. Aux deux EPF et aux quatre instituts de recherche de serrer les rangs, de réfléchir à une autonomie distribuée et non concentrée. »[50] Sa démission prend effet au 31 décembre 1994. Début 1995, dans le journal interne de l'Ecole, Roland Crottaz vide son sac. « Le domaine du Conseil des EPF est sinistré », explique-t-il. Heidi Diggelmann, professeur à la Faculté de médecine à l'Université de Lausanne (responsable de l'Institut de microbiologie) et vice-présidente du CEPF, assure l'intérim.

Roland Crottaz claque la porte avec fracas du CEPF fin juin 1994 et dit son amertume jugeant « que le domaine du CEPF est sinistré ».

« Globalement, je pars avec soulagement, satisfaction et amertume. Soulagement, parce que je suis heureux d'être déchargé d'une tâche lourde et ingrate, et je me réjouis d'avoir un peu plus de temps. Satisfaction, parce que j'estime que les objectifs fixés il y a quatre ans, en accord avec le conseiller fédéral Flavio Cotti, ont été largement atteints et qu'il sera difficile de les contourner. Ainsi, les orientations stratégiques sont définies pour l'avenir (elles ont d'ailleurs été reprises par le Conseil fédéral dans son message pour l'encouragement de la science 1996-1999), la mise en place d'un controlling stratégique est faite. J'ai obtenu que la durée du doctorat soit réduite, que le statut des professeurs soit révisé. Sur le plan des constructions, des avancées ont été faites. Mais je pars aussi avec amertume, parce que je constate qu'il y a une opposition systématique au changement dans nos institutions, beaucoup d'égoïsme et peu de courage. Le résultat de cet état de fait est que nous sommes un domaine que j'estime être sinistré. Seule l'armée est plus punie que nous au niveau du budget. Nous n'avons plus de lobby pour nous aider, les parlementaires qui nous soutenaient encore il y a une année nous ont laissés tomber. On se sent peu appuyé au niveau du Conseil fédéral

50. *Flash*, 14 juin 1994, p. 5

(...) Si vous enlevez les affaires sociales, qui connaissent une augmentation de 8% de leur budget, la moyenne de croissance du budget fédéral est de 2,1% malgré les restrictions. Au CEPF, nous en sommes à moins 0,7%. (...) On va atteindre 1996 à un niveau plus bas que prévu. Il faut donc revoir la planification actuelle et, en conséquence, aller encore plus vite avec les postériorités et non les freiner.»[51]

Ce bilan terrible frappe les esprits, surtout lorsque Roland Crottaz laisse entendre que le domaine des EPF est encore plus puni que l'armée au niveau du budget. Et les chiffres de la rentrée académique 1994 confirme une nouvelle fois la tendance à la hausse du nombre des étudiants, ils sont 4703 contre 4511 une année auparavant. L'augmentation est de 4%. En trois ans, le nombre total d'étudiants a progressé de 15%.

Il faut cependant nuancer ces chiffres. La croissance est due au nombre de doctorants et à la formation postgrade, alors que le nombre d'étudiants des deux premiers cycles tend à stagner, voire à diminuer. Les effets de la baisse de la natalité de la fin des années 60 commencent à se faire sentir.

Les femmes restent très nettement minoritaires, même si on constate une légère hausse dans les inscriptions en première année et au Cours de mathématiques spéciales (CMS). L'Ecole décide alors de renforcer les efforts pour attirer les femmes et nomment la première déléguée à l'équité de l'EPFL en la personne de Françoise Piron. Diplômée en génie civil de l'EPFL, elle est engagée à 30%. Son cahier des charges comprend la promotion des études d'ingénierie auprès des femmes et la coordination de toute la politique de promotion de la femme au sein de l'EPFL.

Tirant le bilan de deux ans d'activité de la direction devant la presse, Jean-Claude Badoux fait appel à Daniel Mange, directeur du Laboratoire de systèmes logiques, qui présente ses recherches de pointe, visant à intégrer les principes de la biologie en informatique, soit l'autoréparation et l'autoréplication.

1994 est aussi marqué par une série d'événements. Le père de la microtechnique, le professeur Christof Burckhardt prend sa retraite et donne sa leçon d'honneur en mai. L'association pour la promotion des liaisons EPFL-Economie (APLE) qui soutient le CAST change de président. Jean-Luc Horisberger succède à Denis Gonseth, alors que le CAST lui-même change de patron. Véronique Jost est remplacée par Christian Simm. Les relations industrielles connaissent un nouvel essor avec le démarrage officiel de la Fondation pour l'innovation technologique

51. *Flash*, 17 janvier 1995, pp 3-4

(FIT) dont l'EPFL est membre fondateur, avec l'Etat de Vaud et le Chambre vaudoise du commerce et de l'industrie, ainsi que Bernard et Claudine Vittoz. Le premier bâtiment du PSE accueille déjà des locataires, des start-up, mais aussi une antenne de Cray, et le laboratoire de génie médical.

Un groupe d'intérêt pour le bio-informatique se crée à l'EPFL, emmené par le professeur Daniel Mange. C'est le début de l'intérêt de l'Ecole pour l'aspect ingénierie des sciences du vivant. Quelques mois plus tard, en 1995, Patrick Aebischer qui succédera à Jean-Claude Badoux à la présidence de l'EPFL en 2000, est nommé professeur titulaire au Département des matériaux pour traiter du domaine des bio-matériaux. En novembre, Frank Carrubba, vice-président de Philips Electronics en Hollande, acteur majeur sur le plan mondial dans l'électronique, visite l'EPFL pour prendre connaissance du potentiel de l'Ecole.

La structure pyramidale de l'EPFL fait du président le leader incontesté. Bernard Vittoz et Jean-Claude Badoux auront brillamment incarné cette fonction.

Au plan des relations internationales, des pôles EPFL se mettent en place, l'idée étant de renforcer la présence de l'EPFL dans les pays à fort développement technologique. Le Maroc, l'Afrique méridionale qui correspondent aux

axes habituels des collaborations de l'Ecole avec les pays en développement sont concernés, mais aussi l'Espagne et le Portugal, l'Asie du Sud-Est, l'Europe centrale et la Chine, dont on perçoit le potentiel énorme. Ces pays s'ajoutent aux priorités déjà définies dès 1992 que sont la Corée du Sud, la Russie et l'Inde. Autre bonne nouvelle, la France reconnaît enfin les diplômes d'architectes de l'EPFL. Elle reconnaissait à l'époque les diplômes de l'EPUL, mais au moment de la fédéralisation, aucune démarche n'avait été faite pour pérenniser cette reconnaissance. L'erreur est réparée.

Enfin l'année 1994 voit un renforcement de l'aumônerie universitaire à l'EPFL. Catholiques et protestants disposent d'un nouvel espace de rencontre, baptisé Agora. Ce renforcement de l'aumônerie était un souhait cher à Jean-Claude Badoux, ancien président du Conseil synodal de l'Eglise évangélique réformée du canton de Vaud.

Reste que Jean-Claude Badoux, à l'issue de deux ans de présidence, tire un bilan en demi-teinte. Il est le capitaine d'un navire en pleine tempête. Les restrictions budgétaires sont une préoccupation constante pour lui. Mais il ne dramatise pas, même si le taux d'échec en 1re année augmente régulièrement pour passer la barre des 50%, « D'une manière ou d'une autre, plus des deux tiers des étudiants qui entrent à l'Ecole en sortent avec un diplôme. » Il reconnaît cependant que le manque d'encadrement complique la donne pour les étudiants. Il rappelle que depuis 1992, date de son entrée en fonction, l'EPFL a perdu 66 postes sur sa dotation de base et juge que les restrictions ne sont pas terminées, faisant ainsi écho aux propos de Roland Crottaz estimant que le domaine des EPF est sinistré. Le président réexplique pourquoi il fait des choix et rappelle que chaque nouveau professeur a droit à 4,5 collaborateurs et non à la dotation souvent plus importante attribuée à son prédécesseur. Malgré les pressions politiques qui jugent qu'il y a trop de facultés de sciences en Suisse romande, Jean-Claude Badoux confirme qu'il se battra pour que l'EPFL conserve ses départements de physique, chimie et mathématiques en accentuant encore leur orientation vers l'ingénierie. Il rappelle aussi que malgré la tentation de l'EPFZ de s'intéresser à la microtechnique, c'est bien à l'EPFL que les choses se passent. « En microtechnique, nous avons depuis deux ans doublé le nombre de professeurs. Il y en a 5 nouveaux sur 8. Et nous avons fortement augmenté le nombre de collaborateurs. » [52] Il a même demandé au Département de microtechnique de donner certains cours en allemand afin de pouvoir recruter les étudiants alémaniques intéressés par ce domaine.

52. *Flash*, 15 novembre 1994, pp 8-9

NOUVELLE ÈRE DÈS 1995

L'Ecole se remet en chantier

Depuis 1973, les grues ont toujours occupé l'horizon EPFL. 1995 marque la fin de plusieurs chantiers de la 2e étape (bâtiment des services ouvert en été 1994, extension du bâtiment des mathématiques et nouveaux bureaux du Centre de recherche en physique des plasmas). Mais 1995 marque aussi le démarrage de la 3e étape, soit le quartier Nord de l'EPFL. Le premier bâtiment qui s'érige dans ce quartier est celui de microtechnique. Le crédit, d'un montant de 66,2 millions pour la première partie a été accepté par le Conseil fédéral, puis par les Chambres fédérales à fin 1994. Rappelons que le concours pour le quartier Nord s'était déroulé en 1993. A l'origine, le bâtiment de microtechnique ne figurait pas dans le programme. Jean-Claude Badoux va forcer la décision, grâce à son réseau de relations. Il en raconte les circonstances.

Le chantier du bâtiment de microtechnique en 1995. En 1993, alors que le jury avait délibéré sur les projets du quartier Nord, Jean-Claude Badoux est intervenu pour que ce bâtiment soit ajouté au programme.

« J'étais vice-président dans le jury qui a siégé à Yverdon pour la 3e étape de l'EPFL, le quartier Nord. C'était un concours anonyme. On a choisi le projet. Le président du jury était Niki Piazzoli, directeur de l'Office des constructions fédérales. Le représentant du Département fédéral des finances dans le jury était Feri Khanlari. Je les tutoyais tous les deux, du temps de la SIA. Quand le jury a tranché et ouvert les enveloppes, je leur ai proposé de nous retirer les trois pendant une heure. Je leur ai dit que j'avais un problème, que j'avais mis une priorité sur la microtechnique, que j'avais beaucoup d'étudiants dans ce domaine et pas de locaux. Le quartier Nord agrandissait un peu le génie civil et donnait des locaux à l'architecture, mais Bernard Vittoz avait laissé partir le processus sans tenir compte des besoins de la microtechnique. J'ai dit à mes interlocuteurs que j'avais besoin absolument d'un bâtiment de microtechnique. J'ai obtenu ce jour-là, c'était le 1er septembre 1993, 100 millions pour la microtechnique. Niki Piazzoli et Feri Khanlari ont jugé que dans le cadre du projet primé, ils pouvaient placer un bâtiment de microtechnique. Le crédit a passé, car j'avais l'accord du Département des finances et un allié au CEPF avec Roland Crottaz. Feri Khanlari a passé le nouveau projet dans sa planification. Niki Piazzoli était d'accord. Le bâtiment de microtechnique n'est certes pas le plus beau de l'Ecole, c'est celui où l'on a mis le moins d'argent par mètre cube. Mais au moins ce bâtiment existe.» [31]

Dans les faits, la 3e étape de constructions de l'EPFL, dans le quartier Nord, démarre au printemps. A noter que l'habilité tactique de faire inscrire ce bâtiment de microtechnique dans la planification du futur quartier Nord a été relayée au plan politique par Jean Cavadini, alors conseiller aux Etats. Devant les Chambres fédérales, le sénateur neuchâtelois insiste sur l'importance de la microtechnique pour la Suisse et l'excellente collaboration entre l'Université de Neuchâtel et l'EPFL depuis quinze ans. La bataille est gagnée. Le chantier doit s'achever en 1998. Une fois terminé, le bâtiment regroupera les services généraux du Département de microtechnique, plusieurs des nouveaux laboratoires, des locaux pour l'enseignement et les fameuses salles blanches, indispensables à cette discipline.

Au passage, et malgré les gros nuages financiers, les Chambres fédérales font un geste en faveur du Tramway du Sud-Ouest Lausannois (TSOL). Le M1 a coûté plus cher que prévu. Malgré la clause stipulant que la Confédération n'interviendrait plus en cas de dépassement de crédit, treize millions sont débloqués, dont une partie est prise sur les réserves pour les équipements scientifiques du domaine du CEPF. Cela fait partie de la stratégie globale visant à faire

31. Entretien avec l'auteur

de l'EPFL un campus durable, chauffé par l'eau du lac, et composé de bâtiments qui ne disposent de quasi aucune climatisation. Car les économies d'énergie ont été prises en compte dès la réalisation du nouveau site d'Ecublens.

La biologie s'introduit dans les sciences de l'ingénieur

Après la démission de Roland Crottaz, le CEPF se dote d'une nouvelle direction. Elle est bicéphale. Le professeur de médecine genevois Francis Waldvogel succède à Roland Crottaz, mais avec un mandat à 25% seulement. Le Conseil fédéral suit Ruth Dreifuss qui propose de nommer un délégué et vice-président du CEPF, engagé lui à plein temps, et chargé de l'opérationnel. Le Conseil fédéral désigne l'économiste Stephan Bieri pour cette nouvelle tâche. Le tandem entre en fonction le 1er juillet 1995.

Un médecin est donc pour la première fois à la tête du CEPF. Cette même année 1995, les traditionnelles journées scientifiques et pédagogiques sont consacrées aux sciences du vivant. L'EPFL organise régulièrement ces moments de réflexions et de détente au vert, servant à renforcer l'esprit de corps de l'Ecole entre les professeurs. En 1995, divers orateurs évoquent comment le vivant peut inspirer les ingénieurs. Parmi les orateurs, le prix Nobel de médecine du Biozentrum de Bâle, Werner Arber, et le président de l'EPFZ, Jakob Nüesch, ingénieur agronome EPF qui a eu de grandes responsabilités dans la recherche en biologie à Bâle. Celui-ci juge que le XXIe siècle sera le siècle de la biologie. Le professeur Patrick Aebischer parle de ses espoirs de développer des biomatériaux destinés aux cellules nerveuses pour traiter des maladies comme le Parkinson et l'Alzheimer. De son côté, le professeur Daniel Mange, directeur du Laboratoire de systèmes logiques, s'inspire directement du fonctionnement du vivant pour

Jean-Jacques Simond, professeur au Département d'électricité

Jean-Jacques Simond est l'un des exemples de ces professeurs pour qui l'ingénierie ne se conçoit pas sans échanges constants entre les milieux académique et industriel. Né en 1946, docteur ès sciences techniques de l'EPFL, il travaille chez Brown Boveri/ABB avant d'être nommé professeur à l'EPFL en 1990 à 44 ans. Jean-Jacques Simond juge que des domaines comme l'électricité restent incontournables et sont indispensables à notre société. Sa longue pratique de professeur, nourrie par des échanges constants avec les plus grosses industries du pays et d'ailleurs, l'a convaincu que l'électricité n'est pas un domaine où tout est achevé et de loin. De nombreux progrès restent à faire pour assurer un développement durable de notre société, par exemple pour mieux stocker l'électricité. On sent chez Jean-Jacques Simond un grand sentiment de responsabilité envers la société suisse qui finance l'EPFL, à raison de 500 millions de francs par année. Il se veut optimiste pour l'avenir, constatant un regain d'intérêt des jeunes pour son domaine. Et il y a aussi chez lui beaucoup de fierté d'avoir contribué à assurer à ses anciens diplômants et doctorants des postes à responsabilités dans les entreprises leaders dans le secteur électrique.

Bilan en 1995 du premier programme de génie médical CHUV-UNIL-EPFL lancé en 1992. Les premiers résultats de 5 programmes de recherche sont suffisamment prometteurs pour que le programme soit reconduit pour trois ans supplémentaires. A l'arrière-plan, on reconnaît le professeur Patrick Aebischer.

ses recherches en informatique. Il présente des systèmes informatiques capables de s'autoréparer et de s'autorépliquer. A terme, il imagine que des robots disposant de telles propriétés d'autoréparation pourraient être envoyés dans des environnements particulièrement hostiles pour faire des travaux que les hommes ne peuvent effectuer qu'en mettant leur santé en danger. L'heure est aux espoirs que le vivant et l'ingénierie se parlent et s'inspirent mutuellement.

Cet axe est renforcé par la création dès l'été 1995 d'un laboratoire commun en biotechnologie entre l'Université de Lausanne et l'EPFL. Ce laboratoire de biotechnologie cellulaire et moléculaire est installé dans les locaux de l'EPFL. Sous la direction de son professeur, Florian Wurm, l'EPFL se charge des aspects d'ingénierie de cultures de cellules animales et de procédés de séparation et de purification des protéines. L'UNIL, sous la direction du professeur Nicolas Mermod, traite des aspects de génétique moléculaire et microbienne, visant à développer des procédés de reproduction de protéines recombinantes. Ce laboratoire commun sera inauguré en février 1997, en présence notamment d'Ernesto Bertarelli, PDG d'Ares-Serono.

1995 est aussi l'année du bilan du premier programme de génie médical, lancé en 1992 sous la présidence de Bernard Vittoz entre l'EPFL, l'Université de Lausanne et le CHUV. Les résultats des cinq programmes retenus en 1992 sont plus qu'encourageants. La presse romande fait preuve d'enthousiasme. « A Lausanne, l'échange des connaissances donne des ailes aux scientifiques » titre *Le Nouveau Quotidien* [53]. « Un véritable centre d'excellence mondiale dans le génie médical émerge à Lausanne » analyse le journal, qui cite Charles Kleiber, architecte EPF, en charge du Service des Hospices cantonaux du canton de Vaud (qui coiffe le CHUV). Parlant des chercheurs lausannois, le futur secrétaire d'Etat à la science et à la recherche explique que « nous avions un immense potentiel depuis longtemps, mais nous ne le savions pas, car les ingénieurs, les biologistes et les médecins ne se parlaient pas ». [54] Quant à Jean-Jacques Paltenghi, le directeur de la recherche de l'EPFL, à l'origine du lancement de ce premier programme de génie médical, il prend quelques libertés avec le calcul, pour la bonne cause. Pour lui, 1+1+1, cela fait plus que 3. Autrement dit, cette fameuse masse critique nécessaire pour réussir de véritables percées est atteinte.

Parmi les résultats obtenus : de nouvelles techniques endoscopiques peu invasives permettant de détecter et de traiter des cancers de petite taille (1-2 mm d'épaisseur) ; la mise au point d'un appareil capable de mesurer le flux sanguin, l'élasticité, le diamètre, l'épaisseur et la pression d'une artère pour prévenir l'artériosclérose; l'utilisation des réseaux de neurones pour mettre au point un appareil où les données sont converties en information sur la dépense énergétique d'un individu ; des espoirs en vue de mettre au point un pancréas artificiel ; enfin une piste sérieuse pour désensibiliser les personnes allergiques au venin d'abeille.

Jean-Jacques Paltenghi, l'homme qui avait la meilleure connaissance de l'ensemble des recherches menées à l'Ecole sous les deux ères Vittoz et Badoux, ici avec Nava Setter, professeure au Département des matériaux.

Une deuxième phase de trois ans est immédiatement lancée avec les mêmes moyens (cinq millions) et les mêmes objectifs : transfert des connaissances acquises dans les laboratoires de recherche à la pratique quotidienne de la clinique. Et, avec le concours et le savoir-faire des ingénieurs et des partenaires industriels, la réalisation d'appareillages performants. Avec le recul de quinze ans,

53. *Le Nouveau Quotidien*, 16 mai 1995, p. 3
54. Idem 53

Jean-Claude Badoux rend hommage à Jean-Jacques Paltenghi. Le directeur de la recherche de l'EPFL a été le moteur de cette expérience et sans lui, l'ancien président pense que le train aurait été manqué. «Lorsque je suis arrivé à la présidence, j'étais convaincu par mes contacts fréquents avec les Etats-Unis notamment, que l'EPFL devait se lancer dans la biotechnologie et la bioingénierie. Mais le génie médical, c'est clairement Jean-Jacques Paltenghi qui en a été le moteur. Et je pense que les résultats étaient à la hauteur, car on ne partait pas de rien. L'EPFL était restée sur l'échec du cœur artificiel. Une idée géniale, mais il était sans doute un peu trop présomptueux de penser que l'EPFL pouvait tout faire. Aux USA, c'est fréquent d'avoir des ingénieurs qui étudient la médecine. Ma décision de nommer Patrick Aebischer comme professeur titulaire en 1995 allait dans ce sens.»[31]

La technologie est une chance pour la Suisse

Cependant, ces succès scientifiques sont encore loin de déboucher sur de grosses percées industrielles. Au milieu des années 1990, l'axe naissant de l'ingénierie biomédicale n'est pas en mesure de renouveler le tissu économique romand. Des promesses existent dont certaines se concrétiseront rapidement avec la venue en 1996 de Medtronic, qui installe son nouveau siège central européen dans le canton de Vaud et ouvre son site de production à Tolochenaz en 1997. Grâce à ses contacts privilégiés avec les dirigeants de Medtronic et ses visites antérieures au siège de l'entreprise aux USA, grâce aussi à ses contacts personnels avec Bill George, le PDG de Medtronic, le président de l'EPFL contribue à la venue de cette entreprise à proximité immédiate de l'Ecole.

En 1997, Medtronic, le CHUV, l'Université de Lausanne et l'EPFL signent un accord de collaboration de cinq ans. Il porte sur la stimulation et les défibrillateurs cardiaques, la neuromodulation, et le développement de nouvelles méthodes visant à préserver la circulation du sang lors de maladies cardiovasculaires.

Mais en 1995, la crise est encore là et Jean-Claude Badoux lance un appel pressant aux banques, non comme président de l'EPFL, mais en tant que président de l'Académie suisse des sciences techniques (SATW). Il souligne le recul préoccupant de la production industrielle en Suisse. 120 000 postes de travail ont été perdus en Suisse entre 1990 et 1993, des places de travail que le secteur des services ne peut compenser. Prônant la plus grande ouverture possible de l'EPFL vers l'étranger et insistant pour que l'Ecole forme un maximum de doctorants,

31. Entretien avec l'auteur

en particulier dans toutes les branches de l'ingénieur, pour que ceux-ci créent à leur tour des places de travail, il demande aux banques de faire confiance à ces jeunes chercheurs. Les banques doivent tout faire pour favoriser la création de nouvelles entreprises. La Suisse forme des ingénieurs, encore faut-il leur donner des chances de lancer leurs projets lorsque ceux-ci entrent dans la phase industrielle.

La bibliothèque centrale de l'EPFL, lieu privilégié pour réviser les cours.

En mai 1995, devant la presse suisse, Jean-Claude Badoux revient sur l'ensemble de la problématique. En quatre ans, l'EPFL a accueilli près de 1000 étudiants supplémentaires, et les contrats avec les milieux extérieurs, déjà en forte expansion et uniques en Suisse sous la présidence de Bernard Vittoz, ont progressé de 23%. Crise oblige et compression de postes financés par la Confédération, ce sont désormais 55% des collaborateurs scientifiques de l'Ecole qui sont payés par des sources qui n'émargent pas au budget de la Confédération, alors que cette proportion atteignait en général un tiers dans le passé.

L'EPFL fait donc preuve d'une inventivité et d'un dynamisme toujours plus grands et le président rend hommage aux nombreux professeurs qui jouent le rôle de patrons d'entreprises dans leurs instituts. Des professeurs de plus en plus nombreux, puisqu'en deux ans et demi, 47 nouvelles personnes ont été nommées. C'est un renouvellement d'un tiers du corps professoral, soit en raison de départs à la retraite, soit à la suite des réorientations dans plusieurs disciplines, et surtout par la réaffectation d'autres moyens en postes de professeurs.

Jean-Claude Badoux applique la politique qu'il a définie en 1992 avec une très grande constance. Le renforcement annoncé en microtechnique, par exemple, se traduit dans les faits. Cinq professeurs dans ce domaine en 1992, neuf en 1995 et treize annoncés pour 2000. Même évolution pour les systèmes de communication, deux professeurs en 1992 et treize annoncés pour 2000.

Reste, et c'est sans doute le plus difficile pour la direction de l'EPFL, à convaincre l'opinion publique et donc les décideurs politiques de l'importance de la technologie. La Suisse est de tous les pays de l'Organisation de coopération et de développement économiques (OCDE), celui où la part de la recherche financée par les pouvoirs publics est la plus faible.

Le président met en œuvre cette même année un autre volet de sa politique, le renforcement des relations avec l'Asie. La constitution de pôles étrangers date de 1994. En 1995, c'est l'Asie qui est courtisée. Les deux responsables du dossier, le professeur Gérard Sarlos et Eric Merk, se rendent en Malaisie, en Indonésie, en Thaïlande, à Singapour, à Taiwan et en Corée du Sud. Les besoins de l'Asie du Sud-Est en personnel hautement qualifié sont énormes. Le potentiel également.

En automne 1995, c'est Jean-Claude Badoux lui-même qui se rend en Corée du Sud à la tête d'une délégation fédérale d'une vingtaine de personnes où l'on retrouve des scientifiques et des industriels suisses de très haut niveau. Il y représente le secrétaire d'Etat Heinrich Ursprung avec la mission d'intensifier les relations scientifiques et technologiques avec ce pays, dont le taux de croissance économique est impressionnant. Préparer le terrain pour les ingénieurs suisses en Corée : voilà la mission. Après avoir signé un accord de coopération avec la Corée, au nom de la Confédération, il donne une interview à *L'Hebdo* que le magazine résume par une citation : « Nos jeunes ingénieurs doivent partir en Asie. [...] Je ne parle pas d'émigration des cerveaux, bien entendu, mais d'une étape dans la formation. » [55] Quand on lui fait remarquer que les jeunes suisses préfèrent un emploi dans leur pays à un séjour formateur à l'étranger, Jean-Claude Badoux ne nie pas le phénomène, mais suggère «qu'il suffirait d'assurer des emplois intéressants à tous ceux qui ont fait l'effort d'aller vers d'autres horizons ».

Il ajoute enfin qu'il n'y a pas de meilleur moyen de connaître ses rivaux industriels que d'aller travailler chez eux. L'homme cosmopolite qu'est Jean-Claude Badoux n'a cessé durant toute sa carrière d'agir dans ce sens et d'envoyer ses étudiants et doctorants à l'étranger, en assurant le financement de ces séjours par des mandats avec l'industrie.

55. *L'Hebdo*, 7 décembre 1995, pp. 55-57

L'innovation de la promotion des femmes

Moins d'un an après la nomination de Françoise Piron, ingénieure EPF, comme déléguée à l'équité, chargée de promouvoir une politique en faveur des femmes à l'EPFL, le groupe Polyfemmes constitué sous l'ère de Bernard Vittoz décide de sa dissolution. Ce groupe de femmes est victime des limites du bénévolat et considère que le relais est assuré par la nouvelle déléguée de l'équité. En désignant Françoise Piron, l'ambition de la direction était mutiple, en particulier aplanir les obstacles sur le chemin des carrières professionnelles féminines. Lors de sa nomination, la déléguée à l'équité juge que ce ne sont pas les années comme étudiantes à l'EPFL qui sont les plus difficiles, même dans ce monde très masculin, mais c'est au tournant de la trentaine, quand il faut concilier vie de famille et vie professionnelle que le virage est le plus dur. A titre personnel, Françoise Piron milite au sein de l'Association suisse des femmes ingénieurs (ASFI). Un an plus tard, elle juge qu'elle s'est engagée dans un travail de longue haleine et que « ce n'est pas demain que nous verrons 50% d'étudiantes et de femmes professeurs à l'Ecole. »[56] Des premières mesures ont été prises, comme celles des congés maternité facilités. Dès lors l'Ecole se substitue aux instituts pour financer les congés maternité. Françoise Piron se dit consciente qu'il y a beaucoup à faire pour que les mentalités évoluent, mais ne considère pas son poste comme un mandat alibi. En outre, six ans après l'ouverture de la Croquignole, première garderie de l'EPFL et de l'UNIL, une deuxième structure ouvre ses portes en automne 1996, le Polychinelle, pour l'EPFL seule.

Françoise Piron, déléguée à l'équité

Déléguée à l'équité ? Lorsque Françoise Piron est nommée en 1994, c'est une première à l'EPFL, monde très masculin. Ingénieure en génie civil, née d'un père belge ingénieur EPFL lui-même, physicien spécialiste en mécanique quantique, et d'une mère iranienne, Françoise Piron a vécu l'EPFL de l'intérieur comme étudiante et sait ce que signifie être minoritaire comme femme dans cette Institution. Le terrain est connu. L'inconnue, c'est l'ampleur de la tâche qui l'attend : mettre en place une politique de promotion des femmes. Le soutien total du président ne lui sera pas de trop, tant les résistances sont nombreuses. Mais elle parvient, comme elle le dit, « à mettre la machine en route ». Cela commençait par attirer plus de gymnasiennes à l'EPFL en montrant que celles qui font de la science et de la recherche en ingénierie ne sont pas des extraterrestres. Et surtout de donner envie aux jeunes femmes de devenir ingénieures, servir de modèle, leur montrer que c'est possible. Six ans de travail acharné sous la présidence Badoux vont lui permettre de gagner quelques batailles importantes, au point que le défi relevé de la promotion des femmes à l'EPFL, marqué par la sortie d'un livre *Carrières de femmes, passion d'ingénieures*, sera remarqué sur le plan européen.

Françoise Piron sait qu'elle a la pleine confiance du président. C'est lui qui a voulu une politique volontariste en faveur des femmes dès son arrivée

56. *Flash*, 14 novembre 1995, p. 9

à la présidence. Jean-Claude Badoux a plusieurs idées sur le sujet dont certaines ne feront pas toujours l'unanimité au sein de sa direction.

« Créer un poste de déléguée à l'équité correspondait à ma vision. Comme professeur à l'Institut de construction métallique, j'avais trois doctorantes et j'étais convaincu qu'il fallait plus de femmes ingénieurs, et aussi plus de femmes professeurs. Pour y parvenir, il fallait promouvoir des femmes avec famille et enfants. Sur ce point, je me suis accroché avec ma direction. On avait une garderie, mais il fallait s'inscrire des mois à l'avance. J'ai donc décidé que les étudiantes avaient la priorité, puis les doctorantes puis le personnel. J'ai imposé cette décision, puis nous en avons ouvert une seconde. En outre, pour augmenter le nombre de femmes professeurs, on créait des postes pour des femmes, peu importait le domaine. On les invitait à postuler, et on les prenait non pas en fonction de nos besoins, mais en ratissant très large. Au lieu de définir un poste et de chercher quelqu'un pour ce poste, on se disait que si on avait une candidate brillante, on la nommait. Cela m'a permis de faire passer le corps professoral féminin d'une personne en 1992 à onze en 2000 ! Je ne suis

A quelques semaines de la fin de son mandat, Jean-Claude Badoux pose avec les femmes professeures de l'Ecole. Il a mené durant ses 8 ans de présidence une politique volontariste qui a conduit à la nomination d'une dizaine de professeures.

pas très idéologue, mais j'ai la conviction qu'il faut donner des chances aux femmes. Et les femmes professeurs qui avaient charge de famille avaient le droit chaque mois de changer le pourcentage de leur temps de travail, si par exemple un enfant était malade. Une forme d'annualisation du temps de travail, mois par mois, en fonction des circonstances personnelles. » [31]

Un nouveau directeur académique

1995 est marqué au plan institutionnel par le départ du secrétaire général Pierre Pittet. Le secrétaire général sortant a fait une brillante carrière à la direction, où il a travaillé dès la fédéralisation de l'Ecole. Il en connaît tous les arcanes. Humain, habile négociateur, il dresse un bilan mitigé du caractère des étudiants EPFL. « Ils sont trop calmes, pas assez agressifs, trop suiveurs, un peu bourgeois, et surtout pas assez mobiles. La mentalité vaudoise est plutôt paysanne qu'industrielle. » [57] Pierre Pittet est remplacé par Michel Jaccard, ingénieur EPF avec un doctorat en biologie et une longue pratique industrielle. Le nouveau directeur des affaires académiques affirme d'emblée que l'AGEPOLY, l'association des étudiants de l'EPFL, sera son partenaire privilégié, et que sa porte sera toujours ouverte à tout étudiant confronté à une difficulté particulière. Il se dit aussi préoccupé par le taux d'échec élevé aux examens propédeutiques de première année, puisque depuis le début des années 1990 le taux d'échec augmente régulièrement et passe la barre des 50% en 1994, une première. En revanche, Michel Jaccard ne s'inquiète pas de la stagnation du nombre d'étudiants : pour la première fois depuis longtemps, le nombre total d'étudiants à l'EPFL diminue : 4527 étudiants en 1995 contre 4703 une année auparavant. Cette diminution est due essentiellement à la baisse des cours postgrades et dans une moindre mesure à celle des étudiants de premier et deuxième cycles. Le nombre d'étudiants qui s'inscrivent en première année est lui aussi en baisse, surtout en physique et en informatique, alors que la microtechnique progresse. Les effets de la démographie en Suisse commencent à se faire sentir avec la baisse de la natalité enregistrée dès le milieu des

Pierre Immer, directeur administratif, et Pierre Pittet, secrétaire général, lors de la cérémonie pour le départ à la retraite de ce dernier.

31. Entretien avec l'auteur
57. *Flash*, 17 octobre 1995, p. 3

années 1960. Plus inquiétant, malgré la politique en faveur des femmes, le nombre d'étudiantes diminue. 727 en 1995 (16,8%) contre 789 en 1994. Sans l'architecture et dans une moindre mesure le génie rural, l'EPFL serait un monde presque exclusivement masculin. C'est dire si l'événement qui fait la une du journal interne de l'Ecole, le 30 janvier 1996, est symbolique. Sous le titre « Le doctorat se conjugue au féminin », *Flash* relate que trois femmes ont défendu leurs travaux le même jour et que, fait encore plus exceptionnel, les trois doctorantes provenaient du même laboratoire, celui de métallurgie mécanique du Département des matériaux, dirigé par le professeur Bernhard Ilschner. L'occasion de rappeler à la communauté EPFL que la direction a lancé une action pour les femmes doctorantes, en mettant au concours des postes supplémentaires spécifiques pour elles, avec un financement généreux à la clé.

A gauche, Michel Jaccard, nouveau directeur des affaires académiques, qui succède à Pierre Pittet, en compagnie du vice-président Dominique de Werra.

Mais l'augmentation du nombre de femmes dans l'Ecole n'est pas le seul souci du nouveau directeur des affaires académiques. L'AGEPOLY, par le biais des délégués de classes, est reçue par trois membres de la direction, soit Jean-Claude Badoux, Dominique de Werra et Michel Jaccard. Les étudiants font passer le message que l'évaluation des enseignants est urgente. Les délégués de classe disent leur insatisfaction devant le niveau pédagogique de certains cours et demandent qu'une formation pédagogique soit rendue obligatoire pour les professeurs.

Chargé du dossier de l'enseignement, le vice-président Dominique de Werra répond qu'il croit plus aux mesures de persuasion qu'aux mesures de contrainte. « Il y a un domaine dans lequel notre Ecole a été très active : c'est celui de l'évaluation et de l'accréditation. Actuellement, on parle beaucoup de l'accréditation de tous les programmes des universités. Mais en la matière, il faut dire que l'Ecole a, à nouveau, fait figure de pionnière. La première évaluation de l'Ecole par des experts extérieurs a été faite très tôt, sous l'impulsion de Maurice Cosandey. Il avait alors réussi à montrer à nos autorités que nous étions sous-dotés en postes, et le résultat avait été extrêmement positif pour l'EPFL. Par la suite, ces procédures d'évaluation ont été institutionnalisées. Etant donné que nombre de ses enseignants étaient passés par le système américain, l'Ecole a très rapidement introduit ce qui s'appelait alors des "évaluations de l'enseignement". En fait, pour que les enseignants acceptent plus volontiers ces évaluations, on les nommait alors "opérations de valorisation de l'enseignement", afin de montrer qu'il s'agissait de reconnaître la place importante qu'occupait l'enseignement dans une institution comme la nôtre. Ces opérations de valorisation ont été introduites petit à petit. Elles ont servi de base à un processus qui a ensuite été mis en place en parallèle avec l'EPFZ. Ce système a fait école puisqu'il a conduit à cette notion d'accréditation, qui est maintenant utilisée pour qualifier les Ecoles qui sont régulièrement évaluées (avec un résultat positif) par des experts internationaux. » [58]

Quant au président, il ne nie pas le problème et répond à l'inquiétude des étudiants. Pour lui, il est évident que la stagnation des moyens financiers couplée à l'augmentation des étudiants a péjoré l'encadrement, malgré les mesures urgentes prises par la direction pour renforcer autant que possible l'encadrement dans les sciences de base. Convaincu qu'il y a un vrai problème, le président rappelle que malgré les pressions financières et les abandons de certains domaines, la direction s'est démenée pour faire de l'enseignement une priorité. « Nous n'avons cessé de privilégier ce domaine : en dédoublant les classes trop nombreuses, en soulageant par un meilleur encadrement les volées trop lourdes, en renforçant le potentiel d'enseignement par des professeurs-assistants, des professeurs titulaires et des maîtres d'enseignement et de recherche (MER), en multipliant enfin, les salles adaptées à la formation. » [59]

Jean-Claude Badoux et Pierre Pittet : les deux hommes étaient très complices de longue date.

Le fait que la moitié des étudiants échoue en première année interpelle cependant l'Institution. En avril 1996, le professeur Jacques Jacot, de l'Institut de microtechnique, se livre à une analyse dans le journal de l'Ecole pour ce qui concerne son département. On constate que les échecs ne sont pas tous dus à des mauvais résultats d'examens, mais au fait qu'un certain nombre d'étudiants ne se présentent pas aux examens, se jugeant insuffisamment préparés. Par ailleurs, aucune corrélation ne peut être faite entre le résultat de la maturité et le taux d'échec en première année. Tous les cas de figure existent : celui qui obtient

58. Interview par la journaliste Elisabeth Gordon en 2006, inédite
59. *Flash*, 30 janvier 1996, p. 7

une maturité avec mention et échoue à l'EPFL et celui qui passe de justesse sa maturité et réussit sa première année. En revanche, tous les étudiants interrogés avouent que la transition gymnase-EPFL est un terrible choc. Beaucoup d'étudiants ont passé leur gymnase sans beaucoup travailler, ce qui est quasiment impossible à l'EPFL. Pour Jacques Jacot, l'un des remèdes est d'insister plus auprès des gymnasiens sur l'excellent bagage qu'ils doivent posséder en physique et en mathématiques, leur dire d'apprendre à mieux gérer leur temps et surtout que les étudiants considèrent que « la maturité n'est pas la fin de la scolarité, mais le droit de commencer à travailler à l'EPFL ».[60] D'autant que le but premier de l'EPFL n'est pas que les étudiants réussissent tous leur première année à la première tentative, mais l'obtention du diplôme final.

La participation, thème de discorde

Constituée dès 1992 avec la mission de donner un avis sur tout projet engageant l'Ecole pour l'avenir, l'Assemblée d'Ecole (AE) entend jouer ce rôle pleinement. Mais l'EPFL est dans les faits une organisation fondamentalement verticale, où la direction détient un pouvoir important, où le président est le véritable patron, ce patron dont rêvent les universités cantonales, mais que les différents gouvernements cantonaux se refusent le plus souvent à mettre en place.

A l'EPFL, le patron incontesté, c'est le président. Tant la figure tutélaire de Maurice Cosandey, que son successeur Bernard Vittoz, puis désormais Jean-Claude Badoux assument pleinement ce rôle et les responsabilités qui y sont liées. Or voici que la nouvelle loi introduit la notion de participation, certes modeste, puisque l'AE n'a aucun pouvoir décisionnel face à la direction. Mais ce n'est pas tellement avec la direction que les frictions se manifestent d'emblée, d'autant que Jean-Claude Badoux et Alfred Strohmeier ont de bonnes relations personnelles. L'AE pose plus de problèmes au corps professoral. Historiquement, le seul réel contre-pouvoir, l'organe qui conseille la direction et que la direction respecte est, on le sait, la Conférence des chefs de département (CCD). C'est à la CCD que les discussions sur les programmes d'enseignement ont lieu, que les arbitrages budgétaires sont faits, que les options de l'Ecole qui engagent l'avenir sont discutées. Rappelons que la CCD a été créée dès la fédéralisation de l'Ecole en 1969 et que son premier président fut Bernard Vittoz. La CCD n'est donc pas un organisme alibi, bien au contraire. Mais la CCD est une spécificité EPFL, que la nouvelle loi ne mentionne même pas, même si l'existence de la CCD figure dans l'ordonnance sur l'organisation de l'EPFL.

60. *Flash*, 23 avril 1996, pp. 3-4

Sur cette vue aérienne de 1996, on distingue clairement au premier plan le chantier du bâtiment de microtechnique, qui correspond à un réel besoin, cette priorité dans ce domaine de l'ingénierie ayant été rappelée à plusieurs reprises par Jean-Claude Badoux depuis 1992.

Ajoutons à cet imbroglio juridique le fait que les professeurs d'université n'apprécient guère la codécision, et sachant que l'Assemblée d'Ecole doit compter paritairement des membres des quatre corps constitués (professeurs, assistants, étudiants, collaborateurs techniques et administratifs), vous avez les ingrédients pour provoquer de fortes tensions. En outre, une autre association existe, celle des professeurs de l'EPFL (APEL), qui estime également avoir son mot à dire. L'APEL avait par exemple un candidat officiel à la succession de Bernard Vittoz.

En 1996-1997, ces tensions vont s'exacerber sur fond de crise financière. La direction fait des choix, en fonction des restrictions drastiques qu'elle subit, comme par exemple la privatisation du centre de langues de l'EPFL, confiée à Migros-Vaud, et se fait critiquer. Il y a confrontation entre les pouvoirs très puissants d'une direction, en particulier ceux du président, et les organes de consultation, certains institués par la nouvelle loi, d'autres s'appuyant sur leur histoire. Exemple de ces tensions : certains étudiants au sein de l'AE, voire de l'AGEPOLY, imaginent devoir être représentés dans les commissions de nomination des professeurs. Jean-Claude Badoux s'y refusera toujours.

Le 30 janvier 1996, *Flash* donne la parole au professeur André Musy, président de l'Association des professeurs de l'EPFL, qui quitte sa charge. Pour lui, l'APEL est « un partenaire incontournable des orientations générales de l'EPFL (...) qui doit être consultée, même sous des formes non officielles. Prenons garde, on légifère par des lois, règlements et ordonnances bientôt innombrables, voire ingérables, sauf par quelques rares spécialistes ».[61]

Présidente de l'Association du corps intermédiaire de l'Ecole (ACIDE), Farnaz Moser lance elle aussi un cri d'alarme en avril 1997 lorsqu'elle quitte ses fonctions de présidente, estimant que « la participation est en danger de mort ». [62] Le fait que les organismes soient consultés sans que leur avis soient entendus démotive, à son avis, les personnes à s'engager.

De son côté, l'Assemblée d'Ecole n'est pas en reste. Consultée sur un projet ambitieux du Paul Scherrer Institut (PSI), la construction du Synchroton Light Source (SLS), elle refuse ce projet et le fait savoir par courrier au CEPF. L'AE estime que le financement de ce projet, évalué à 165 millions de francs, va se faire au détriment des deux EPF, et notamment de l'EPFL, alors qu'elle juge que les quatre instituts de recherches annexes faisant partie du domaine du CEPF sont déjà bien suffisamment dotés en moyens. En l'occurrence, l'AE est pleinement en phase avec la direction de l'EPFL qui répond au CEPF de manière plus nuancée. Elle dit oui au projet à condition que le financement du SLS ne se fasse pas au détriment de la recherche et de l'enseignement dans l'Ecole. Quelques mois plus tard, le Conseil fédéral donnera son feu vert au projet.

Soumise à réélection, l'AE change de composition au printemps 1996. Alfred Strohmeier, son premier président, cède la place au professeur Marcel Jufer. Pour ce dernier, professeur de l'Ecole depuis près de 30 ans et qui a géré nombre de commissions de réforme, l'AE est clairement « un partenaire plutôt qu'un contre-pouvoir de la direction ». Cet organe consultatif doit assurer la participation à l'intérieur de l'Ecole, assurer et sauvegarder l'autonomie de l'institution et surveiller sa gestion. Pour lui, la direction n'a pas le choix, elle est tenue d'appliquer la loi sur les EPF. «Nous devons donc trouver un point d'équilibre entre la direction et l'AE. Et ce point ne peut être trouvé que si la direction admet que l'AE est un organe de l'Ecole et non un parasite et un empêcheur de tourner en rond. »[63]

Pour Michel Fressineau, président de la section EPFL de l'Association du personnel de la Confédération (APC), l'AE a un véritable rôle à jouer dans la gestion de l'Ecole. « La nouvelle loi sur les EPF ne laisse aucun doute sur le fait que la direction des écoles ne se laisse pas uniquement guider par une organi-

61. *Flash*, 30 janvier 1996, p. 10
62. *Flash*, 29 avril 1997, p. 9
63. *Flash*, 12 novembre 1996, p. 13

sation verticale stricte, mais qu'à tous les échelons, elle consulte les spécialistes afin que ses décisions de gestion obéissent aux vrais impératifs. Et ces impératifs, il est évident qu'ils sont connus de ceux qui sont et font une université, c'est-à-dire les enseignants, les étudiants et les chercheurs. C'est cette sorte de gestion que l'on appelle participative. (...) Ces droits de participation signifient que les représentants de tous les groupes de personnes relevant des écoles participent à la formation de l'opinion et à la préparation des décisions à l'échelon de l'EPF. Au niveau des unités d'enseignement et de recherche, ils participent même à la prise de décisions. (...) C'est dans ce contexte de la direction participative avec une ligne de conduite claire qu'il faut considérer l'Assemblée d'Ecole. (...) En un mot, l'Assemblée d'Ecole ne doit pas seulement pouvoir réagir, mais aussi agir. Si le verbe "agir" a pris une connotation suspecte en raison de son dérivé "agitation", nous n'en savons pas moins qu'en physique en tout cas, l'action, comme pendant à la réaction, a gardé tout son sens honorable. Ainsi, dans le cadre de la conduite de l'Ecole, l'Assemblée d'Ecole est investie d'une tâche constructive et créative. Son droit de faire des propositions s'applique à toutes les affaires qui influent de façon déterminante sur le destin de l'Ecole. La loi cite expressément les actes normatifs, le budget, la planification, la création ou la suppression d'unités d'enseignement et de recherche, ainsi que les questions de structure et de participation. »[64]

L'Assemblée d'Ecole est donc déterminée à jouer son rôle, mais la CCD n'a pas dit son dernier mot. En 1996, le passage de témoin de la présidence de la CCD de Dieter Landolt à Urs Von Stockar est l'occasion pour les deux professeurs de rappeler l'importance essentielle de cette instance. Pour le nouveau président, la CCD est un forum indispensable. Il annonce d'emblée que les chefs de départements, qui se réunissent au moins deux fois par mois, vont consacrer leurs efforts à examiner, commenter, analyser le document Planification 2000+ qui pose les bases de l'avenir de l'EPFL au XXIe siècle.

Pour Jean-Claude Badoux, les impacts des deux instances ne pouvaient être comparés. La CCD a joué tout au long de la présidence de Bernard Vittoz et de la sienne un rôle fondamental : celui de fédérer l'Ecole, de lui donner une cohésion « un esprit de corps ».

« Il y avait au sein de l'EPFL un très fort sentiment d'appartenance. L'EPFL est une école et pas un conglomérat de douze départements. Le juriste, le médecin, l'économiste font partie d'une faculté avant de se sentir membres d'une université. A l'EPFL, tout au long de ma carrière, il y avait vraiment un sentiment d'appartenance. Le plus développé de toutes les hautes écoles suisses.

64. Document de Michel Fressineau du 14 juin 2005, p. 2-3

Il y a une fierté d'en faire partie, d'en avoir fait partie, plus qu'à l'EPF de Zurich. L'esprit de corps de l'EPFL, c'est pour un professeur accepter d'enseigner dans plusieurs départements, de voir que ce n'était pas une confédération de départements, mais une vraie institution en elle-même. L'esprit d'Ecole était créé pour une part par la CCD, rien de tel n'existe dans une autre institution suisse. C'est aussi le seul contrepoids de la direction, mais un contrepoids qui travaillait de manière constamment constructive. Le dialogue était toujours possible, même si je disposais d'un grand pouvoir. En revanche, de mon point de vue, l'Assemblée d'Ecole a joué un rôle faible. » [31]

Murat Kunt, patron incontesté du Laboratoire de traitement des signaux. Grâce aux travaux de son équipe, l'EPFL mettra au point la norme mondiale MPEG-4 pour la compression des signaux.

Clairement, pour Jean-Claude Badoux, la CCD est l'organe consultatif le plus important pour la direction. C'est la seule instance où la direction assiste in corpore aux séances. Mais la situation privilégiée de la CCD doit exclure tout rapport de force avec la direction. Elle a toute liberté pour exposer ses vues, mais c'est la direction qui décide. Pour fonctionner, ce système doit pouvoir bénéficier du fait que le président de l'Ecole et le président de la CCD s'esti-

31. Entretien avec l'auteur

ment et se respectent. C'est le cas. En 1997, pour confirmer s'il le fallait son rôle dans la stratégie de l'Ecole, la CCD lance des chantiers de réflexions. L'un de ces chantiers sera consacré aux moyens de renforcer l'attractivité de l'EPFL, confrontée à la stagnation, voire à la baisse du nombre de ses étudiants. La CCD arrive à la conclusion que des efforts encore plus importants doivent être faits pour promouvoir l'EPFL en Suisse alémanique et que, plus généralement, un sérieux effort de communication et de promotion pour les branches techniques doit être entrepris, comme exigé avec force par la Confédération dès la fédéralisation. En outre, l'EPFL doit tout tenter pour casser son cliché d'école difficile, ce qui décourage des gymnasiens de s'y inscrire, mais bien sûr sans transiger sur l'excellence. Le deuxième chantier sera consacré au devenir de l'EPFL après l'an 2000 et à la nécessité ou non de modifier certaines structures, par exemple en renforçant le rôle et les responsabilités des départements avec à leur tête un chef aux pouvoirs accrus et une durée de mandat allongée. La CCD est néanmoins consciente que la personnalité du président qui succédera à Jean-Claude Badoux en 2000 et dont la nomination n'est évidemment pas faite en 1997 sera déterminante. Un troisième chantier est consacré aux moyens de renforcer la qualité de la recherche.

Le professeur Jean-Daniel Nicoud, à gauche, présente son robot détecteur de mines anti-presonnelles. Son idée est de compléter les détecteurs habituels par un système de radar, capable de repérer les parties non métalliques des mines.

Nouveaux succès scientifiques et politiques

En dépit de ces quelques tensions internes, 1996 est une bonne année pour l'EPFL. Son laboratoire de traitement des signaux, dirigé par le professeur Murat Kunt, est chargé par un groupe d'experts pour la télévision numérique de mettre au point la norme internationale Moving Picture Experts Group (MPEG) de codage des signaux. L'EPFL s'est imposée devant quelques grands noms de l'industrie, comme Philips, Sony Hitachi, Thomson. Le laboratoire du professeur Murat Kunt définit la norme connue sous le nom de MPEG-4 valable sur le plan mondial. Elle entre en vigueur à fin novembre 1998 et constitue un pas déterminant dans le développement des communications multimédia par son caractère de compatibilité universelle.

De son côté, le professeur Jean-Daniel Nicoud présente au grand public une tentative de mettre au point un robot capable de détecter les mines antipersonnel. Quelque 100 millions de mines sont disséminées dans 60 pays. Le projet du directeur du laboratoire de micro-informatique suscite un immense intérêt médiatique, auprès des organisations internationales et du Département fédéral des affaires étrangères. L'idée de Jean-Daniel Nicoud est de compléter les détecteurs de mines « standard » qui repèrent les métaux par un système de radar perfectionné de nouvelle génération. Un prototype est testé dans un bac à sable de l'EPFL.

Leader en Europe dans le domaine des systèmes de communication, l'EPFL inaugure avec l'EPFZ une expérience de télé-enseignement. Un cours de télé-informatique donné en anglais par le professeur Jean-Yves Le Boudec est retransmis à Zurich. Pour les responsables de la section Systèmes de communication, cette expérience n'a pas pour but de supprimer à terme des postes de professeurs, mais au contraire d'enrichir l'offre d'enseignement par ces nouveaux cours à distance.

Les professeurs Martin Vetterli (à gauche) et Jean-Pierre Hubaux en 1997 lors de la journée de la section Systèmes de communication. Ce nouveau domaine est une priorité de la direction.

Enfin deux centres communs de physique UNIL-EPFL sont inaugurés le 22 mars 1996, le Centre de physique théorique et celui de physique des surfaces. Ils renforcent la présence lausannoise dans le monde scientifique et la collaboration avec les milieux industriels. Le Centre lausannois de physique théorique regroupe quelque neuf équipes, dont les principaux domaines de compétence sont la physique de la matière condensée et la biophysique (principes physiques qui règlent la biologie).

Le Centre lausannois de physique des surfaces, interfaces, clusters et nanostructures traite de la connaissance et de la maîtrise des phénomènes et des processus ayant lieu sur les surfaces à l'échelle des atomes. Il compte onze équipes de recherche.

En mars 1996, un accord de coopération est signé entre l'EPFL et l'Université de technologie de Delft, aux Pays-Bas, l'une des plus prestigieuses institutions hollandaises et européennes. La même année, un nouveau pôle vers l'étranger est constitué. L'EPFL consolide ses relations avec la Chine. Par ailleurs, le président italien Oscar Scalfaro visite l'EPFL le 12 septembre, dans le cadre de la visite d'Etat qu'il effectue en Suisse. Jean-Pascal Delamuraz, président de la Confédération, a choisi l'Ecole comme étape de la visite d'Etat de son homologue italien. Une semaine plus tôt, le président de la Confédération avait amené quelque 200 ambassadeurs étrangers à l'Ecole. En fait, c'est la troisième fois en quelques semaines que le conseiller fédéral vaudois s'arrête à l'EPFL. Invité par le forum EPFL, il vient en mai tenir un plaidoyer pour la matière grise helvétique. Dans une salle comble et devant un auditoire conquis, Jean-Pascal Delamuraz insiste sur la nécessité d'investir

En automne 2006, Jean-Pascal Delamuraz choisit l'EPFL comme étape de la visite d'Etat qu'Oscar Scalfaro, président italien, effectue en Suisse.

Président de la Confédération en 1996, Jean-Pascal Delamuraz, ici avec sa femme Catherine, a été un ami très proche de Jean-Claude Badoux. Il fera visiter l'Ecole à quelque 200 ambassadeurs étrangers.

sur la recherche et le développement de la haute technologie. Il dit que le Conseil fédéral souhaite la création de centres de compétences dans les domaines nouveaux comme la biotechnologie ou les technologies de l'information.

Le pouvoir politique est en totale symbiose avec les priorités de l'EPFL. Une semaine auparavant, lors de la journée magistrale, Jean-Claude Badoux avait rappelé le rôle essentiel joué par les deux EPF pour la cohésion de la Suisse et insisté sur la responsabilité de son institution de maintenir et de créer des emplois en renouvelant le tissu économique suisse. Il fait ainsi comprendre, à ceux qui n'auraient pas encore entendu le message qu'il martèle depuis 1992 : l'EPFL est au service de la Suisse entière.

Un autre conseiller fédéral rend visite à l'EPFL. Kaspar Villiger pose officiellement la première pierre du futur quartier Nord le 24 juin 1996. Les départements de microtechnique et d'architecture sont concernés, ainsi que l'administration de l'Ecole. Le message 1996 du Conseil fédéral qui permet à l'EPFL d'achever son déménagement à Ecublens porte sur 174 millions. Le crédit est accepté en automne par les Chambres fédérales. Cette fois, la fin du chantier, architecture comprise, est envisagée au tout début du XXIe siècle, 30 ans après la fédéralisation.

Pose de la première pierre du quartier Nord.
Le conseiller fédéral Kaspar Villiger fait le déplacement à Ecublens pour l'occasion.

Dernière manifestation politico-scientifique de 1996 : l'inauguration du nouveau Tokamak TCV du Centre de recherche en physique des plasmas (CRPP). L'installation avait démarré quelques jours avant que Bernard Vittoz ne quitte la présidence, l'inauguration est donc tardive. Mais la direction y tient et invite pour l'occasion Charles Maisonnier, directeur général du programme de fusion de l'EURATOM, qui est le seul programme européen auquel la Suisse participe à part entière, malgré son isolement politique. Yvette Jaggi, alors syndique de Lausanne, dit son espoir que la fusion soit une source d'énergie maîtrisée d'ici la moitié du XXIe siècle. Quant à Jean-Claude Badoux, il profite de l'occasion pour rappeler les promesses faites aux autorités genevoises. L'EPFL est la seule en Suisse à mener des recherches en physique des plasmas. En revanche, son enga-

gement de ne pas concurrencer l'Université de Genève dans la physique des particules et donc de ne pas se mêler des affaires du CERN a été tenu. L'inauguration du Tokamak TCV est d'autant plus importante pour la direction de l'Ecole que des critiques virulentes envers le coût des recherches en fusion ont été émises durant les mois précédents dans les milieux politiques en Suisse alémanique. Fin mars 1999, le professeur Francis Troyon, directeur du CRPP, prend sa retraite. Il reçoit un hommage international, tant les recherches de son équipe au sein de l'EURATOM sont reconnues pour leur excellence. Récemment désigné comme Secrétaire d'Etat, Charles Kleiber fait le déplacement, ce qui est un signe politique fort du soutien qu'apporte le Département de l'intérieur à ce domaine de la physique essentiel pour les besoins en énergie de la planète. Le professeur Minh Quang Tran succède à Francis Troyon à la tête du CRPP.

Mis en service en 1992, le nouveau Tokamak TCV du CRPP est inauguré en 1996. De gauche à droite, Charles Maisonnier, directeur du programme fusion de l'EURATOM, Francis Troyon, directeur du CRPP, Yvette Jaggi, syndique de Lausanne et Jean-Claude Badoux. L'EPFL attache de l'importance à cet événement, pour répondre aux critiques de certains milieux politiques alémaniques sur les coûts de recherche en fusion nucléaire.

L'HEURE DES RÉFORMES ESSENTIELLES

Un nouveau Secrétaire d'Etat à la science et à la recherche

Début 1997, Heinrich Ursprung, Secrétaire d'Etat à la science et à la recherche, prend sa retraite. L'homme a été un soutien sans failles de l'EPFL dans toutes les fonctions qu'il a occupées. Président de l'EPFZ, président du CEPF, Secrétaire d'Etat. La confiance entre Heinrich Ursprung et Jean-Claude Badoux a été totale, au point que le président de l'EPFL l'a remplacé officiellement à la tête de la délégation suisse qui s'est rendue en Corée du Sud, en automne 1995. La nomination de Jean-Claude Badoux, en 1992, avait d'ailleurs été perçue comme une volonté de reprise en mains de l'EPFL par ses organes de tutelle. L'impression ne dure pas, tant le nouveau président marque son territoire et s'impose comme le patron d'une institution qui doit évidemment rendre des comptes au monde politique, mais qui n'est en aucun cas soumise aux ordres de Berne.

Il n'empêche que le départ d'Heinrich Ursprung, intimement convaincu que la Suisse doit encore accentuer ses efforts pour former plus d'ingénieurs, marque un tournant. Pour le remplacer, le Conseil fédéral nomme en mai 1997 Charles Kleiber, alors patron du service vaudois des Hospices cantonaux.

C'est une surprise, surtout dans les rangs alémaniques où Charles Kleiber est peu connu. En revanche, il connaît bien le monde universitaire lausannois. Comme directeur des Hospices cantonaux et donc responsable du CHUV, il a été étroitement associé aux deux programmes communs de génie médical lancés avec l'Université de Lausanne et l'EPFL en 1992 et 1995. En outre, Charles Kleiber est architecte diplômé de l'EPUL. Sa première apparition publique comme nouveau Secrétaire d'Etat à la science et à la recherche est d'ailleurs réservée à la journée magistrale de l'EPFL. Charles Kleiber annonce que l'un des buts de son mandat sera de rendre encore plus mobiles les ressources disponibles pour la recherche. Cela va dans le sens de ce que dit Jean-Claude Badoux depuis 1992. L'argent doit être disponible pour les meilleures équipes, celles qui sont capables de rivaliser avec les meilleures universités mondiales.

En mai 1997, Charles Kleiber est nommé secrétaire d'Etat à la science et à la recherche. Architecte diplômé de l'EPUL, le patron du Service vaudois des Hospices cantonaux prend la succession d'Heinrich Ursprung.

Ainsi Charles Kleiber s'annonce comme un soutien potentiel fort pour l'EPFL. Il reconnaît lui-même qu'il a deux maisons, l'Université de Lausanne et l'EPFL, alors qu'il doit convaincre le puissant pôle zurichois du CEPF (l'EPFZ et les quatre instituts de recherche) qu'il ne lui sera pas hostile.

On perçoit moins lors de sa nomination qu'un axe médical se met en place au sommet de l'Etat. Ruth Dreifuss, cheffe du Département de l'intérieur, a un frère qui est professeur de médecine à l'Université de Genève. Charles Kleiber a fait une thèse de doctorat à l'Université de Lausanne sur le thème « Incitation économique à la performance dans les services de soins ». [65] Il s'est fait connaître comme patron à poigne du CHUV, n'hésitant pas à engager des programmes d'économies sévères connus sous le nom d'Orchidée. Quant au président du CEPF, Francis Waldvogel, il est engagé à temps partiel pour précisément conserver ses fonctions de professeur à la Faculté de médecine de l'Université de Genève. Le virage majeur, qui sera pris en 1999 avec la nomination de Patrick

65. Charles Kleiber: thèse sur «l'incitation économique à la performance dans les services de soins» (Prix Hauser de l'UNIL), publiée sous le titre «Questions de soins», Payot, Lausanne, 1991

Aebischer, patron de la division de recherche autonome chirurgicale du CHUV, n'est pas encore pris, mais il s'annonce.

En ce début 1997, il n'est pas encore question de l'arrivée en force de représentants des milieux médicaux dans les instances dirigeantes de la politique de la science en Suisse et de la politique de la technologie et de l'ingénierie dans les deux EPF et les instituts annexes. L'heure est au renforcement des branches d'ingénierie, en particulier les domaines où l'EPFL dispose d'une exclusivité suisse, les systèmes de communication, la microtechnique et les biotechnologies.

Pramod Rastogi, collaborateur scientifique du Département de génie civil

Pramod Rastogi est l'homme qui a ouvert la porte de l'Inde à l'EPFL. L'un de ses collègues juge que c'est « le représentant humaniste des professeurs étrangers » de l'Ecole. Pramod Rastogi est une personnalité appréciée. Indien, naturalisé suisse, ayant fait ses études à l'Université de Lucknow, puis à l'Indian Institute of Technology de Delhi (IITD) en optique appliquée, il obtient son doctorat à l'Université de Besançon. Il entre en 1978 à l'EPFL comme collaborateur scientifique dans le Laboratoire du professeur Léopold Pflug. Excellent scientifique, il a publié nombre de ses recherches dans le domaine de la métrologie optique, qui lui ont valu de multiples distinctions internationales, notamment aux Etats-Unis. Il a également écrit beaucoup d'ouvrages, et édité trois numéros spéciaux de la revue *Optical Engineering* en 1995, qui servent de référence au plan international pour la recherche menée en Suisse. Pramod Rastogi a dirigé plusieurs thèses au sein de l'équipe du professeur Pflug. Organisateur de plusieurs symposiums dans son domaine, Pramod Rastogi est professeur invité entre 1999 et 2003 à l'IITD, parallèlement à son activité à l'EPFL, où il est nommé professeur titulaire en 2005. Depuis 1999, il est l'éditeur de la revue *Optics & Lasers in Engineering*.

Les chiffres de la rentrée 1996 montrent une grande stabilité. La baisse du nombre des étudiants est stoppée. Il y a certes un peu moins d'étudiants dans les deux premiers cycles, mais plus de doctorants. De toute manière, les variations sont minimes. L'informatique et la microtechnique restent les domaines qui attirent le plus de nouveaux étudiants. Il faut intégrer dans cette statistique tous ceux qui se lancent en informatique, dans le but de se spécialiser dans les technologies de l'information. Les systèmes de communication ne sont pas encore constitués en département autonome. En revanche, la section d'étudiants correspondante poursuit sa mise en place avec un plan d'étude complet. L'automne 1997 marque une nouvelle étape puisque la section s'ouvre aux étudiants de premier cycle. Il est possible dès cette date de s'inscrire directement en première année dans ce domaine. Auparavant, les étudiants devaient suivre leur premier cycle en électricité, informatique, microtechnique ou physique et ce n'est qu'à partir de la 3e année qu'ils pouvaient se spécialiser, terminant leur formation à Sophia Antipolis, au sein d'EURECOM. L'ouverture du domaine des systèmes de communication dès la première année marque un tournant et confirme la volonté de l'EPFL de s'imposer dans ce domaine en Suisse, alors qu'elle se sait concurrencée, même si c'est de manière non officielle, par l'EPFZ. La section Syscom ouvre également une école doctorale et vise à recruter les meilleurs étudiants du monde entier par ce programme haut de gamme.

Cette volonté de profiler l'EPFL au plan mondial, quitte à sacrifier le fait que l'EPFL est à l'origine une école d'ingénieurs francophone, est une politique clairement soutenue par la direction. Le président n'a pas attendu 1997 pour accentuer le profil international de l'EPFL.

Sur cette ouverture internationale de l'EPFL qui allait bien au-delà des collaborations engagées sous les présidences de Maurice Cosandey et de Bernard Vittoz, Jean-Claude Badoux s'explique longuement. Il reconnaît volontiers que l'engagement d'un nombre important de professeurs étrangers a suscité quelques résistances au sein de l'Ecole, mais il a passé outre. En présidant toutes les séances de commissions de nomination, il avait fixé les règles. « Je voulais des professeurs qui parlent français ou allemand ou anglais. Ils choisissaient librement la langue qu'ils voulaient utiliser lors de leurs interventions devant la commission de nomination. Et donc, dans les commissions, les trois langues étaient utilisées selon les souhaits des candidats. J'ai aussi obtenu que l'on introduise des cours d'informatique, de physique et de mathématiques en allemand et en anglais. C'était pour moi indispensable. Et cela nous a beaucoup aidés à recruter des étudiants venant de Suisse alémanique ou de l'étranger. » [31]

Jean-Claude Badoux, qui a beaucoup voyagé et qui était professeur à l'Université de Californie avant de venir à l'Université de Lausanne en 1967, juge que son Ecole est forcément cosmopolite et que son terrain d'action est le monde entier. Ainsi, quand il nomme un professeur non francophone, il n'exige pas dans son contrat que le candidat retenu maîtrise la langue de Molière au bout d'un certain nombre d'années. « Je leur disais que pour des questions d'intégration, il serait mieux qu'ils parlent le français à moyen terme, mais ce n'était pas une obligation. Cela a fait grincer quelques dents. En fait j'ai volontairement oublié dès mon premier jour à la présidence que l'EPFL était une école d'ingénieur francophone, cela me paraissait faux. Très rapidement, j'ai estimé que la France n'était pas notre partenaire privilégié, en raison de la ligne protectionniste de ce pays. On avait davantage de diplômés EPFL professeurs en Allemagne qu'en France. On avait certes des contacts avec les Français, nous étions très libéraux pour engager des professeurs et collaborateurs français, mais ceux-ci n'ouvraient pas leurs portes à nos diplômés. Moi j'ai bâti sur

31. Entretien avec l'auteur

l'Europe du Nord. Je considérais l'EPFL comme une école internationale et l'une des meilleurs d'Europe, capable de rivaliser avec Delft, Helsinki, Oxford, Cambridge, dans cette tradition nordique où un mélange intime existe entre recherche, enseignement et contacts avec l'industrie. En France, il y a des institutions qui font de l'enseignement et puis le Centre national de la recherche scientifique. Pour moi, le terrain de recrutement de l'EPFL était le monde entier. C'était un gros virage par rapport à l'ère de Bernard Vittoz. Comme professeurs, les Italiens ne nomment que des Italiens, les Français ne nomment que des Français, les Allemands ne nomment quasiment que des Allemands, des Autrichiens, des Suisses ou des Hollandais. Nous on nommait vraiment les meilleurs. On ne pouvait pas obtenir la reconnaissance internationale et l'excellence en ingénierie sans cette politique. Je dois dire que chercher les meilleurs était facilité par les conditions salariales offertes en Suisse. C'était même plus facile pour nous que pour Zurich, avec l'attrait du bassin lémanique comme lieu de villégiature, ce qui compte aussi dans le choix d'un candidat qui vient avec sa famille. » [31]

Renouveler le tissu économique de la Suisse

Si l'EPFL vise autant l'excellence et cherche à s'entourer des meilleurs, c'est qu'elle se sent investie de la mission de renouveler le tissu économique de la Suisse. C'est parce que la Suisse manquait d'ingénieurs dans les années 1960, et donc de relève, que les autorités vaudoises et fédérales ont décidé formellement de la création d'une deuxième EPF. Au printemps 1997, la barre de 200 000 chômeurs est franchie en Suisse. L'EPFL est en première ligne pour favoriser des percées industrielles qui permettront de sauver ou de créer de nouveaux emplois. En formant de manière la plus adéquate possible ses ingénieurs, l'EPFL peut aider les industries suisses à résister à la concurrence mondiale. Jean-Claude Badoux a plusieurs fois insisté sur ce thème depuis 1992. Il y revient une fois de plus dans le journal de l'Ecole, rappelant que les débouchés professionnels pour les diplômés de l'EPFL restent bons. Il rappelle aux pouvoirs publics que malgré les énormes efforts entrepris, la Suisse manque encore d'ingénieurs de haut niveau, et que par conséquent le politique doit investir dans la technique. Pour que les professions techniques soient mieux valorisées dans notre société, il faut que les rémunérations suivent. Le président juge ainsi « qu'on devrait mieux valoriser l'importance du travail dans la société. L'utilité sociale de ceux qui créent des emplois devrait être reconnue ». A la

31. Entretien avec l'auteur

question de savoir ce qu'il ferait s'il disposait de baguettes magiques, le président répond qu'il pousserait encore plus les systèmes d'information et le génie médical. « Nous sommes bien placés pour concurrencer les Américains dans ce domaine. » [66]

Quelques semaines plus tard, l'Académie suisse des sciences techniques se réunit à Yverdon-les-Bains avec les mêmes préoccupations. Comment assurer en Suisse une relève suffisante des ingénieurs, comment motiver les jeunes à se lancer dans des professions techniques ? Et une constatation est faite lors de la séance : la sous-représentation des ingénieurs dans le monde politique et donc leur incapacité à faire un réel travail de lobbying. Une étude montre qu'aux Chambres fédérales, 5% seulement des parlementaires ont une formation d'ingénieurs, que la situation est semblable dans les parlements cantonaux, alors que les juristes ou les représentants des milieux agricoles y sont surreprésentés.

Pour Jean-Claude Badoux, ce message est une évidence. Les ingénieurs doivent multiplier les contacts avec le monde politique. « Le fait qu'aucun diplômé de notre Ecole ne siège sous la Coupole fédérale, qu'aucun de nos professeurs ne soit membre d'un parlement cantonal est très regrettable. (...) On ne peut admettre que les chercheurs se gargarisent de leur savoir, se complaisent dans leur isolement tout en critiquant les politiques qui ne savent pas et qui ne veulent pas entendre. (...) La société a besoin de responsables politiques qui soient informés à temps et de manière claire sur les aspects scientifiques d'enjeux nous engageant tous à longue échéance. » [67] Dans la même édition de *Polyrama*, l'ancienne conseillère nationale vaudoise Suzette Sandoz, elle-même professeur de droit à l'Université de Lausanne, enfonce le clou. « Le débat serait moins biaisé si l'on voyait plus de représentants des sciences techniques sous la Coupole fédérale. Il est quand même déplorable de ne pas voir

Sabine Süsstrunk, professeure au Département de systèmes de communication

Sabine Süsstrunk commence ses études en chimie à l'EPFL, avant de bifurquer à l'EPFZ vers la photographie scientifique. Elle approfondit ce domaine de la publication électronique à Rochester aux Etats-Unis. Rochester, c'est la ville de la photographie, explique-t-elle, où se sont installées des industries comme Kodak ou Xerox. Le prestigieux Rochester Institute of Technology la nomme professeure d'art et science photographiques en 1991. Ses recherches se concentrent sur les normes de qualité des appareils photographiques numériques. Suivront quatre années entre 1995 et 1999 chez Corbis, une start-up fondée par Bill Gates, où elle développe des solutions pour la production et le transfert d'images numériques. Ses travaux de recherche se poursuivent à l'EPFL dès 1999 par la mise au point d'algorithmes permettant une meilleure interprétation par l'œil humain des images couleurs numériques, car derrière les millions de pixels des appareils numériques d'aujourd'hui, il y a un énorme travail de recherche. Sabine Süsstrunk est une représentante internationalement connue de cette spécialisation du traitement numérique des images.

66. *Flash*, 18 mars 1997, pp. 4-5
67. *Polyrama*, novembre 1997, pp. 4-6

siéger aux Chambres un seul professeur EPFL. » [68] Ce n'est qu'en 1999 qu'un professeur en la personne de Jacques Neirynck siégera au Conseil national.

Ce message est délivré en 1997, mais le président de l'EPFL, qui n'avait évidemment pas la possibilité de siéger lui-même aux Chambres fédérales, saura tout au long de sa présidence rester en contact étroit avec les parlementaires fédéraux influents dans le domaine de la science et de la technologie. Son respect profond pour le monde politique, déjà évoqué, va lui permettre de s'intégrer dans un club a priori fermé à tout non-parlementaire. « Ayant fait mes études à l'EPFZ, j'avais une facilité de contacts avec les Suisses allemands. Or, il existe au Parlement un groupe organisé, intéressé à la culture, à la recherche, à la science et à la technologie. Ce groupe se réunissait le 1er lundi soir de chaque session des Chambres fédérales, donc quatre fois par année. Au programme de la soirée, une discussion, puis un repas, ensuite un exposé et un débat. 50 à 60 parlementaires des deux Chambres assistaient régulièrement à ces séances. Dès 1993, j'ai été invité à toutes leurs rencontres. Ils invitaient chaque fois des personnalités selon les thèmes discutés, mais j'ai été le seul non-parlementaire qui était présent à toutes leurs séances. Ils appréciaient que je puisse répondre en allemand à leurs questions. Ce fut un gros travail de lobbying durant huit ans auprès des parle-

Le quartier Nord en 1998. Le bâtiment de microtechnique est achevé. La mise à l'enquête pour les futurs bâtiments d'architecture est lancée en mars de cette année.

68. *Polyrama*, novembre 1997, p. 9

mentaires. Ils ont d'ailleurs pris congé de moi lorsque j'ai quitté la présidence de l'EPFL par une superbe fête organisée en mon honneur à l'EPFZ. » [31]

Les relais politiques lui seront même indispensables lorsque le projet triangulaire de collaboration avec l'Université de Genève et celle de Lausanne sera mis en route. Et qui dit relais politique, ne dit pas forcément politique fédérale : « Lorsque le quartier Nord était en discussion, j'ai été manger avec le syndic d'Ecublens, j'ai discuté avec toute la Municipalité. J'ai joué aux cartes avec eux. Après, grâce aux contacts personnels, les projets passent mieux. » [31] La stratégie de Jean-Claude Badoux est dans ces quelques phrases : des relais dans un nombre impressionnant de milieux les plus divers, mais en revanche une grande discrétion sur le plan public. A l'exception de quelques conférences de presse données par la direction et de une ou deux interventions directes dans la presse suisse durant sa présidence, Jean-Claude Badoux n'apparaît quasiment jamais dans les médias. Selon lui, ce n'est pas au niveau des médias que les orientations et les décisions essentielles se prennent.

Les architectes adoptent Ecublens

1997 marque aussi un tournant dans les relations entre l'EPFL et son Département d'architecture. Alors que sous la présidence de Bernard Vittoz au début des années 1980, le Département avait opposé un refus clair à tout déménagement sur le site d'Ecublens, l'adoption en 1996 du message du Conseil fédéral par le Parlement qui lance la fin des travaux de la troisième étape est l'occasion de revenir, enfin, sur cette décision. Le déménagement du Département d'architecture est cette fois planifié pour le début des années 2000. Le président décide que le Département d'architecture doit déménager. La mise à l'enquête publique est prévue en 1998. Le déplacement du Département d'architecture à Ecublens provoquera une crise quelques mois plus tard entre Jean-Claude Badoux et Stephan Bieri, délégué et vice-président du CEPF. « Nous étions confrontés à une très forte baisse du nombre des étudiants en architecture. Stephan Bieri m'a ordonné de réduire sensiblement le programme de constructions des bâtiments vu que selon lui il n'y avait pas de besoins. Je lui ai répondu qu'on pouvait diminuer un peu les surfaces dévolues à l'architecture, mais que j'avais des besoins pour l'orientation en bioingénierie que l'Ecole prenait. Avec Sébastien Oesch, délégué aux constructions, on a décidé de changer l'affectation des bâtiments. J'ai passé mon week-end à refaire du génie civil, car certains calculs étaient nécessaires, puisque des bâtiments d'architecture ou de biotechnologie

31. Entretien avec l'auteur

n'ont pas les mêmes caractéristiques et exigences. Après le week-end, j'ai signé le lundi matin pour 15 millions d'adjudications, alors que Stephan Bieri m'avait ordonné de ne pas le faire. Inutile de dire qu'il était de hors de lui. » [31]

Fin 1997, quelques événements plus ponctuels se produisent. Christian Simm, le chef du CAST depuis quatre ans, qui avait succédé à Véronique Jost en 1993, quitte à son tour ses fonctions pour prendre le poste d'attaché scientifique et technologique suisse en Californie. Cette démission donne l'occasion à la direction de repenser l'organisation de ses relations avec l'industrie. Elle prévoit de créer un Service des relations industrielles, auquel le CAST sera subordonné. Ce sera effectif en mai 1998. Gabriel Clerc, adjoint de Jean-Jacques Paltenghi, en prend la direction.

Après UBS-Switzerland et Pierre Fehlmann au milieu des années 1980, c'est le défi Fast 2000 pour la coupe de l'America, conduit par Marc Pajot, qui bénéficie des compétences de l'EPFL pour optimiser les performances de son bateau. Jean-Claude Badoux en profite pour régater avec le navigateur français.

Au 1er décembre 1997, l'EPFZ change de président. Olaf Kübler, qui est venu en stage quelques mois plus tôt à l'EPFL et a fait la connaissance de tous les membres de la direction, est nommé président et remplace Jakob Nüesch. C'est un candidat interne de l'EPFZ, un professeur issu du Département d'électricité, spécialiste des sciences de l'image.

Toujours au chapitre des nominations, une nouvelle tête apparaît à la direction de l'EPFL. Pierre Immer, le directeur administratif, qui doit prendre sa retraite en juillet 1999 sera remplacé par René Philippe Bugnion, qui entre en fonction début 1998 et dispose ainsi de plusieurs mois pour que la transition soit la plus harmonieuse possible.

Au plan scientifique, un accord est signé entre l'EPFL et le club nautique morgien pour la First America's cup Swiss Team (FAST 2000), le défi suisse pour la Coupe de l'America. Les apports de l'EPFL sont attendus dans trois domaines, l'aérodynamique, l'hydrodynamique et les matériaux composites. Pour

31. Entretien avec l'auteur

que le futur bateau soit le plus performant possible, l'EPFL utilise toute la puissance de calcul de son ordinateur Cray de dernière génération, la fameuse technologie du calcul massivement parallèle, présenté publiquement quelques mois auparavant.

Enfin l'année 1997 se termine par une bonne nouvelle. Un don de cinq millions que l'industriel Branco Weiss offre à l'EPFL pour que celle-ci crée une chaire « entrepreneurship et innovation ». Favoriser la création d'entreprises liées à l'innovation est une priorité de l'action de Branco Weiss. Ce don est en parfaite adéquation avec la politique suivie par la direction. C'est la première fois qu'une chaire de l'EPFL est financée entièrement par le secteur privé. Jean-Claude Badoux, extrêmement satisfait, précise qu'évidemment le titulaire de cette chaire disposera de la même liberté académique que ses collègues. Il admire Branco Weiss qu'il considère comme une personnalité hors du commun, un génie des hautes technologies de pointe, aux succès multiples et reconnus.

Grâce à un don de 5 millions de Branco Weiss (à droite), une chaire Innovation et entrepreneurship est créée. Jane Royston est nommée titulaire de cette chaire en 1999.

En février 1999, Jane Royston prend la direction de cette chaire d'Entrepreneurship et innovation. Licenciée en mathématiques, elle a fait un passage remarqué chez DuPont de Nemours, a créé sa propre entreprise informatique dont le développement a été fulgurant, puis a travaillé comme consultante indépendante notamment pour aider des jeunes start-up à démarrer. Elle a donc le profil idéal pour le poste et pour sensibiliser le futur ingénieur-entrepreneur à des notions aussi importantes que la comptabilité, le capital-risque, le droit des brevets, ou encore la gestion de projets.

De très gros sacrifices financiers

Fin 1997, la stagnation du nombre d'étudiants enregistrée depuis le milieu de la décennie cesse. 4695 étudiants sont enregistrés au 1er décembre. La hausse n'est pas négligeable. Mais les tendances enregistrées depuis plusieurs mois sont confirmées. Les doctorants et les candidats à des titres postgrades sont toujours

En 22 ans, le nombre d'étudiants a explosé. Quelque 2000 en 1978, 4000 en 1992 et 5000 en 2000, sans parler de la forte croissance des doctorants et des professeurs.

plus nombreux, le nombre d'étudiants des premier et deuxième cycles en légère régression. Il y a un fait réjouissant : le nombre d'inscriptions en première année progresse à nouveau. C'est l'effet système de communication, puisque la section ouvre son premier cycle. La section « Syscom » est celle qui enregistre le plus de nouveaux étudiants lors de la rentrée 1997-1998 avec 131 inscriptions, devant la microtechnique, la physique et l'architecture.

En revanche, les femmes continuent de bouder l'EPFL. Leur proportion dans l'effectif global des étudiants EPFL se réduit de 17,1% en 1996 à 16,7% à la rentrée 1997.

Fin janvier 1998, 1200 gymnasiens visitent l'Ecole. Visite cruciale pour celle-ci, car l'attrait pour la technique marque le pas auprès des jeunes. Le nombre d'étudiants nouveaux en 1997, malgré la légère hausse, est tout de même en diminution de 12% par rapport à 1991, alors que dans les domaines les plus porteurs, comme l'informatique, les systèmes de communication ou la microtechnique, l'Ecole n'arrive pas à répondre à la demande de spécialistes de pointe.

Lors du premier semestre 1998, ce sont surtout les soucis budgétaires qui retiennent l'attention de la direction. Depuis le début de l'année, nombre de séances sont consacrées aux moyens de faire face aux difficultés, qui non seulement perdurent, mais tendent à s'accentuer. L'Ecole doit faire face à des dépenses supplémentaires de 12 à 13 millions, suite à des décisions antérieures qui produisent leurs effets, alors que le budget accordé pour l'année 1998 par les Chambres fédérales est plafonné, voire en légère diminution (237, 6 millions en 1997, 237,1 millions en 1998), contrairement à toutes les promesses et toutes les planifications antérieures.

La direction décide de rouvrir son budget. Elle constate que tous les plans financiers élaborés depuis juillet 1997 sont caducs. Des premières mesures sont rapidement décidées, soit de geler tous les postes de professeurs ou maîtres d'enseignement et de recherche qui n'ont pas été mis au concours. « En février 1998, j'ai expliqué à ma direction que j'étais en situation de bloquer 17 postes de professeurs ordinaires ou extraordinaires, 24 postes de professeurs assistants et 15 postes de maîtres d'enseignement et de recherche », note le président. [31] Mais cela ne suffit pas. Pour respecter son budget, la direction doit dégager au total quelque 6 millions d'économie pour 1998 et revoir son budget en préparation pour 1999 à la baisse de 8 millions supplémentaires. Après de longues discussions, la direction convient d'informer l'Ecole avec un message clé. Compte tenu du fait que le budget 1998 est inférieur à 1997, que cette tendance est confirmée par le CEPF pour les années 2000-2003 et qu'en conséquence il n'est pas possible de laisser les dépenses augmenter, la direction décide de bloquer les postes vacants qui se libèrent sur la dotation de base. Autrement dit, un collaborateur qui démissionne ne peut pas être remplacé. Pour faire passer cette mesure difficile à l'interne, la direction soigne tout particulièrement sa communication. Elle espère limiter l'augmentation de la masse salariale à 3% au plus entre 1998 et 1999. La mesure sera communiquée aux chefs de départements, puis à la CCD. Une information signée de Jean-Claude Badoux lui-même paraît dans *Flash* du 12 mai 1998. « Horizon 2000-2003, adapter la voilure pour maintenir le cap », titre le journal interne. 75% des charges de l'EPFL sont des dépenses de personnel et il s'agit d'agir sur cette masse salariale sans pour autant procéder à des licenciements, ni bien sûr à aucune baisse de salaire. La décision de ne pas remplacer un collaborateur démissionnaire est présentée comme une mesure provisionnelle d'urgence, «destinée à retrouver une marge de manœuvre et à disposer du temps indispensable à l'élaboration d'un plan général d'action, concerté avec les départements, conforme aux objectifs priori-

31. Entretien avec l'auteur

taires de l'Ecole et qui mette en cohérence les développements prévus par la planification 1996-1999 et 2000-2003 avec la nouvelle donne financière ». [69] Le président insiste sur le fait que les mesures prévues ne mettent pas en péril la qualité de la recherche et de l'enseignement de l'EPFL, qui reste bien dotée en personnel et en infrastructures. Malgré la crise financière et les sérieuses restrictions budgétaires décidées d'en haut, l'EPFL dispose de moyens conséquents, surtout si on les compare à ceux d'universités étrangères similaires.

Le projet triangulaire Genève-Lausanne-EPFL

1998 est l'année de la présentation officielle de la plus grosse réorganisation qu'ait connue l'EPFL depuis sa fédéralisation en 1969 : le projet triangulaire de collaboration entre les Universités de Genève, Lausanne et l'EPFL. Il va bien au-delà d'une collaboration entre les trois institutions, car il s'agit de revoir une grande partie de la répartition des disciplines entre les trois Hautes Ecoles. Ce projet prévoit que la pharmacie soit réunie à Genève, que l'Université de Lausanne abandonne ses sciences de base, mathématiques, physique, chimie au profit de l'EPFL, qu'elle développe en contre-partie ses sciences de la vie et ses sciences humaines. Le projet est proprement révolutionnaire. Il l'est tellement qu'il a été conçu dans le plus grand secret entre trois hommes qui se faisaient pleine confiance, Bernard Fulpius (recteur de l'Université de Genève), Eric Junod (recteur de l'Université de Lausanne) et Jean-Claude Badoux. Pendant plus d'un an, les trois hommes travaillent de concert à monter ce projet de manière totalement confidentielle, sans informer personne avant d'être certains de réussir. Les directions respectives des trois institutions ne seront mises dans le secret qu'une fois le projet abouti. L'annonce officielle du lancement de cette « révolution » a lieu le 23 octobre 1998, au moment de la rentrée universitaire. L'étonnement de ceux qui prennent connaissance de l'accord signé par les dirigeants est à la hauteur de l'ampleur de cette réforme. Il ne s'agit pas d'un accord sectoriel de coordination touchant quelques disciplines, mais d'une refonte totale du paysage universitaire lémanique.

Jean-Claude Badoux informe sa direction pour la première fois de l'existence de ce projet en août 1998, quelques semaines avant les annonces officielles. Le contenu de l'accord est jugé tellement explosif que les explications du président ne sont pas protocolées dans le procès-verbal de la séance. La moindre fuite pourrait être fatale à la réforme qu'il a imaginée avec ses deux collègues recteurs.

69. *Flash*, 12 mai 1998, pp. 4-5

Les trois artisans du projet triangulaire lors de sa présentation publique en 1998, Jean-Claude Badoux, Bernard Fulpius, recteur de l'Université de Genève, et Eric Junod, recteur de l'Université de Lausanne.

Il faut se replacer dans le contexte de l'époque pour comprendre la démarche triangulaire. Depuis de nombreux mois, les autorités politiques vaudoises et genevoises, via les conseillers d'Etat en charge de la formation et le CEPF, pressent les trois institutions pour qu'elles rationalisent leurs efforts, qu'elles se coordonnent plus, qu'elles fassent des économies. Certains plans sont même chiffrés, par exemple en physique où des réductions de budget de 10% sont exigées entre l'Université de Lausanne et l'EPFL. En mars 1997, la direction évoque par exemple les dotations respectives des trois institutions dans les sciences de base rapportées au nombre d'étudiants et de doctorants. En avril de la même année, la CCD s'inquiète de ces pressions, car les pourcentages évoqués en matière d'économies dans les sciences de base sont jugés alarmants. Certains évoquent jusqu'à 20% d'économies pour les domaines physique, chimie, mathématiques. Jean-Claude Badoux juge ces estimations peu fiables, mais reconnaît que la pression exercée sur les Universités de Genève et de Lausanne est très forte. Quelques mois plus tard, en automne, il informe sa direction qu'il est convoqué à une séance où seront notamment présents les conseillers d'Etat Jean Jacques Schwaab et Martine Brunschwig Graf, Francis Waldvogel du CEPF et les deux recteurs de Lausanne et Genève. Il ne cache pas que les pressions sont fortes et

juge que l'EPFL n'est pas en position de force, par rapport à ce qui se fait en matière de collaboration en Suisse alémanique, entre l'EPFZ et les Universités de Bâle et de Zurich. Il propose de mettre sur pied une task force à l'EPFL pour analyser la nature des accords passés en Suisse alémanique. Il y a urgence, car outre les économies demandées par les pouvoirs publics en physique, la chimie est également visée.

Le rapport Chimie 2000 publié en 1993 qui préconisait la réunion des deux chimies de l'UNIL et de l'EPFL était trop en avance sur son temps. Tant Pierre Ducrey, recteur de l'UNIL (à gauche) que Jean-Claude Badoux ne peuvent entrer en matière.

Un rapport baptisé « Chimie 2000 » avait été publié par le Groupement de la science et de la recherche en 1993 déjà. Pour la place universitaire lausannoise, il préconise de réunir « en une même entité les deux départements de chimie performants de l'Université et de l'EPF, étant donné la complémentarité de leurs orientations scientifiques et leur proximité géographique ». Le rapport constate, et c'est essentiel, que la chimie de l'Université de Lausanne et le génie chimique de l'EPFL sont absolument complémentaires. Les experts mandatés par le Groupement de la science et de la recherche ajoutent que « la coordination existante entre Lausanne et Genève devra s'intensifier ». Pour la localisation de cette chimie lausannoise réunifiée, les experts sont formels : « Des deux variantes, l'intégration à l'Université de Lausanne ou à l'EPFL, c'est cette dernière qu'il faudrait retenir. Le principal argument pour cela est la nécessité d'intégrer les branches chimiques à orientation technique dans la haute école technique. En effet, ces disciplines constitueraient un corps étranger dans l'université. Cela n'empêcherait pas que la chimie continue à prêter ses services aux sciences naturelles de l'Université, ainsi qu'à la médecine et à la pharmacie. Le groupe d'experts pense que la création d'un seul département de chimie à Lausanne pourrait être réalisée relativement vite. »[70] Le 22 septembre 1993, le journal *24 heures* évoque l'existence de ce rapport. Sans grande surprise, la réaction de l'Université est plutôt fraîche. Recteur en 1993, le professeur Pierre Ducrey, évoque une « hypothèse peu réaliste, de la réflexion-fiction ». Il doute du projet notamment pour des raisons financières. L'Université doit inaugurer son bâtiment de chimie flambant neuf en 1994 financé par l'Etat de Vaud et il ne voit pas comment l'EPFL pourrait disposer des moyens de racheter ce bâtiment de 90 millions, sans parler de la reprise des postes. Pour sa part, Jean-Claude Badoux juge qu'il s'agit d'une question politique interne à l'Université et pose également la question du financement d'une telle opération. « Avec quel argent voulez-vous que je dise oui ? Nous sommes déjà coincés financièrement. (...) Je ne suis pas en position de spéculer », répond-il au journal vaudois.[71] En 1993, les esprits ne sont pas mûrs et même si le rapport est intitulé « Chimie 2000 », l'horizon temporel semble encore très lointain.

Bernard Fulpius, ancien recteur de l'Université de Genève

Bernard Fulpius a été recteur de l'Université de Genève de 1995 à 1999. Quatre ans où les pressions politiques pour que les universités mettent en commun leurs efforts ont été fortes. Certains ont été des échecs comme le Réseau hospitalo-universitaire de Suisse occidentale (Rhuso), accepté à Lausanne, refusé à Genève. Le projet triangulaire a, lui, réussi. Bernard Fulpius confirme que les discussions ont avancé vite, parce que les trois responsables s'entendaient bien sur le plan personnel. Durant cette période, l'Université de Genève dispose avec Bernard Fulpius d'un recteur d'une grande ouverture. Après une licence en biologie et psychologie, un doctorat en médecine à Genève et un doctorat en sciences à Rockfeller University New York, son parcours académique à Genève oscille ensuite entre les sciences et la médecine. Entre 1973 et 1976, il est professeur à la Faculté de médecine, puis entre 1976 et 1991 professeur à la Faculté des sciences. Il devient doyen de la Faculté de médecine de 1991 à 1995. Simultanément, il a été membre du Conseil national de la recherche et a exercé d'importantes responsabilités au sein des Fondations Louis-Jeantet et Brocher, deux organismes qui apportent un soutien financier aux jeunes chercheurs.

Mais au lieu de terminer dans un tiroir, les conclusions de ce rapport sont reprises régulièrement. Richard Ernst, prix Nobel suisse de chimie, écrit en 1998 au Secrétaire d'Etat Charles Kleiber pour lui répéter qu'il est nécessaire de réunir les deux chimies lausannoises à l'EPFL. Les pressions politiques sont très fortes. Plutôt que de les subir, les trois dirigeants des institutions vont

70. Rapport «Chimie 2000», publié par le Groupement de la science et de la recherche, 2 juin 1993, p. 22 et résumé du rapport p. 3
71. *24 heures* du 22 septembre 1993, p. 19

proposer leur solution. Et pour que cela fonctionne, cela doit reposer, comme lors de la fédéralisation de l'Ecole en 1969, sur la confiance mutuelle entre les responsables concernés. C'est le cas. Jean-Claude Badoux raconte comment le processus s'est enclenché. « En 1995, Bernard Fulpius a été nommé recteur à Genève et Eric Junod à Lausanne. Pendant une année, nous avons parlé les trois de manière totalement confidentielle. C'est ainsi que l'opération a démarré. Certes, il existait des pressions politiques pour rationaliser, mais l'impulsion est partie de nous trois, parce qu'une confiance totale existait entre nous. Nous étions convaincus que si nous nous limitions à des points précis, nous pouvions aboutir. Une fois seulement que nous nous sommes mis d'accord, on en a parlé à nos directions. Puis il s'est agi de chiffrer le projet. Très rapidement, j'ai estimé à 50 millions les besoins pour l'EPFL, des chiffres contrôlés par la suite par une fiduciaire. » [31]

Eric Junod, ancien recteur de l'UNIL
Né en 1942 à Genève, professeur de théologie, doyen de cette faculté, Eric Junod est dès 1991 vice-recteur de l'Université de Lausanne, avant de diriger l'UNIL durant quatre ans, entre 1995 et 1999. Le projet triangulaire se met en place. Eric Junod confirme que les relations de confiance avec son homologue de Genève, le recteur Bernard Fulpius, et Jean-Claude Badoux ont été déterminantes. Mais il rappelle les pressions politiques fortes des années 1990, les programmes d'économies décidés par l'Etat de Vaud, quelques échecs de tentatives de rapprochement entre les universités de Lausanne et Genève, dans le domaine de la médecine notamment. Devenu recteur, ce professeur de l'histoire du christianisme tire rapidement le constat que l'UNIL est étranglée financièrement, proche de l'asphyxie. Qu'elle n'a plus les moyens pour assurer le développement de sa faculté des sciences, en premier lieu des sciences de la vie. L'UNIL était demandeuse d'une redistribution des cartes, pour permettre à la biologie ainsi qu'aux sciences humaines et sociales, qui payaient le prix fort des restrictions budgétaires, de se renforcer. La rencontre avec Jean-Claude Badoux et Bernard Fulpius aura été déterminante. Eric Junod a donné sa leçon d'adieu à l'UNIL en 2008, sur le thème « Le danger d'écrire ».

Fort de ses soutiens politiques, le président de l'EPFL va se permettre, pour assurer le succès du projet triangulaire, de ne pas tenir compte de la « voie de service » et de laisser le CEPF hors du coup pendant la phase préparatoire. Il s'en explique. « J'étais absolument certain que si je venais avec ce projet devant le CEPF, c'était cuit. Jamais, je n'aurais obtenu 50 millions de plus. Or c'est chez moi que c'était le plus difficile. L'Université de Lausanne a eu très vite l'assurance que son budget ne serait pas diminué. En ce qui me concerne, lorsque j'ai informé ma direction en août 1998, j'ai été très strict : pas question pour elle d'en parler au CEPF, je n'avais pas confiance dans les instances dirigeantes de l'époque. J'ai été voir Jean-Pascal Delamuraz puis rapidement Pascal Couchepin, Raymond Junod, Pierre Cevey, Guy-Olivier Segond, je me suis appuyé sur mon réseau de relations politiques. Et c'est seulement quand j'ai eu l'assurance du soutien politique, même s'il y avait du grabuge, une fois que c'était sûr, que j'ai

31. Entretien avec l'auteur

dit à Bernard Fulpius et Eric Junod de contacter leurs autorités politiques. Seulement ensuite, je suis allé présenter le projet au CEPF. Comme je l'avais imaginé, il y a eu une levée de boucliers. Ils étaient furieux d'avoir été mis devant le fait accompli. J'ajoute que l'EPFZ était également fâchée. Je pouvais comprendre cette réaction, car le projet triangulaire signifiait une augmentation importante du budget de l'EPFL pour reprendre les sciences de base de l'Université. Je dois dire que le Secrétaire d'Etat Charles Kleiber a bien joué le jeu et s'est rapidement montré enthousiaste. Et Ruth Dreifuss a finalement été convaincue parce que l'accord favorisait Genève. » [31] Avec le recul de plus de 10 ans, Jean-Claude Badoux juge que l'accord triangulaire a pu se faire parce que l'EPFL avait donné des gages, comme on l'a vu, aux différentes universités et conseils d'Etat romands qu'elle n'allait pas mener une politique impérialiste sous sa présidence. Et cet accord permettait de résoudre à la fois la demande d'économie en physique et la réunion de la chimie lausannoise sur un seul site. Genève y gagnait la pharmacie. Quant à Lausanne, elle voyait s'ouvrir de fabuleuses perspectives en sciences de la vie et pouvait également renforcer significativement certains domaines de ses sciences humaines. Comme Jean-Claude Badoux n'avait cessé d'insister depuis 1992 sur le fait que les universités de Suisse occidentale ne pouvaient pas toutes atteindre la masse critique dans tous les domaines, vu l'étroitesse du marché romand, qu'une institution universitaire qui manque d'étudiants dans certains domaines n'est pas dans une position favorable, ces concentrations ne pouvaient que renforcer les branches concernées.

Une fois le projet présenté publiquement, Jean-Claude Badoux précise l'ambition de cet accord. « Nos départements ont une absolue nécessité de collaborer avec des partenaires forts, notamment dans le domaine-clé des sciences de la vie, la biologie en particulier. Nous avons aussi besoin de partenaires pour la formation en sciences humaines. Et si ceux-ci sont nos voisins, la collaboration en est d'autant facilitée. Le projet d'intensification de la collaboration tripartite lémanique permet ainsi de réaliser d'une pierre, trois coups. » [72] Pour le président, les trois institutions universitaires n'avaient guère le choix, en particulier l'Université de Lausanne et l'EPFL. « Un tel engagement devenait essentiel sous peine de voir tomber en déliquescence l'excellence exigée pour l'avenir du pays, soit de subir des concentrations, voire des suppressions venues d'en haut, au détriment du développement commun accru que précisément nous prônions avec mes collègues recteurs des universités de Lausanne et de Genève. (...) Nous avons certes pris des risques, mais comme le dit souvent le recteur Eric Junod de l'Université de Lausanne, "pour avancer le pire est de ne rien faire".» [73]

31. Entretien avec l'auteur
72. *Flash*, 10 novembre 1998, p. 3
73. *Flash*, 10 novembre 1998, pp. 4-5

C'est peu dire que ce projet provoque des remous. Une discussion s'engage lors d'une séance extraordinaire de la direction de l'EPFL en novembre. Le président précise que l'intention des trois patrons est bien d'aller dans le sens d'une deuxième étape de la fédéralisation de l'EPUL, avec le transfert des sciences de base de l'Université à l'EPFL. Il a notamment promis à l'Université de Lausanne que l'EPFL allait créer des titres de physicien, de chimiste et de mathématicien, mais qu'au-delà des déclarations d'intention, tous les points de détails doivent être réglés, notamment financiers (reprise des professeurs, des équipements, de l'informatique, etc.) et que tout cela ne sera pas très simple. Jean-Claude Badoux explique que si l'opération de transfert doit se faire par étapes, le délai ne devrait pas dépasser 2001. La direction, elle, s'inquiète des délais qu'elle juge très courts, estime qu'il faut absolument mettre sur pied une task force interne, enfin que ce projet, même soutenu par les autorités politiques, implique une révision majeure de la planification de l'EPFL pour la période 2000-2003. Elle s'inquiète aussi pour l'identité de l'EPFL et le maintien de la qualité de ses prestations, compte tenu de l'ampleur des bouleversements prévus.

Le président se veut rassurant. L'opération prévue est une reprise et non une fusion. L'intégration de 25 équipes de recherche de l'UNIL coûtera cher, mais évidemment l'opération ne pourra se faire que si le budget de l'EPFL est adapté en conséquence. Et même si la révolution est importante, il s'agit d'intégrer 300 étudiants supplémentaires en plus des 4600 que compte l'EPFL. C'est gérable.

En novembre, les détails sont communiqués à la CCD. Globalement, les chefs de départements accueillent favorablement le projet, tout en posant de nombreuses questions sur les modalités pratiques et les conséquences pour le fonctionnement de l'EPFL. En février 1999, Jean-Claude Badoux revient devant la CCD pour préciser que les soutiens politiques sont acquis, tant au niveau vaudois, genevois, qu'aux Chambres fédérales. Les « hearings » devant les commissions ad hoc du Conseil national et du Conseil des Etats se sont bien déroulés. Le montant du financement supplémentaire pour l'EPFL est confirmé à quelque 50 millions. Reste ouverte la question des délais. Jean-Claude Badoux sait que les messages aux Chambres fédérales ne seront présentés au plus tôt qu'en automne 1999. Début 1999, il fait passer le message à l'interne que l'EPFL ne doit en aucune manière affirmer ou se comporter comme si le projet avait abouti. Tant que le financement n'est pas obtenu, l'EPFL reste dans la position de se retirer.

La naissance du Département de systèmes de communication

L'énergie de la direction en 1998 n'est pas uniquement concentrée sur le chantier du projet triangulaire. Le succès de la nouvelle section en systèmes de communication est tel que le nombre de nouvelles immatriculations explose. Mais le domaine est jeune et il est difficile d'assurer l'encadrement et de recruter des professeurs. Au printemps, Jean-Claude Badoux relance le débat de fond au sein de sa direction. Faut-il créer un nouveau Département systèmes de communication ? Le président avait toujours été opposé à cette idée, mais sa conviction vacille. La direction sait qu'une telle décision est envisageable, mais qu'elle aurait immédiatement comme conséquence d'affaiblir le Département d'électricité, un des piliers historiques de l'Ecole. En août 1998, le professeur Martin Hasler, président du Conseil de la section systèmes de communication, écrit au président pour demander la création d'un département dans ce domaine. En octobre, après avoir longuement réfléchi, la direction donne son feu vert de principe. Elle sait qu'elle a un certain nombre d'obstacles à franchir : les organes internes de l'Ecole doivent être consultés, elle ne veut pas que les professeurs qui travaillent dans le domaine s'enferment dans leur bulle. Elle souhaite au contraire profiter de la création du Département systèmes de communication pour leur rappeler qu'ils travaillent dans une Ecole polytechnique.

Anja Skrivervik, professeure au Département d'électricité

« Les communications avec l'espace profond, grâce aux ondes électromagnétiques, cela ne vous fascine pas ? » La question est directe, franche. La passion d'Anja Skrivervik pour l'enseignement et la recherche est là. Expliquer, vulgariser sa science pour les plus jeunes, échanger d'égal à égal avec les spécialistes mondiaux de l'électromagnétisme, des micro-ondes et des antennes. Nommé professeure assistante en 1995, Anja Skrivervik n'était pas une inconnue à l'EPFL. Dans l'histoire de l'Ecole, c'est la troisième femme à avoir fait une thèse en électricité — la première fut Erna Hamburger, professeure renommée dans les années 1960-70. Anja Skrivervik part ensuite à Rennes, comme chercheuse invitée, puis travaille deux ans dans l'industrie, au centre de recherche ABB, puis chez Asulab. Depuis, elle a fait sa place dans un domaine très pointu, ce qui lui permet de participer à plusieurs programmes européens et de collaborer notamment avec l'Agence spatiale européenne (ESA). Jeune professeure, à peine engagée, elle n'a pas hésité à prendre la direction de la section d'électricité, à se plonger dans les plans d'études. Anja Skrivervik, c'est à la fois une scientifique de très haut vol et une femme très attentive au sort de ses étudiants et collaborateurs.

Elle réfléchit aux mesures à prendre pour ne pas affaiblir les deux départements directement touchés, l'électricité et l'informatique. La décision est prise de créer ce nouveau Département pour le 1er janvier 2000. En mai 1999, la CCD évoque longuement cette décision et l'accepte, mais sans enthousiasme. Jean-Claude Badoux tente de rassurer les chefs de département en expliquant qu'il a pris les dispositions nécessaires pour que les frontières entre le nouveau département et celui d'électricité soient claires et que la « facture » des départements « amputés » ne soit pas trop lourde. La direction rappelle que si elle veut garder l'exclusivité de sa formation en systèmes de communication, elle doit le manifester par la création d'un département autonome. La visibilité internationale est assurée, car avec cette décision, l'EPFL est la première institution en Europe à disposer d'un département complet dans ce nouveau domaine technologique, avec un corps professoral important, un cursus complet d'études de dix semestres. Seule l'Université impériale de Tokyo et quelques institutions américaines prestigieuses disposaient d'une telle « force de frappe » avant l'EPFL.

Il faut dire que les recherches menées en systèmes de communication frappent l'opinion publique. En janvier 1998, les téléspectateurs qui assistent à la descente messieurs de ski au Lauberhorn croient voire double. En fait, c'est un exploit du Laboratoire de communications audiovisuelles du professeur Martin Vetterli qui permet de comparer les trajectoires de deux skieurs sur la même image et de comprendre ainsi où et quand un skieur marque sa différence, parfois de quelques centièmes de seconde, par rapport à son concurrent. Le procédé sera breveté et commercialisé sous le nom de VideoFinish.

Les systèmes de communication réalisent la synthèse entre l'électricité et l'informatique. Ils seront constitués en Département autonome à la fin de la présidence de Jean-Claude Badoux.

Au niveau scientifique, le CEPF lance également cette année-là son projet de société à 2000 watts, seuil de consommation énergétique jugé nécessaire pour assurer un développement durable. Pour y parvenir, le CEPF entend augmenter la coordination entre les deux EPF et les instituts annexes et profiler l'ensemble du domaine sur ce projet fédérateur et novateur, grâce aux innombrables recherches menées dans les différents laboratoires.

Des préoccupations liées au développement durable auxquelles fait écho l'Institut de construction métallique (ICOM) du professeur Manfred Hirt. L'ICOM présente une piste de bob complètement recyclable, démontable après la compétition, ne laissant aucune atteinte à l'environnement. Le prototype est présenté en avril 1998, il fait une large place aux matériaux composites et un soin particulier est apporté au système de refroidissement pour créer une couche de glace homogène.

Une journée magistrale avec Jean-Pascal Delamuraz

La journée magistrale 1998 reste dans les annales. Jean-Pascal Delamuraz, très proche de Jean-Claude Badoux depuis presque un demi-siècle, est nommé docteur honoris causa. L'homme se sait atteint dans sa santé et vient de quitter le Conseil fédéral. Il émeut l'assistance avec un discours à la fois profond et drôle. Jean-Claude Badoux lui rend un vibrant hommage. « Tu as été l'exemple même de l'homme politique profondément au service du pays, un grand serviteur de l'Etat, un serviteur de tous les Suisses. » Jean-Pascal Delamuraz est le deuxième conseiller fédéral nommé docteur honoris causa de l'EPFL après Hans Peter Tschudi, en 1974. Dans son allocution, il rappelle notamment ses efforts au sein du Département fédéral de l'économie pour désenclaver la formation et soutenir les efforts d'ouverture de la Suisse. Le conseiller fédéral ne perd pas son légendaire sens de l'humour. S'adressant à un public d'universitaires de haut vol, il

Jean-Claude Badoux lit l'hommage à Jean-Pascal Delamuraz, son ami de 50 ans, lors de la journée magistrale 1998. Un grand moment d'émotion. Le conseiller fédéral qui a démissionné au printemps se sait gravement atteint dans sa santé.

n'hésite pas à faire preuve de dérision. « Des chercheurs qui cherchent, on en trouve, des chercheurs qui trouvent, on en cherche », raconte-t-il sous les rires de la salle. Mais derrière les rires existe une réalité tout à fait sérieuse. « C'est le propre de tout acte de recherche que d'être pétri de risques. Le faible qui interdit et le comptable qui vit à la petite semaine se ménagent certes un immédiat confortable, mais ils nous préparent un avenir de déclin garanti », conclut le populaire magistrat vaudois. Autres nominés, Jakob Nüesch, qui vient de quitter la présidence de l'EPFZ, la philosophe Jeanne Hersch, enfin Beat Richner, médecin et violoncelliste bien connu qui se bat depuis des années pour sauver les enfants cambodgiens en faisant construire ou rénover plusieurs hôpitaux dans un pays encore marqué par les séquelles du règne des Khmers rouges. Cette journée magistrale donne l'occasion de rappeler combien l'Institution est ouverte au monde entier et d'affirmer que la réputation de l'Ecole ne cesse de grandir. Malgré les graves difficultés budgétaires, l'Ecole va bien. « On le voit au travers des 200 projets de recherche européens auxquels nous participons, au nombre d'étrangers qui souhaitent venir ici comme professeur invité, aux postes qu'obtiennent nos doctorants et qui témoignent que l'EPFL est l'une des meilleures écoles d'ingénieurs et d'architectes en Europe », estime le président.[74]

Jean-Pascal Delamuraz, conseiller fédéral et président de la Confédération

Ce fut sans doute l'un des moments les plus forts de la présidence de Jean-Claude Badoux. Le 13 mai 1998, le président remet le titre de docteur honoris causa de l'EPFL à son ami proche depuis 50 ans. Cette haute distinction est décernée « à l'homme d'Etat, profondément enraciné au cœur de son pays, dont l'ouverture au monde constitue un modèle et un guide. Au responsable politique intimement convaincu de l'importance prioritaire de la formation et de la recherche. Au magistrat attentif, toujours persuadé du rôle et de l'importance de l'EPFL. A l'homme sensible à la culture, aux sciences et à la foi. » Poignant résumé de la carrière de ce politicien hors normes, né en 1936 et mort le 4 octobre 1998. Membre du parti radical, syndic de Lausanne, conseiller d'Etat, conseiller national, puis conseiller fédéral dès 1984, il dirige le Département militaire, puis dès 1986, le Département de l'économie. Proche des gens, affable, doté d'un légendaire sens de l'humour, Jean-Pascal Delamuraz a été très populaire. Même s'il n'a pas dirigé le Département de l'intérieur, il a toujours été sensible aux questions de la formation universitaire. Très affaibli par la maladie, il reçoit son titre à l'EPFL quelques mois avant sa mort, au cours d'une cérémonie émouvante.

La qualité de l'EPFL est d'ailleurs enfin reconnue par la France. La nouvelle tant attendue, soit la reconnaissance des diplômes d'ingénieurs EPFL dans l'Hexagone, tombe le 1er septembre. Quatre ans après les architectes, les ingénieurs EPFL obtiennent cette reconnaissance. Cette décision n'est pas banale. Le protectionnisme français en matière de diplôme est très fort. L'EPFL est la première école étrangère dont le titre d'ingénieur est reconnu par Paris.

74. *Flash*, 3 juin 1998, pp. 4-5

L'EPFL poursuit en outre sa conquête des mers. Après l'expérience positive de la collaboration au milieu des années 1980 avec Pierre Fehlmann et UBS-Switzerland pour mettre au point les meilleures trajectoires de la course autour du monde, le projet d'un bateau suisse pour la coupe de l'America de 2000 est présenté (Fast 2000). Le skipper français Marc Pajot bénéficie également des excellentes compétences de l'EPFL pour la conception de son bateau, véritable Formule 1 des mers. Une fois encore, l'expérience de l'EPFL en matière de simulation numérique est décisive, pour l'hydrodynamique et l'aérodynamique notamment. Marc Pajot ne tarit pas d'éloges sur l'EPFL.

Beat Richner, dit Beatocello, joue à l'EPFL, puis il défend la cause pour laquelle il a consacré une grande partie de sa vie : la santé des enfants cambodgiens, pays dont le système sanitaire s'est effondré suite au sinistre règne des Khmers rouges.

Enfin l'année 1998 se termine par une bonne nouvelle : outre le projet triangulaire bien accueilli, l'Ecole renoue avec la croissance du nombre de ses étudiants. L'augmentation est de 15%, avec une nette préférence des nouveaux arrivants pour les systèmes de communication, la microtechnique et l'informatique. Il y a une adéquation quasi parfaite entre les priorités définies par la direction et le choix des gymnasiens qui s'inscrivent en première année. Au 1er décembre 1998, 4811 étudiants sont enregistrés. La barre de 5000 n'est plus très loin. L'Ecole recueille le fruit de ses efforts constants pour se présenter aux gymnasiens, en particulier en Suisse alémanique. En 1999 paraît le livre de Maurice Cosandey, *Histoire de l'Ecole polytechnique fédérale de Lausanne, 1953-1978*, dont la publication est soutenue par l'Ecole.

Tout est donc prêt pour que la fin du millénaire soit favorable. Mais la fin de l'année 1999 et le début de l'an 2000 vont faire vivre à l'EPFL des turbulences dont elle est encore loin de se douter.

VERS UNE TRANSITION DIFFICILE

Nouveau pas dans le génie médical

1998 marque la fin du deuxième programme de génie médical. Au total, les cinq projets retenus ont été soutenus pour un montant total de huit millions de francs. En 1995, le bilan intermédiaire était réjouissant. En 1998, ces résultats sont confirmés. Deux start-up sont fondées sur la base de ces recherches, Modex SA (pour le pancréas bioartificiel) et Medlight SA (pour la photothérapie du cancer), toutes deux basées dans la région lausannoise. Conscient de l'impact des ces travaux et des fortes avancées obtenues, un nouvel appel d'offres pour un troisième programme de génie médical est lancé en mars 1999, pour une période de trois ans, soit jusqu'en 2002. Le cadre financier est posé : au maximum dix projets soutenus pour quelque 9 millions. Aux trois partenaires, EPFL, CHUV, Université de Lausanne, s'ajoutent l'Université de Genève et les Hôpitaux universitaires de Genève (HUG).

En juin 1999, ce sont les adieux officiels de Pierre Immer. L'homme a vécu de l'intérieur la fédéralisation de l'Ecole. Entré en fonction en 1968, il quitte sa fonction de directeur administratif quelques mois seulement avant le changement de président annoncé pour le 1er mars 2000. La cérémonie de départ rassemble plusieurs centaines de personnes au Polydôme. Pierre Immer dit son souhait que l'EPFL du futur partage une double ambition : le progrès de l'homme et celui du savoir-être. Dans le journal interne de l'Ecole, il adresse une mise en garde contre les dérives auxquelles les futurs dirigeants de l'EPFL ne devront pas donner prise. « L'aspect concurrentiel existe depuis toujours, mais avec le recours aux subventions, le système devient plus pervers : si l'on oriente les projets de recherche en fonction de la concurrence entre institutions dans le but d'obtenir plus d'argent, autrement dit si le critère financier se substitue aux critères qualitatifs des projets scientifiques, la dérive est dangereuse. C'est sur le plan éthique, celle qui m'inquiète le plus. » [75]

Patrick Aebischer, nouveau président

Deux semaines auparavant, une annonce fracassante a secoué l'EPFL. Pour succéder à Jean-Claude Badoux en mars 2000, le Conseil fédéral nomme le professeur Patrick Aebischer, patron de la Division autonome de recherche chirurgicale du CHUV. L'homme n'est pas inconnu à l'EPFL, puisqu'il collabore avec l'Ecole depuis 1992 dans le cadre des programmes de génie médical (pancréas bioartificiel) et qu'il est devenu, en 1995, professeur titulaire en biomatériaux au Département des matériaux. Il n'empêche que la surprise qui avait saisi la communauté EPFL au moment de la désignation de Jean-Claude Badoux comme successeur de Bernard Vittoz est cette fois bien plus vive. Patrick Aebischer est le premier président désigné qui vient de l'extérieur, qui plus est du domaine de la médecine où l'EPFL n'a pas développé de compétences.

Cette nomination crée un choc ; d'autant que le futur patron annonce d'emblée son ambition : il veut transformer l'EPFL en une université technologique. « L'EPFL deviendra une université de technologie basée sur un système de valeur plus humaniste où entreront davantage en synergie les sciences techniques, les sciences de base et les sciences du vivant », explique le président désigné à Claude Comina le 22 juin 1999. [76]

En pleine phase de préparation du projet triangulaire où il est convenu que l'Université de Lausanne doit se réorienter fortement vers les sciences de la vie après avoir abandonné ses sciences de base au profit de l'EPFL, la volonté proclamée du futur président d'investir lui aussi ce domaine qu'il connaît bien annonce de fortes tensions. Elles seront au rendez-vous. De fait, l'EPFL s'apprête à vivre dès l'automne 1999 jusqu'au printemps 2000 des semaines de turbulences comme elle n'en a jamais connues dans le passé. Les architectes

75. *Flash*, 7 septembre 1999, pp. 8-9
76. *Flash*, 22 juin 1999, p. 2

se rebellent, les professeurs sont inquiets, mais se taisent. Quant à l'équipe dirigeante de l'Ecole, elle comprend vite qu'elle ne survivra pas au changement de président. Les remous seront tels, qu'ils éclateront publiquement début 2000 et seront fortement médiatisés.

En coulisses, dès septembre 1999, le président de la CCD, Urs von Stockar, rend compte devant son instance d'une discussion avec le président désigné, dont il ressort que l'avenir de la CCD n'est pas encore très clair. Le 3 novembre, Patrick Aebischer précise ses intentions. Il veut mettre en place une nouvelle organisation de l'EPFL, apte à fonctionner dès le début de son mandat en mars 2000 et n'attend donc pas son entrée en fonction pour lancer ses réformes. La principale nouveauté vise à restructurer complètement la direction. Elle sera composée, à l'avenir, de trois pôles, la formation, la recherche et la logistique, avec un secrétariat général coordonnant le tout et une communication interne et externe renforcée. « Il était alors question de renforcer la représentation des professeurs au sein de la direction future » précise le président sortant [31] Fin novembre, le dossier a fortement avancé, puisque Patrick Aebischer consulte la CCD sur le nouveau projet d'ordonnance sur l'organisation de l'EPFL.

Les grandes lignes se dégagent. Président et vice-présidents seront tous des professeurs élus pour des mandats de quatre ans renouvelables, avec la possibilité pour eux de poursuivre leurs recherches afin de pouvoir réintégrer leurs départements au terme de leurs mandats. Confronté aux demandes de la CCD que les professeurs puissent désigner l'un des vice-présidents, le président nommé se montre réticent. « Il voulait pouvoir diriger l'Ecole avec une équipe nouvelle, qu'il aurait lui-même constituée. Au final, la CCD a soutenu la réforme proposée par Patrick Aebischer et s'est déclarée être en faveur de la réorganisation de la présidence » rappelle Jean-Claude Badoux.[31]

Il n'en va pas de même pour la direction de l'Ecole en place jusqu'au 29 février 2000. Deux semaines après l'annonce par le Conseil fédéral de la désignation de Patrick Aebischer, ce dernier a suffisamment communiqué ses priorités pour que Jean-Claude Badoux fasse une mise au point lors de la séance de direction du 28 juin 1999. « J'ai rappelé que je dirigeais l'Ecole avec mon équipe jusqu'à mon départ à la retraite. J'ai demandé à ma direction de garder toute sa volonté d'agir et, surtout, ne pas laisser dire dans l'Ecole qu'il y avait vacance de pouvoir. »[31]

L'été ne calme pas les esprits, et Jean-Claude Badoux revient sur ce point en septembre tant il est important à ses yeux que la direction continue de fonctionner comme une équipe unie jusqu'au dernier jour de sa présidence.

31. Entretien avec l'auteur

Lorsque la direction apprend que l'intégration de l'équipe de recherche de Patrick Aebischer sur le site de l'EPFL est à l'étude, le projet d'une telle installation du laboratoire du futur président crée des crispations, car il est question d'aménager une animalerie à l'EPFL. « Ma direction, unanime, s'y est opposée et a suggéré de trouver une solution ailleurs, par exemple à l'UNIL. Un mois plus tard, le 8 octobre 1999, nous avons repris le sujet et confirmé notre position. Des surfaces pour le " bio " pouvaient être envisagées dans certains locaux initialement dévolus à l'architecture, de quoi accueillir deux équipes de sciences de la vie, dont celle de Patrick Aebischer, mais il n'était pas question aux yeux de ma direction qu'une animalerie soit implantée sur le site de l'EPFL. De notre point de vue, une telle implantation relevait de la responsabilité de l'Université de Lausanne, qui n'avait pas été approchée. Lors de cette même séance, j'ai tenté de rassurer mon équipe en rappelant que les membres de la direction étaient nommés jusqu'à fin septembre 2001 et que seule une décision du CEPF pouvait autoriser M. Aebischer à changer les membres de la direction. » [31] Or, pour changer l'organisation interne de l'EPFL, il faut modifier l'ordonnance fédérale qui régit l'institution. Et dans cette ordonnance, il est précisé que le CEPF doit consulter la direction concernée avant de procéder à des modifications d'organisation. Outre l'évident casse-tête juridique auquel elle a affaire, la direction en place comprend qu'elle ne maîtrise plus dès lors la situation.

Au fil des semaines, les tensions vont se durcir. Le 2 novembre, lors d'une séance qui réunit la direction et le président désigné, Patrick Aebischer fait savoir qu'il ne veut pas poursuivre la politique de Jean-Claude Badoux pour soutenir et nommer des maîtres d'enseignement et de recherche (MER), puis confirme qu'il entend modifier complètement la structure de la direction. Celle-ci suggère au président désigné de réfléchir à un concept de direction élargie intégrant les deux équipes.

Autre sujet de mésentente : alors qu'une année auparavant, le projet triangulaire avait été présenté par trois responsables entièrement sur la même ligne, Patrick Aebischer ne cache pas qu'il partage une autre vision. L'accord qui prévoit que l'Université de Lausanne donne les sciences de base à l'EPFL et développe les sciences de la vie lui semble trop restrictif. « Patrick Aebischer revendiquait notamment la liberté d'investir à fond dans les sciences de la vie, quant à moi, je pensais qu'il fallait aussi vivre avec les autres et défendais la position de ne pas faire de doublons, donc de ne pas entreprendre de faire ce que l'UNIL faisait déjà. » [31]

31. Entretien avec l'auteur

La divergence est totale. A quelque quatre mois de la fin du mandat de Jean-Claude Badoux, les bases du projet triangulaire, telles que définies en 1998, sont sérieusement remises en cause. Le 16 novembre, lors d'une nouvelle séance de la direction au vert à laquelle participe Patrick Aebischer, celui-ci confirme sa position et demande en outre des garanties à Jean-Claude Badoux de pouvoir s'investir dans l'opération sans attendre. « J'ai refusé cette demande poliment mais fermement, en rappelant que l'accord triangulaire avait été construit sur la base des relations de confiance entre Bernard Fulpius, Eric Junod et moi-même. Et que les nouveaux recteurs, Maurice Bourquin et Jean-Marc Rapp, n'avaient participé aux discussions tripartites qu'après leur entrée en fonction respective. » [31] Jean-Claude Badoux juge que ses interlocuteurs attendent de lui qu'il soit présent jusqu'à la fin de son mandat. Il ajoute craindre qu'un échec du projet triangulaire ne soit préjudiciable à l'EPFL.

Ces remous internes n'empêchent pas les étudiants de se presser au portillon de l'EPFL. Au 1er décembre 1999, la barre des 5000 étudiants n'est plus très loin, puisque 4895 étudiants sont inscrits. Outre l'architecture, dont la section reste année après année la plus prisée, les mêmes domaines que l'année précédente restent les plus attractifs : systèmes de communication, microtechnique et informatique. Jean-Claude Badoux exprime à la CCD sa satisfaction : de 636 nouveaux étudiants en 1996, ce chiffre a passé à 880 en 1999. Quant au nombre de doctorants, le président donne deux chiffres qui en disent long sur le chemin parcouru en sept ans : 350 doctorants en 1992, 750 environ en 1999. « Dans sa mission de formation et tout particulièrement de formation à la recherche, l'EPFL a fait un bond en avant en doublant entre 1992 et 1999 le nombre de ses doctorants et en triplant même ce nombre dans les domaines de l'ingénierie. Ces doctorants représenteront le fer de lance de notre industrie high-tech pour la première moitié de ce siècle », écrit le président dans son rapport d'activité de l'EPFL de 1999. [77]

Quelques semaines de chaos

Le 18 janvier 2000, *Flash* se fait l'écho des remous suscités par les intentions du président désigné. Le 22 décembre 1999 s'est en effet tenue une Assemblée générale extraordinaire des étudiants en architecture. Ils disent leurs inquiétudes de ne pouvoir déménager à Ecublens, relayant des rumeurs selon lesquelles leur bâtiment en construction serait entièrement réaffecté aux sciences de la vie que veut développer le futur président. Juste avant Noël,

31. Entretien avec l'auteur
77. Rapport d'activité de l'EPFL en 1999, p. 3

Patrick Aebischer leur répond qu'aucune décision n'a été prise et qu'il a bien l'intention de discuter avec tous les membres du Département d'architecture d'un projet d'avenir pour l'entité. Pour le président désigné, il n'est pas imaginable que l'EPFL abandonne l'architecture. Mais le 26 janvier 2000, les tensions reprennent de plus belle. Patrick Aebischer est invité à la première partie de l'Assemblée générale, où les architectes lui répètent leur désaccord quant à un éventuel report de leur déménagement sur le site d'Ecublens. Une pétition est lancée, qui dénonce le changement d'affectation des crédits alloués et des programmes initialement prévus. Le texte récolte plus de 4000 signatures et est déposé à la Chancellerie fédérale. L'inquiétude des architectes est d'autant plus forte que les événements s'accélèrent. Le 27 janvier, le CEPF fait savoir qu'il a donné le mandat à la direction de l'EPFL d'étudier la possibilité d'une réaffectation partielle des bâtiments du quartier Nord. « Les propositions appropriées prendront en considération les besoins futurs de l'EPFL tels qu'ils apparaîtront dans la révision de sa planification stratégique dont le principe a été accepté par le CEPF lors de la même séance. » [78] Clairement, le CEPF appuie le virage décidé par le président désigné.

Le président sortant est mis devant le fait accompli. La nomination du professeur du CHUV Stefan Catsicas (qui deviendra le futur vice-président chargé de la recherche) est alors proposée au CEPF. Le président, qui on le sait a présidé toutes les commissions de nomination depuis 1992, a été tenu à l'écart de cette nomination. Il précise à ses collègues qu'il a demandé à rencontrer Stefan Catsicas, qu'il ne connaît pas. Tout le dossier du réaménagement du quartier Nord au profit des sciences de la vie et au détriment des architectes est mené par ce que la direction appelle « un cabinet fantôme », qui travaille avec les chefs de service sans que les supérieurs hiérarchiques, soit la direction en place, soient informés.

« Le 7 février 2000, à l'issue d'une séance qui relève l'impasse et le risque pour l'Ecole d'une telle situation, ma direction m'a demandé formellement d'informer l'autorité supérieure, soit la conseillère fédérale Ruth Dreifuss, de la gravité de la situation », explique Jean-Claude Badoux. [31]

La situation n'est guère meilleure au niveau de la CCD. Le 22 février, cette instance tient sa dernière séance sous l'ère de Jean-Claude Badoux. L'inquiétude domine les débats, et Jean-Claude Badoux confirme que la séance du CEPF du 27 janvier s'est mal passée. Puis la révision de la planification 2000-2003 voulue par Patrick Aebischer est discutée, après avoir été présentée par le président désigné. « Les chefs de départements ont réagi aux décisions prises

31. Entretien avec l'auteur
78. *Flash*, 1er février 2000, p. 5

Photo souvenir de la toute dernière assemblée de la CCD, le 22 février 2000, à une semaine de la fin du mandat de Jean-Claude Badoux.

concernant la création d'un Département des sciences du vivant comprenant six instituts, le seul organe habilité à créer des instituts à l'Ecole étant la direction », se souvient le président [31]. En fait l'Institut de Patrick Aebischer a été créé par le CEPF en marge de la planification, puisqu'il s'agissait d'une de ses conditions de sa venue à l'EPFL. Le 2e institut est celui d'un des vice-présidents et fait aussi partie de ses conditions.

Lors de cette même séance, Patrick Aebischer défend fermement son choix et confirme qu'il a accepté le mandat de président de l'EPFL à la condition de pouvoir former son équipe de direction. « La CCD en a pris acte, en regrettant le fait accompli et précisant que la plupart des professeurs ne connaissaient pas Stefan Catsicas, leur nouveau vice-président de la recherche. » raconte Jean-Claude Badoux [31]. La séance de la CCD se termine sans qu'aucune date ne soit fixée pour la suivante.

Dans cette période un peu trouble, un répit bienvenu de quelques jours arrive. Le 25 janvier, l'EPFL retrouve un peu de sérénité en inaugurant officiellement

31. Entretien avec l'auteur

son nouveau bâtiment de microtechnique, qui concrétise après plus de vingt ans le virage pris par l'Ecole dans ce domaine. Quatre instituts de recherche, 200 collaborateurs, 450 étudiants : la microtechnique est un département mammouth de l'Ecole qui dispose enfin de ses propres murs. Jean-Claude Badoux, qui reçoit pour l'occasion le conseiller d'Etat neuchâtelois Thierry Béguin, ne cache pas sa joie de voir son rêve s'accomplir. Avec le recul de dix ans, Jean-Claude Badoux pense que ce département, lancé sous l'ère Vittoz, est devenu adulte sous sa présidence, grâce à l'appui sans failles de Jean-Jacques Paltenghi.

En février 2000, une autre inauguration symbolique se déroule sur le site : le lancement officiel du Département de systèmes de communication. La conseillère fédérale Ruth Dreifuss est présente pour l'occasion. Tout comme la microtechnique, le domaine des systèmes de communication s'est hissé très rapidement au sommet des formations les plus convoitées de l'EPFL, avec 470 étudiants. Ruth Dreifuss salue l'action de Jean-Claude Badoux qui saisit l'occasion pour rappeler aux autorités politiques qu'il leur incombe de soutenir la formation et la recherche de pointe en lui accordant les moyens financiers nécessaires.

Ce calme ne va pas durer, car le mois de février voit la crise éclater publiquement. *Flash* titre à la une le 14 mars 2000 « L'EPFL atteint la côte brouillard » et rappelle l'incroyable enchaînement d'événements qui conduit le quotidien zurichois *Neue Zürcher Zeitung* à annoncer en exclusivité le 25 février que Patrick Aebischer refuse d'entrer en fonction le 1er mars comme prévu. On apprendra plus tard que des difficultés liées à la désignation de Stefan Catsicas comme vice-président sont à l'origine de sa position. Dès le 26 février, toute la presse suisse relaie l'information. Le lundi 28 février, à deux jours de la fin de son mandat, Jean-Claude Badoux fait savoir que malgré la décision de Patrick Aebischer de ne pas lui succéder le 1er mars, il est hors de question pour lui de prolonger son mandat et ses responsabilités au-delà du 29 février 2000. De fait, du 1er mars au 17 mars, date de l'entrée en fonction effective de Patrick Aebischer, qui a obtenu dans l'intervalle gain de cause au CEPF, c'est la direction de l'Ecole de Jean-Claude Badoux, pilotée par le vice-président Dominique de Werra, qui gère les affaires courantes.

Les dernières semaines de son mandat sont donc éprouvantes pour Jean-Claude Badoux. Son souci pour l'avenir de sa direction le préoccupe. Il refusera de signer des documents du CEPF qui lui demande de démissionner les membres de son équipe. En revanche, le 28 février, il obtient l'accord de la direction pour signer l'acte de la Fondation «Bois Chamblard», magnifique

propriété au bord du Léman à Buchillon, léguée à l'EPFL par un ancien officier de l'armée hollandaise, Charles-Erico Nicola, avec qui il s'était lié d'amitié. Le site de Bois-Chamblard, d'une valeur de 13 millions est la plus grosse donation que l'Institution ait jamais reçue.

La fondation Bois-Chamblard à Buchillon, une propriété au bord du Léman, léguée à l'EPFL par Charles-Erico Nicola. Jean-Claude Badoux préside le Conseil de Fondation.

Un bilan magnifique dans des conditions financières difficiles

Les soubresauts et les remous dus à la difficile transition n'occultent pas les hommages appuyés que l'EPFL rend à son président sortant, notamment le 25 février, quatre jours avant son départ à la retraite. L'homme est ému, mais quitte le navire sans nostalgie, non sans avoir entendu de multiples discours saluant son action, en particulier des trois membres de la direction qui ont travaillé de nombreuses années avec lui, Dominique de Werra, Jean-Jacques Paltenghi et Michel Jaccard. Plusieurs orateurs soulignent l'homme de l'ouverture internationale sur tous les continents et le bâtisseur infatigable.

Sur le plan des chiffres, le bilan 1992-2000 est impressionnant. La présidence de Bernard Vittoz avait déjà marqué un développement fulgurant de l'EPFL, puisque celui-ci avait quitté ses fonctions alors que le cap des 4000 étudiants venait d'être franchi. Jean-Claude Badoux prend sa retraite alors que le cap des 5000 étudiants est atteint. L'augmentation des étudiants alémaniques est de 28%, le nombre total de doctorants a doublé, quelque 140 professeurs et maîtres d'enseignement et de recherche ont été nommés entre 1992 et 2000, ce qui signifie un doublement de l'effectif des enseignants, malgré qu'il n'y ait eu aucune augmentation des postes de la dotation de base de la Confédération durant cette période. Dans les faits, Jean-Claude Badoux a présidé 145 commissions de nomination sur 146, et nommé ainsi 70 professeurs ordinaires ou extraordinaires, 18 professeurs assistants, 35 professeurs titulaires et 23 maîtres d'enseignement et de recherche.

Pour assurer cette croissance, malgré les contraintes budgétaires, le nombre de postes financé par des projets de tiers a augmenté de 40%. C'est un saut qualitatif énorme, sachant que l'EPFL s'est profilée au plan suisse dans deux domaines clé : la microtechnique et les systèmes de communication.

Jean-Claude Badoux, dans l'interview bilan qu'il donne à *Flash*, se montre à la fois fier de ses réussites et inquiet que la mission de l'Ecole de renouveler le tissu économique de la Suisse soit trop lourde pour les épaules des diplômés. Car l'EPFL a pour mission première de former non seulement des ingénieurs, mais aussi des hommes et des femmes capables d'innover, de prendre des risques, de devenir des leaders sur le plan industriel. « La responsabilité sociale qui incombe à l'EPFL pèse toujours davantage. En tant que formatrice d'ingénieurs, on attend de cette institution qu'elle forme des jeunes adaptés aux nouvelles exigences du marché, et aussi qu'elle suscite des vocations d'entrepreneurs aptes à créer de nouveaux postes. Je sens l'inquiétude des étudiants face au long terme. Cette responsabilité est lourde à porter. »[79]

A son entrée en fonction, Jean-Claude Badoux savait que les difficultés financières l'attendaient, mais il voulait développer de nouveaux domaines porteurs. Objectif atteint. Il souhaitait également augmenter fortement le nombre de doctorants. Là aussi, le but est atteint. Enfin, il voulait que l'Ecole soit le fer de lance de l'ingénierie en Suisse, avec l'EPFZ. La forte hausse du nombre de professeurs, de diplômés, de doctorants, la mise en route de nouveaux domaines vont dans ce sens. Enfin, il souhaitait que l'esprit de corps qui anime l'EPFL demeure, que l'Ecole, malgré l'augmentation vertigineuse des effectifs en une génération, conserve son âme. Il estime aujourd'hui que le dialogue engagé à tous les niveaux, notamment avec les chefs de service qu'il rencontrait régulièrement, a permis de tenir cette ligne. Il a aussi beaucoup soigné ses contacts avec les étudiants. « Je réunissais régulièrement les soixante délégués

79. *Flash*, 15 février 2000, p. 5

de classes, un par année d'études et par section. Les étudiants sont les personnes qu'il faut le plus respecter à l'Ecole, j'en ai toujours été convaincu. L'étudiant nous donne quatre ou cinq années de sa vie. Il a donc des droits et pas seulement des devoirs. J'avais beaucoup de contacts avec eux, dans les manifestations où ils étaient présents, comme le challenge ou Balelec. A une heure du matin, ils vous disent ce qu'ils ont sur le cœur. J'étais ainsi très au clair sur les professeurs qui posaient problème. » [31]

Reste que l'homme ne s'est pas fait que des amis au sein de l'Ecole lorsqu'il l'a présidée. Il le savait avant même son entrée en fonction et s'était préparé à assumer l'impopularité de certaines de ses décisions. S'il est heureux d'avoir nommé 145 enseignants durant sa présidence, on sait moins que Jean-Claude Badoux a su faire preuve d'une grande fermeté quand les choses se passaient mal. Sous sa présidence, sept professeurs ont été renvoyés. Du jamais vu dans une institution comme l'EPFL. « Ce dont je suis le plus fier, c'est de n'avoir eu aucune révolte, ni de l'Association des professeurs, ni des professeurs. Tous les renvois étaient faits avec l'accord tacite du corps professoral. J'ai renvoyé six professeurs qui étaient déjà là quand j'ai été nommé président, et un que j'ai nommé à tort. Un des critères de renvoi était le manque de contact avec les étudiants, je voulais aussi que les professeurs habitent dans la région. Comme j'avais renvoyé un professeur allemand, un article a paru dans le journal *Die Zeit*, écrivant qu'il ne fallait plus que des Allemands postulent à l'EPFL ! Il y a eu des recours au Conseil fédéral et au Tribunal fédéral. Je les ai tous gagnés. »[31]

Certains regrets existent néanmoins. Jean-Claude Badoux dit qu'il aurait voulu recruter encore plus d'étudiants alémaniques, nommer encore plus de professeurs, et avoue « s'être fait un peu bouffer par le système ». [31] L'autre regret tient au projet triangulaire. Lorsqu'il lance le projet en 1998, il explique à certains professeurs sceptiques que l'EPFL va accentuer l'aspect ingénierie des sciences de base reprises de l'Université de Lausanne. « J'avais promis de garder le meilleur génie chimique de suisse, d'appuyer l'accent mis sur les mathématiques appliquées, et de continuer d'insister sur l'ingénierie physique. Mon idée était de laisser petit à petit à l'Université de Genève le leadership de la physique théorique, et que nous ferions à l'EPFL le génie physique. En revanche, mes professeurs craignaient que la dimension ingénierie soit démantelée et c'est ce qui s'est passé. J'ai fait une erreur d'appréciation. »[31]

Mais en 2010, avec le recul d'une décennie, on peut relever les avancées scientifiques en systèmes de communication, avec des professeurs tels que Murat Kunt, Martin Vetterli, Jean-Pierre Hubaux ou en matériaux avec Jan-Anders

31. Entretien avec l'auteur

Manson, le fait d'avoir fait comprendre en Suisse alémanique que l'EPFL était une école polytechnique au même titre que l'EPFZ, ou encore l'ouverture de l'EPFL vers la Chine, le Japon, la Corée ou l'Inde. Au plan suisse, Jean-Claude Badoux juge que le dialogue constant et confiant avec les autorités politiques a été une immense chance pour l'Ecole, qui a permis de débloquer des dossiers malgré des finances difficiles. Pour lui, comme il l'a expliqué au quotidien *24 heures*, le 25 février 2000, juste avant de quitter ses fonctions : « Nous recevons 400 millions par année des citoyens suisses. La possibilité pour nous de mener nos recherches, y compris les plus pointues, nous oblige à dialoguer constamment avec la société et ceux qui la représentent. »[80]

Le 29 février 2000, Jean-Claude Badoux quitte la présidence. Après un intérim de deux semaines, où le relais est assuré par le vice-président Dominique de Werra et ses trois collègues de la direction, Jean-Jacques Paltenghi, Michel Jaccard et René Philippe Bugnon, Patrick Aebischer lui succède. La suite de l'épopée, qui a démarré en 1853 sous le nom d'Ecole spéciale de Lausanne, reste à écrire.

De gauche à droite, les trois présidents de l'EPFL Jean-Claude Badoux, Bernard Vittoz et Maurice Cosandey.

80. *24 heures* du 25 février 2000, p. 18

LISTE DES MEMBRES DE LA DIRECTION EPFL 1978-2000

René Philippe Bugnion, 1957, Suisse, directeur administratif, 1999. René-Philippe Bugnion prend la succession de Pierre Immer au premier semestre 1999. Licencié en droit de l'Université de Lausanne, il entre à l'EPFL en 1998, après avoir été membre de la direction du Crédit Suisse à Lausanne.

Roland Crottaz, 1931-2009, Suisse, vice-président, 1979-1990. Ingénieur EPFZ. Avec une expérience professionnelle de plus de 20 ans, il entre à l'EPFL en 1975 comme professeur et directeur du Laboratoire des voies de circulation, avant de devenir le premier vice-président de l'Ecole en 1979.Il quitte cette fonction en 1990, pour la présidence du CEPF.

Dominique de Werra, 1942, Suisse, vice-président, 1990-2000. Avant d'entrer à la direction de l'Ecole, Dominique de Werra a enseigné dès 1971, comme professeur ordinaire de recherche opérationnelle en mathématiques à l'EPFL. Il a également présidé en 1990 la Conférence des chefs de départements. En 1993, en qualité de vice-président, il a été nommé directeur de la formation.

Pierre Immer, 1934, Suisse, directeur administratif de l'EPFL de 1974 à 1999. Docteur en droit, il a travaillé comme directeur administratif d'Adia International de 1964 à 1968. Il entre à l'EPFL dès la fédéralisation en 1969, comme adjoint du président, fonction qu'il a exercée durant cinq ans.

Michel Jaccard, 1950, Suisse, directeur des affaires académiques dès 1995. Ingénieur physicien de l'EPFL en 1973, docteur ès sciences de l'UNIL en 1978, il a obtenu un diplôme postgrade en biologie de la nutrition humaine à Nancy en 1982. A travaillé pour Nestlé, puis a été nommé en 1985 chef de recherche et développement des produits réfrigérés et laitiers de la Migros.

Jean-Jacques Paltenghi, 1943, Suisse, membre de la direction de l'EPFL depuis 1984. Dès 1993, directeur de la planification et de la recherche. Ingénieur physicien diplômé de l'EPUL en 1966 et docteur ès sciences EPFL en 1969, il a travaillé comme assistant au Laboratoire de génie atomique de Bernard Vittoz. Nommé professeur titulaire en 1999.

Pierre Pittet, 1933, Suisse, secrétaire général de l'EPFL de 1965 à 1995. Licencié HEC de l'UNIL en 1957, il travaille ensuite dans le secteur bancaire à Bâle et à New-York, puis dans plusieurs sociétés internationales actives en Suisse, avant de rejoindre l'EPUL en 1965.

LISTE DES PROFESSEURS EPFL 1978-2000

Derek Abell,
1938,
Grande-Bretagne,
1938, professeur
ordinaire, 1994,
management

Georges Abou-Jaoudé,
1958, Liban,
professeur
extraordinaire, 1992,
architecture

Patrick Aebischer,
1954,
Suisse,
professeur titulaire,
1995,
matériaux

Michel André,
1936,
Suisse,
professeur ordinaire,
1971,
mathématiques

Jean-Philippe Ansermet,
1957, Suisse,
professeur ordinaire,
1992,
physique

Kurt Arbenz,
1931,
Suisse,
professeur ordinaire,
1972-1996,
mathématiques

Frédéric Aubry,
1927,
Suisse,
professeur ordinaire,
1961-1992,
architecture

François Avellan,
1955,
France,
professeur titulaire,
1994,
génie mécanique

François Baatard,
1919,
Suisse,
professeur ordinaire,
1966-1978,
génie mécanique

Walter Bachmann,
1913,
Suisse,
professeur ordinaire,
1946-1978,
génie rural

Jean-Claude Badoux,
1935, Suisse,
professeur ordinaire,
1967-1992,
génie civil

Marc Badoux,
1961,
Suisse,
professeur assistant,
1997,
génie civil

Alfonso Baldereschi,
1946,
Italie,
professeur ordinaire,
1989,
physique

Gilles Barbey,
1932,
Suisse,
professeur titulaire,
1991-1997,
architecture

Pierre-Antoine Barès,
1963, Suisse,
professeur assistant,
1997,
physique

Jacques Barman,
1921, Suisse,
professeur
extraordinaire,
1971-1988,
architecture

Michel Bassand,
1938,
Suisse,
professeur ordinaire,
1976,
architecture

Conrad Beerli,
1915,
Suisse,
professeur associé,
1966-1980,
architecture

Gérard Ben Arous,
1957,
France,
professeur ordinaire,
1997,
mathématiques

Willy Benoit,
1938, Suisse,
professeur
ordinaire,
1974,
physique

Patrick Berger,
1947,
France,
professeur ordinaire,
1992,
architecture

Mario Bevilacqua,
1932,
Suisse,
professeur titulaire,
1980-1997,
architecture

Paul Bezençon,
1923, Suisse,
professeur
extraordinaire,
1971-1989,
architecture

Michel Bierlaire,
1967, Belgique,
maître d'enseigne-
ment et de recherche,
1998,
mathématiques

Yves Biollay,
1943,
Suisse,
professeur titulaire,
1993,
mathématiques

Hannes Bleuler,
1954,
Suisse,
professeur ordinaire,
1995,
microtechnique

Pierre-André Bobillier,
1930, France,
professeur titulaire,
1973-1995,
mathématiques

Albin Boelcs,
1937,
Autriche,
professeur ordinaire,
1983,
génie mécanique

Dominique Bonvin,
1952,
Suisse,
professeur ordinaire,
1989,
génie mécanique

Jean-Pierre Borel,
1926,
Suisse,
professeur ordinaire,
1962-1992,
physique

Lucien Borel,
1922,
Suisse,
professeur ordinaire,
1955-1988,
génie mécanique

John Botsis,
1955,
Grèce,
professeur ordinaire,
1996,
génie mécanique

Mario Botta,
1943,
Suisse,
professeur titulaire,
1983,
architecture

Hervé Bourlard,
1956,
Belgique,
professeur titulaire,
1998,
informatique

Philippe Bovy,
1938,
Suisse,
professeur ordinaire,
1972,
génie civil

Pierre Brémaud,
1944, France,
professeur titulaire,
1999,
systèmes de
communication

Eugen Brühwiler,
1958,
Suisse,
professeur ordinaire,
1994,
génie civil

Peter Bruesch,
1934,
Suisse,
professeur titulaire,
1987-1999,
physique

Jacques Bruschin,
1931,
Suisse,
professeur titulaire,
1975-1994,
génie civil

Hansruedi Buehler,
1929,
Suisse,
professeur ordinaire,
1972-1997,
électricité

Philippe Buffat,
1942,
Suisse,
professeur titulaire,
1994,
matériaux

Christof Burkhardt,
1927,
Suisse,
professeur ordinaire,
1969-1993,
microtechnique

Peter Buser,
1946,
Suisse,
professeur ordinaire,
1982,
mathématiques

Jean Buttet,
1937,
Suisse,
professeur ordinaire,
1974,
physique

Renzo Cairoli,
1931,
Suisse,
professeur ordinaire,
1969-1994,
mathématiques

Bertrand Calpini,
1959,
Suisse,
professeur titulaire,
1999,
génie rural

Arduino Cantafora,
1945,
Italie,
professeur ordinaire,
1989,
architecture

André Chatelain,
1936,
Suisse,
professeur ordinaire,
1972,
physique

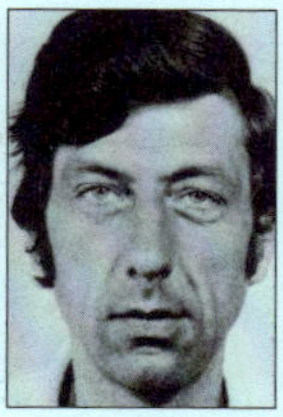

Jean Chatelain,
1923,
France,
professeur ordinaire,
1958-1990,
électricité

Shristi Chatterji,
1935,
Inde,
professeur ordinaire,
1970,
mathématiques

Rakesh Chawla,
1947,
Inde,
professeur ordinaire,
1994,
physique

Jean-Jacques Chêne,
1929,
Suisse,
professeur associé,
1970-1994,
matériaux

Philippe Choquard,
1929,
Suisse,
professeur ordinaire,
1968-1995,
physique

Pierre Chuard,
1944,
Suisse,
professeur titulaire,
1996,
architecture

Reymond Clavel,
1959,
Suisse,
professeur ordinaire,
1981,
microtechnique

Christos Comninellis,
1945, Grèce,
professeur titulaire,
1996,
chimie

Giovanni Coray,
1939,
Suisse,
professeur ordinaire,
1971,
informatique

Piet Cornaz,
1930,
Suisse,
professeur ordinaire,
1968-1989,
physique

Roland Crottaz,
1931-2009,
Suisse,
professeur ordinaire,
1975-1979,
génie civil

Joseph Csillaghy,
1927,
Hongrie,
professeur ordinaire,
1973-1993,
architecture

Alain Curnier,
1948,
France,
professeur titulaire,
1998,
génie mécanique

Bernard Dacorogna,
1953,
Suisse,
professeur titulaire,
1996,
mathématiques

Robert Dalang,
1961,
Suisse,
professeur ordinaire,
1995,
mathématiques

René Dändliker,
1939,
Suisse,
professeur ordinaire,
1989,
microtechnique

Anthony Davison,
1958,
Angleterre,
professeur ordinaire,
1996,
mathématiques

Frédéric de Coulon,
1937,
Suisse,
professeur ordinaire,
1970,
électricité

Nico de Rooij,
1951,
Hollande,
professeur ordinaire,
1989,
microtechnique

Jean de Siebenthal,
1917,
Suisse,
professeur ordinaire,
1954-1982,
mathématiques

Dominique de Werra,
1942, Suisse,
professeur ordinaire,
1971-1990,
mathématiques

Michel Declercq,
1945,
Belgique,
professeur ordinaire,
1985,
électricité

Alin Décoppet,
1926,
Suisse,
professeur ordinaire,
1969-1993,
architecture

Jean-Dominique Decotignie,
1954, France,
professeur titulaire,
1990,
informatique

Michel Del Pedro,
1931,
Suisse,
professeur ordinaire,
1968-1996,
génie mécanique

Georges Derron,
1920,
Suisse,
professeur associé,
1969-1987,
droit

Maurice Derron,
1912,
Suisse,
professeur ordinaire,
1952-1979,
génie civil

Jean Descloux,
Suisse, professeur
ordinaire,
1964-1999,
mathématiques

François Descoeudres,
1938, Suisse,
professeur ordinaire,
1972,
génie civil

Roger Dessoulavy,
1920,
Suisse,
professeur ordinaire,
1952-1986,
électricité

Benoît Deveaud-Plédran,
1952, France,
professeur ordinaire,
1993,
physique

Michel Deville,
1945, Belgique,
professeur
ordinaire,
1993,
génie mécanique

Marcel Drabbels,
1966,
Hollande,
maître d'enseignement
et de recherche,
1998, chimie

André-Gilles Dumont,
1951, Suisse,
professeur ordinaire,
1991,
génie civil

Isabelle Dustin,
1956,
Suisse,
professeure titulaire,
1999,
mathématiques

Gérard Dutry,
1942,
Belgique,
professeur associé,
1989-1995,
architecture

Touradj Ebrahimi,
1965,
Suisse,
professeur titulaire,
1998,
électricité

Christian Enz,
1957,
Suisse,
professeur assistant,
1992,
électricité

André Faist,
1935,
Suisse,
professeur titulaire,
1978-1997,
architecture

Boi Faltings,
1960,
Allemagne,
professeur ordinaire,
1987,
informatique

Daniel Favrat,
1948,
Suisse,
professeur ordinaire,
1988,
génie mécanique

Renaud Favre,
1934,
Suisse,
professeur ordinaire,
1973-1999,
génie civil

Pierre Fazan,
1958,
Suisse,
professeur titulaire,
1997,
électricité

Jean-Daniel Figour,
1929, France,
professeur ordinaire,
1986-1996,
microtechnique

Roland Fivaz,
1933,
Suisse,
professeur ordinaire,
1971 -1997,
physique

Dario Floreano,
1964,
Italie,
professeur assistant,
2000,
microtechnique

Pierre-Gérard Fontolliet,
1936, Suisse,
professeur ordinaire,
1972,
électricité

Pierre Foretay,
1922,
Suisse,
professeur ordinaire,
1955-1987,
architecture

Ruth Freitag,
1961,
Allemagne,
professeure extra-ordinaire, 1996,
chimie

François Frey,
1941,
Suisse,
professeur ordinaire,
1979,
génie civil

Claude Friedli,
1942,
professeur titulaire,
1994,
chimie

Hubert Froidevaux,
1939,
Suisse,
professeur titulaire,
1982,
mathématiques

Pascal Vitali Fua,
1962, France,
maître d'enseignement et de recherche,
1996,
informatique

Franz Füeg,
1921,
Suisse,
professeur ordinaire,
1970-1987,
architecture

Vinicio Furlan,
1932,
Italie,
professeur titulaire,
1980-1997,
matériaux

Jacques-Henri Gabus,
1926, Suisse,
professeur ordinaire,
1976-1991,
génie civil

Ervin Galantay,
1930,
Hongrie,
professeur ordinaire,
1971-1995,
architecture

André Gardel,
1922,
Suisse,
professeur ordinaire,
1963-1987,
génie civil

Freddy Gardiol,
1935,
Suisse,
professeur ordinaire,
1970- 1999,
électricité

Tino Gaümann,
1925,
Suisse,
professeur ordinaire,
1965-1993,
chimie

Davis-Louis Genton,
1916,
Suisse,
professeur ordinaire,
1954-1983,
génie civil

Dieter Genske,
1956, Allemagne,
professeur extra-
ordinaire,
1997,
génie rural

Alain Germond,
1943,
Suisse,
professeur ordinaire,
1977,
électricité

Wulfram Gerstner,
1963,
Allemagne,
professeur assistant,
1996,
informatique

Jean-Claude Gianola,
1934,
France,
professeur ordinaire,
1969-1999,
génie mécanique

Martin Gijs,
1959,
Belgique,
professeur ordinaire,
1997,
microtechnique

Denis Gillet,
1961, Suisse,
maître d'enseigne-
ment et de recherche,
1997,
génie mécanique

Jacques Giovanola,
1950,
Suisse,
professeur ordinaire,
1996,
génie mécanique

Hubert Girault,
1957,
France,
professeur ordinaire,
1992,
chimie

Rémy Glardon,
1950,
Suisse,
professeur ordinaire,
1995,
génie mécanique

François Golay,
1958,
Suisse,
professeur ordinaire,
1994,
génie rural

Marcel Goldschmid,
1936, Suisse,
professeur ordinaire,
1973,
pédagogie
et didactique

Michael Graetzel,
1944,
Allemagne,
professeur ordinaire,
1977,
chimie

Walter Graf,
1936,
USA,
professeur ordinaire,
1974,
génie civil

Christian Gruber,
1939,
professeur
ordinaire,
1984,
physique

Jacques Gubler,
1940,
Suisse,
professeur ordinaire,
1984-1999,
architecture

Rachid Guerraoui,
1967, Maroc,
professeur assistant,
1999,
Systèmes
de communication

Hauke Harms,
1961,
Allemagne,
professeur assistant,
1998,
génie rural

Martin Hasler,
1945, Suisse,
professeur ordinaire,
1990,
Système
de communication

Pierre Henry,
1940, Suisse,
professeur
ordinaire,
1979-1994,
génie mécanique

Roger-David Hersch,
1951,
Suisse,
professeur ordinaire,
1988,
informatique

Alain Hertz,
1959,
Suisse,
professeur assistant,
1993,
mathématiques

**Kathryn
Hess Bellwald,**
1967, Suisse,
professeure titulaire,
1999,
mathématiques

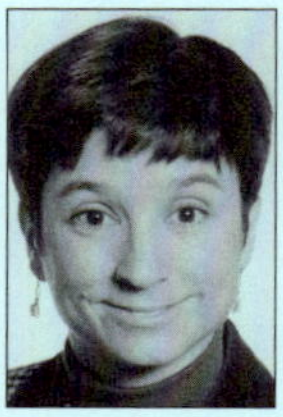

Jöns Gunnar Hilborn
1956,
Suède,
professeur assistant,
1994,
matériaux

Thomas Hinderling,
1946,
Suisse,
professeur titulaire,
1998,
microtechnique

Manfred Hirt,
1942,
Suisse,
professeur ordinaire,
1980,
génie civil

Heinrich Hofmann,
1953,
Suisse,
professeur ordinaire,
1993,
matériaux

Patrick Hoffmann,
1961, Allemagne,
maître d'enseignement
et de recherche,
1997,
microtechnique

Christof Holliger,
1959,
Suisse,
professeur assistant,
1998,
génie rural

**Max-Olivier
Hongler,**
1951, Suisse,
professeur titulaire,
2000,
microtechnique

Pierre Howald,
1930,
Suisse,
professeur ordinaire,
1956-1995,
génie rural

Jean-Pierre Hubaux,
1957,
Belgique, professeur
ordinaire, 1989,
systèmes
de communication

Jean-Werner Huber,
1922, Suisse,
professeur extra-
ordinaire,
1964-1989,
architecture

Christian Huet,
1936,
France,
professeur ordinaire,
1989,
matériaux

David Hunkeler,
1962, Canada,
professeur extra-
ordinaire,
1996,
chimie

Michel Ianoz,
1936,
Suisse,
professeur titulaire,
1991,
électricité

Marc Ilegems,
1940,
Belgique,
professeur ordinaire,
1977,
physique

Bernhard Ilschner,
1928, Allemagne,
professeur
ordinaire,
1982-1996,
matériaux

Mihai-Adrian, Ionescu,
1965, Roumanie,
professeur assistant,
1998,
électricité

Pierre-André Jaccard,
1946, Suisse,
maître d'enseignement
et de recherche,
1996,
génie civil

Jacques Jacot,
1949,
Suisse,
professeur ordinaire,
1994,
microtechnique

Pierre Jacquot,
1947,
France,
professeur titulaire,
1996,
génie civil

Albert Jaquet,
1919,
Suisse,
professeur ordinaire,
1954-1986,
génie rural

Philippe Javet,
1936,
Suisse,
professeur titulaire,
1976,
chimie

Jaroslav Jirousek,
1931,
Suisse,
professeur titulaire,
1974-1997,
génie civil

Olivier Jolliet,
1959,
Suisse,
professeur assistant,
1999,
génie rural

Marcel Jufer,
1941,
Suisse,
professeur ordinaire,
1968,
électricité

Eli Kapon,
1953,
Israël,
professeur ordinaire,
1993,
physique

Hans-Henning Kausch ,
1931,
Allemagne,
1976-1998,
matériaux

Maher Kayal,
1959,
Liban,
professeur titulaire,
1999,
électricité

Robert Keller,
1921, Suisse,
professeur extra-
ordinaire,
1969-1986,
physique

Thomas Keller,
1959, Suisse,
professeur extra-
ordinaire,
1998,
architecture

Klaus Kern,
1960,
Allemagne,
professeur ordinaire,
1991,
physique

Philippe Kindler,
1928,
Suisse,
professeur titulaire,
1961-1993,
mathématiques

Hubert Kirrmann, 1948, France, professeur titulaire, 1999, informatique

Otto Kölbl, 1940, Autriche, professeur ordinaire, 1978, génie rural

Ervin Kováts, 1927, Suisse, professeur ordinaire, 1967-1994, chimie

Murat Kunt, 1945, Suisse, professeur ordinaire, 1989, électricité

Hervé Kunz, 1944, Suisse, professeur titulaire, 1991, physique

Wilfried Kurz, 1938, Autriche, professeur ordinaire, 1971, matériaux

Vincent Labiouse, 1964, Belgique, maître d'enseignement et de recherche, 1997, génie civil

Raymond Lafitte, 1935, Suisse, professeur titulaire, 1977-2000, génie civil

Inès Lamunière, 1954, Suisse, professeure ordinaire, 1993, architecture

Jean-Marc Lamunière, 1925, Suisse, professeur ordinaire, 1973-1992, architecture

Dieter Landolt, 1938, Suisse, professeur ordinaire, 1972, matériaux

Théo Lasser, 1952, Allemagne, professeur ordinaire, 1998, microtechnique

Jean-Yves Le Boudec, 1958, France, professeur ordinaire, 1994, systèmes de communication

Pierre Lerch, 1927, Suisse, professeur ordinaire, 1969-1992, chimie

Francis Lévy, 1940, Suisse, professeur titulaire, 1987, physique

Thomas Liebling, 1942, Suisse, professeur ordinaire, 1980, mathématiques

Jacques Ligou, 1930, France, professeur titulaire, 1983-1995, physique

Roland Longchamp, 1949, Suisse, professeur ordinaire, 1983, génie mécanique

Jacques Lucan,
1947, France,
professeur extra-
ordinaire,
1997,
architecture

John Maddocks,
1958,
Grande-Bretagne,
professeur ordinaire,
1997,
mathématiques

Sylvain Malfroy,
1955,
Belgique,
professeur assistant,
2000,
architecture

Daniel Mange,
1940,
Suisse,
professeur ordinaire,
1969,
informatique

Vincent Mangeat,
1941,
Suisse,
professeur ordinaire,
1990,
architecture

Jan-Anders Mànson,
1952,
Suède,
professeur ordinaire,
1990,
matériaux

Bruno Marchand,
1955, France,
professeur extra-
ordinaire,
1993,
architecture

Jean-Daniel
Marchand,
1946, Suisse,
professeur titulaire,
1995,
génie civil

Giorgio
Margaritondo,
1946, USA,
professeur ordinaire,
1990,
physique

Fabienne
Marquis Weible,
1961, Suisse,
professeure assistante,
1994,
microtechnique

Jean-Luc Martin,
1938,
Suisse,
professeur ordinaire,
1980,
physique

Philippe-André
Martin ,
1941, Suisse,
professeur titulaire,
1984,
physique

Hans Jörg Mathieu,
1942,
Allemagne,
professeur titulaire,
1994,
matériaux

Heinrich Matzinger,
1931,
Suisse,
professeur ordinaire,
1969-1997,
mathématiques

Lucien Yves
Maystre,
1933, Suisse,
professeur ordinaire,
1971-1998,
génie rural

Jean-Jacques
Meister,
1950, Suisse,
professeur ordinaire,
1990,
physique

Bertrand Merminod,
1958,
Suisse,
professeur ordinaire,
1995,
génie rural

André Mermoud,
1949,
Suisse,
professeur titulaire,
1991,
génie rural

Patrick Mestelan,
1947,
France,
professeur
ordinaire, 1988,
architecture

Thierry Meyer,
1961, Suisse,
maître d'enseigne-
ment et de re-
cherche,
1998,
chimie

Alphonse Miserez,
1931,
Suisse,
professeur ordinaire,
1966-1996,
génie rural

Daniel Mlynek,
1947,
France,
professeur ordinaire,
1989,
électricité

Ugo Mocafico,
1927,
Italie,
professeur ordinaire,
1968-1993,
génie mécanique

Alain Mocellin,
1943,
France,
professeur ordinaire,
1977-1989,
matériaux

Peter Monkewitz,
1943,
Suisse,
professeur ordinaire,
1993,
génie mécanique

René Monot,
1943,
Suisse,
professeur titulaire,
1985,
physique

Emanuel Mooser,
1925,
Suisse,
professeur ordinaire,
1969-1991,
physique

Claude Morel,
1942,
Suisse,
professeur ordinaire,
1993,
architecture

Jean-Jacques Morf,
1922,
Suisse,
professeur ordinaire,
1954-1986,
électricité

Stephan Morgenthaler,
1955, Suisse,
professeur ordinaire,
1988,
mathématiques

Andreas Mortensen,
1957,
Danemark,
professeur ordinaire,
1997,
matériaux

Juan Mosig,
1951, Espagne,
professeur extra-
ordinaire,
1991,
électricité

Hubert Mulkens,
1950,
Belgique,
professeur ordinaire,
1991-1994,
génie mécanique

André Musy,
1945,
Suisse,
professeur ordinaire,
1983,
génie rural

Aurelio Muttoni,
1958,
Suisse,
professeur ordinaire,
2000,
génie civil

Julius Natterer,
1938,
Allemagne,
professeur ordinaire,
1978,
génie civil

Jacques Neirynck, 1931, Suisse, professeur ordinaire, 1972-1996, électricité

Uwe Netsmann, 1967, Allemagne, professeur assistant, 2000, informatique

Claude Nicollier, 1944, Suisse, professeur titulaire, 1994, microtechnique

Jean-Daniel Nicoud, 1938, Suisse, professeur ordinaire, 1973, informatique

Pierre Nüesch, 1935, Suisse, professeur ordinaire, 1971, mathématiques

Henri Nussbaumer, 1931, France, professeur ordinaire, 1981-1996, informatique

Martin Odersky, 1958, Allemagne, professeur ordinaire, 1999, informatique

Luca Ortelli, 1956, Suisse, professeur ordinaire, 1997, architecture

Robert Owens, 1965, Grande-Bretagne, professeur assistant, 1998, génie mécanique

Pierre Pahud, 1950, Suisse, professeur titulaire, 1998, génie mécanique

Jean-Jacques Paltenghi , 1943, Suisse, professeur titulaire, 1999, physique

Aurèle Parriaux, 1946, Suisse, professeur ordinaire, 1991, génie civil

Jacques Paschoud, 1916, Suisse, professeur ordinaire, 1952-1982, matériaux

Alfredo Pasquarello, 1963, Italie, professeur assistant, 2000, physique

Fausto Pellandini, 1938, Suisse, professeur ordinaire, 1989, microtechnique

Paul Péringer, 1941, France, professeur ordinaire, 1979, génie rural

Francis-Luc Perret, 1943, Suisse, professeur ordinaire, 1980, génie civil

Yves Perriard, 1965, Suisse, maître d'enseignement et de recherche, 1998, électricité

Jean-H. Petignat, 1933, Suisse, professeur ordinaire, 1976-1998, architecture

Claude Petitpierre, 1948, Suisse, professeur ordinaire, 1987, informatique

Andrea Pfeifer, 1957, Allemagne, professeure titulaire, 2000, chimie

Charles-Edouard Pfister, 1948, Suisse, professeur titulaire, 1996, mathématiques

Léopold Pflug, 1935, Suisse, professeur ordinaire, 1970, génie civil

Peter Pfluger, 1953, Suisse, professeur titulaire, 1994, microtechnique

Christian Piguet, 1951, Suisse, professeur titulaire, 1999, informatique

Jean-Claude Piguet, 1924, Suisse, professeur ordinaire, 1966-1989, génie rural

Eric Plattner, 1929, Suisse, professeur ordinaire, 1970-1996, chimie

Radivoje Popovic, 1945, Suisse, professeur ordinaire, 1994, microtechnique

Michel Porchet, 1946, Suisse, professeur ordinaire, 1985-1996, génie mécanique

Roland Prélaz-Droux, 1963, Suisse, maître d'enseignement et de recherche, 1997, génie rural

François Pruvot, 1931, France, professeur ordinaire, 1974-1996, génie mécanique

Alfio Quarteroni, 1952, Italie, professeur ordinaire, 1998, mathématiques

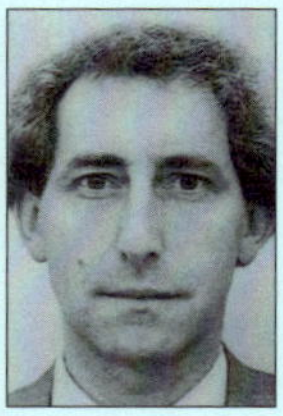

Antonio Quattropani, 1936, Suisse, professeur ordinaire, 1969, physique

Andreas Queisser, 1956, Allemagne, maître d'enseignement et de recherche 1999, architecture

Farhad Rachidi-Haeri, 1962, Suisse, maître d'enseignement et de recherche, 1999, électricité

Martin Rajman, 1962, France, maître d'enseignement et de recherche, 1996, informatique

Charles Rapin,
1935,
Suisse,
professeur ordinaire,
1972-1998,
informatique

Jacques Rappaz,
1947,
Suisse,
professeur ordinaire, 1987,
mathématiques

Michel Rappaz,
1950,
Suisse,
professeur titulaire,
1990,
matériaux

Tudor Ratiu,
1950,
professeur
ordinaire,
1998,
mathématiques

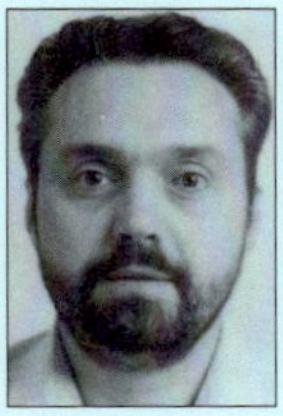

Recordon Edouard,
1927,
Suisse,
professeur ordinaire,
1972-1993,
génie civil

Pierre Regamey,
1916,
Suisse,
professeur ordinaire,
1967-1983,
génie rural

Franz-Karl Reinhart,
1933,
Suisse,
professeur ordinaire,
1983-1999,
physique

Philippe Renaud,
1958,
Suisse,
professeur ordinaire,
1993,
microtechnique

Albert Renken,
1941,
Allemagne,
professeur ordinaire,
1977, chimie

Bixio Rimoldi,
1956, Suisse,
professeur ordinaire,
1997,
systèmes de
communication

Terry Ring,
1950, USA,
professeur extra-ordinaire,
1988-1992,
matériaux

Robert Rivier,
1943,
Suisse,
professeur ordinaire,
1983,
génie civil

Thomas Rizzo,
1956,
USA,
professeur ordinaire,
1994,
chimie

Philippe Robert,
1938,
Suisse,
professeur ordinaire,
1979,
électricité

Alfred Roch,
1923,
Suisse,
professeur ordinaire,
1964-1989,
génie mécanique

Mario Rossi,
1940,
Suisse,
professeur titulaire,
1979,
électricité

Jane Royston,
1958,
Suisse,
professeure ordinaire,
1999,
management

Alan Rüegg,
1932,
Suisse,
professeur ordinaire,
1970- 1997,
mathématiques

Alfred Rufer,
1951, Suisse,
professeur
ordinaire,
1993,
électricité

Pierre-Alain Rumley,
1950, Suisse,
professeur extra-
ordinaire,
1997,
architecture

Baptiste Rusconi,
1933, Suisse,
professeur extra-
ordinaire,
1969-1990,
droit

Inge Ryhming,
1931,
Suède,
professeur ordinaire,
1979-1996,
génie mécanique

Peter Ryser,
1951, Suisse,
professeur
extraordinaire,
1998,
microtechnique

René Salathé,
1944,
Suisse,
professeur ordinaire,
1989,
microtechnique

Eduardo Sanchez,
1953,
Colombie,
professeur titulaire,
1990,
informatique

Jean Luc Sandoz,
1960,
France,
professeur assistant,
1993-1999,
génie civil

Alain Sapin,
1966, Suisse,
maître d'enseignement
et de recherche,
1998,
électricité

Gerassimos Sarlos,
1938,
Suisse,
professeur ordinaire,
1976,
génie civil

Jean-Louis Scartezzini,
1957, Suisse,
professeur ordinaire,
1994,
architecture

André Schiper,
1949, Suisse,
professeur ordinaire,
1985,
systèmes
de communication

Rodolphe Schlaepfer,
1940, Suisse,
professeur ordinaire,
1997,
génie rural

Anton Schleiss,
1953,
Suisse,
professeur ordinaire,
1997,
génie civil

Patrik Schmuki,
1960, Suisse,
maître
d'enseignement et
de recherche, 1997,
matériaux

Jean-Pierre Schneeberger,
1926, Suisse,
professeur ordinaire,
1969-1993,
physique

Karen Scrivener,
1958,
Grande-Bretagne,
professeure ordi-
naire, 2000,
matériaux

Nava Setter,
1949,
Israël,
professeure ordinaire,
1989,
matériaux

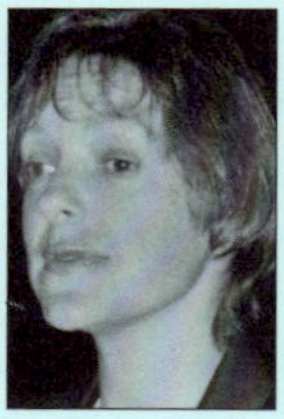

Arvind Shah, 1940, Suisse, professeur ordinaire, 1989, microtechnique

Roland Siegwart, 1959, Suisse, professeur ordinaire, 1996, microtechnique

Jean-Jacques Simond, 1946, Suisse, professeur ordinaire, 1990, électricité

Richard Sinniger, 1932, Suisse, professeur ordinaire, 1973-1997, génie civil

Anja Skrivervik Favre, 1963, Suisse, professeure assistante, 1995, électricité

Ian Smith, 1955, Canada, professeur extraordinaire, 1996, génie civl

Luigi Snozzi, 1932, Suisse, professeur ordinaire, 1984-1997, architecture

Stefano Spaccapietra, 1944, Italie, professeur ordinaire, 1988, informatique

Georges Spinnler, 1931, Suisse, professeur, 1973-1996, génie mécanique

Pierre Stadelmann, 1949, Suisse, professeur titulaire, 1995, matériaux

Martin Steinmann, 1942, Suisse, professeur ordinaire, 1987, architecture

Nikos Stergiopulos, 1962, Grèce, professeur assistant, 1996, physique

Francis Stoessel, 1952, France, professeur titulaire, 1996, chimie

Alfred Strohmeier, 1946, Suisse, professeur ordinaire, 1982, informatique

Charles Stuart, 1945, Angleterre, professeur ordinaire, 1976, mathématiques

Jean-Pierre Stucky, 1917, Suisse, professeur ordinaire, 1963-1982, génie civil

Sabine Süsstrunk, 1962, Suisse, professeure assistante, 1999, systèmes de communication

Pierre Suter, 1930, Suisse, professeur ordinaire, 1970-1983, génie mécanique

Joseph Taradellas,
1942,
Espagne,
professeur titulaire,
1986,
génie rural

Emre Telatar,
1965, Turquie,
professeur ordinaire, 1999,
systèmes
de communication

Daniel Thalmann,
1946,
Suisse,
professeur ordinaire,
1988,
informatique

Philippe Thalmann,
1963, Suisse,
professeur extraordinaire,
1994,
architecture

Luc Thévenaz,
1958, Suisse,
maître
d'enseignement
et de recherche,
1999, électricité

Jean-Philippe Thiran,
1970, Belgique,
maître d'enseignement
et de recherche,
1998,
électricité

Patrick Thiran,
1966,
Belgique,
professeur titulaire,
1998,
informatique

John Thome,
1953,
USA,
professeur ordinaire,
1998,
génie mécanique

Minh Quang Tran,
1951,
Suisse,
professeur ordinaire,
1992,
physique

Marc Troyanov,
1959,
Suisse,
professeur assistant,
1993,
mathématiques

Francis Troyon,
1933,
Suisse,
professeur ordinaire,
1974-1999,
physique

Michel Troyon,
1961,
Suisse,
professeur titulaire,
1998,
mathématiques

Alain Tschumi,
1928,
Suisse,
professeur ordinaire,
1980-1993,
architecture

Michael Unser,
1958,
Allemagne,
professeur ordinaire,
1997,
microtechnique

Rüdiger Urbanke,
1966, Autriche,
professeur extraordinaire, 1999,
systèmes
de communication

Hubert Van den Bergh,
1943, USA,
professeur ordinaire,
1990,
génie rural

Serge Vaudenay,
1968, France,
professeur extraordinaire, 1999,
systèmes
de communication

Jean-Claude Vedy,
1938,
France,
professeur ordinaire,
1981,
génie rural

Martin Vetterli,
1957, Suisse,
professeur ordinaire,
1995,
systèmes
de communication

Léopold Veuve,
1930,
Suisse,
professeur ordinaire, 1972-1995,
architecture

Laurent Villard,
1961, Suisse,
maître d'enseignement
et de recherche,
1993,
physique

René Vittone,
Suisse,
1927,
professeur titulaire,
1985-1992,
architecture

Eric Vittoz,
1938,
Suisse,
professeur titulaire,
1982,
électricité

Horst Vogel,
1948,
Allemagne,
professeur ordinaire,
1994,
chimie

Van Toi Vo,
1949,
Vietnam,
professeur titulaire,
1991,
microtechnique

Pierre von Meiss,
1938,
Suisse,
professeur ordinaire,
1973,
architecture

Urs von Stockar,
1942,
Suisse,
professeur ordinaire,
1977,
chimie

Laurent Vuillet,
1958,
Suisse,
professeur ordinaire,
1994,
génie civil

René Walter,
1928,
Suisse,
professeur ordinaire,
1975-1995,
génie civil

Claude Wasserfallen,
1931,
Suisse,
professeur ordinaire,
1975-1996,
architecture

Nicolas Wavre,
1945,
Suisse,
professeur titulaire,
1995,
électricité

Alain Wegmann,
1958, Suisse,
professeur ordinaire,
1997,
systèmes
de communication

Folker Wittmann,
1936,
Allemagne,
professeur ordinaire,
1980-1990,
matériaux

Alfred Wohlhauser,
1941,
Suisse,
professeur titulaire,
1982,
mathématiques

Florian Wurm,
1950,
Allemagne,
professeur ordinaire,
1995,
chimie

Nicolas Xenophontidis,
1933, Grèce,
professeur titulaire,
1985-1998,
génie mécanique

Paul Xirouchakis,
1950, Grèce,
professeur extra-
ordinaire,
1995,
génie mécanique

Jacques Zahnd,
1939,
Suisse,
professeur titulaire,
1984,
informatique

Libero Zuppiroli,
1947,
Italie,
professeur ordinaire,
1990,
physique

Bruno Zwahlen,
1934,
Suisse,
professeur ordinaire,
1969-1999,
mathématiques

Philippe Zysset,
1963,
Suisse,
professeur assistant,
1997,
génie mécanique

DOCTEURS HONORIS CAUSA

1978
Niklaus Wirth
René A. Strub
Vitold Belevitch
Jacques Freidel
David Arthur Davis
Gérold Schnitter

1979
Olivier Rambert
Fritz Pagan
Hassan Fathy

1983
Jean Mueller
Pierre-Louis Piguet
Léon O. Chua
Walter D. Knight
Hans Batzer

1984
Roger Desponds
Eric Mueller
Werner Felix
Charles Lloyd Bauer

1985
Paul-Henry Chombart De Lauwe
Richard R. Ernst
Pierre-Arnaud Raviart
Nikolaus Rott

1986
Franco Bassani
Michel Carlier
Peter Hammer
Stefan Kudelskyi
Giovanni Lombardi

1987
Jost Hänny
Clifford H. Mortimer
Jean-Claude Sabonnadière

1988
René Boite
John W. Fisher
David W. Kingery

1989
Maurice Cosandey
Jean-Louis Lions
Jean-Pierre Pradervand

1990
Heinz Lienhard
Martin Peter

1991
Gérard Bauer
Jean-René Bory
Olivier Reverdin
Henri Rieben

1992
John M. Ball
Daniel Borel
Rudolf Grüetter

1993
René Badan
Claude Nicollier
Jean-Claude Piguet
Alvaro Siza
Hugo Thiemann

1994
Arun Netravali
Erich Spitz
Branco Weiss

1995
Marie-Claude Gaudel
Edward J. Kramer
Elliott H. Lieb

1996
Jean-Pierre Changeux
Bernhard Hirt
Nico Westerhof

1997
Konrad Basler
Hiroyasu Funakubo
Bernard Huet

1998
Beat Richner
Jeanne Hersch
Jean-Pascal Delamuraz
Jakob Nuesch

1999
René Berger
Hans Beutler
Klaus Schwab

GLOSSAIRE

AE	Assemblée d'Ecole
ACIDE	Association du corps intermédiaire de l'Ecole
AGEPOLY	Association générale des étudiants de l'EPFL
AGS	Alliance for global sustainability (Alliance pour un développement durable)
APC	Association du personnel de la Confédération
APEL	Association des professeurs de l'EPFL
APLE	Association pour la promotion des liaisons EPFL-économie
ASFI	Association suisse des femmes ingénieurs
ASTRID	Applications sur superordinateurs touchant la recherche et l'industrie
CAST	Centre d'appui scientifique et technologique
CCD	Conférence des chefs de département
CEPF	Conseil des Ecoles polytechniques fédérales
CHUV	Centre hospitalier universitaire vaudois
COVRI	Commission vaudoise pour la recherche et le développement industriels
CMS	Cours de mathématiques spéciales

CRPP	Centre de recherche en physique des plasmas
CSEM	Centre suisse d'électronique et de microtechnique
EAWAG	Institut pour l'aménagement, l'épuration et la protection des eaux
EEE	Espace économique européen
EMPA	Laboratoire d'essai des matériaux
EPFL	Ecole polytechnique fédérale de Lausanne
EPFZ	Ecole polytechnique fédérale de Zurich
EPUL	Ecole polytechnique de l'Université de Lausanne
ERASMUS	European Community Action Scheme for the Mobility of University Students
ERCOFTAC	Communauté européenne de recherche en mécanique des fluides, turbulences et combustion
EURATOM	Communauté européenne de l'énergie atomique (CEEA)
ESL	Ecole spéciale de Lausanne
FAST	First America's cup Swiss Team
FIT	Fondation pour l'innovation technologique
HUG	Hôpitaux universitaires de Genève
ICOM	Institut de la construction métallique
IREC	Institut de recherche sur l'environnement construit
IRRMA	Institut romand de recherche numérique en physique des matériaux
MER	maîtres d'enseignement et de recherche
MPEG	Moving Picture Experts Group
PSI	Institut Paul Scherrer
OCDE	Organisation de coopération et de développement économique.
PME	Petites et moyennes entreprises
PSE	Parc scientifique d'Ecublens
SATW	Académie suisse des sciences techniques
SIA	Société suisse des ingénieurs et architectes
SLS	Synchroton Light Source
SMH	Société suisse de microélectronique et d'horlogerie
UNIL	Université de Lausanne
TCV	Tokamak à configuration variable
TSOL	Tramway du sud-ouest lausannois (futur M1)
WSL	Institut de recherche sur la forêt, la neige et le paysage

REMERCIEMENTS

Jean-Claude Badoux et Michel Pont tiennent à remercier toutes les personnes qui ont pris la peine de leur consacrer du temps pour raconter « leur » EPFL et qu'il est impossible de tous citer. Un merci particulier est adressé à Christiane Gogniat, membre du service Médias et Communications et secrétaire de rédaction du journal *Flash* depuis des décennies. En mettant à disposition des auteurs la collection complète des éditions de *Flash* et de *Polyrama* pour la période considérée, elle a permis la réalisation de cet ouvrage. La qualité des journaux internes de l'EPFL est une source de première main, d'une valeur inestimable pour retracer l'histoire de l'Institution. Le travail de recherche iconographique mené par Alain Herzog, en particulier pour la période 1853-1978 et l'ère Vittoz, a été déterminant. Enfin Sébastien Oesch, délégué aux constructions, nous a apporté une aide précieuse.

Les remerciements les plus chaleureux vont à ceux qui ont permis, par un apport financier substantiel, l'édition de cette chronique :

Le Conseil des Ecoles Polytechniques Fédérales (CEPF),
par son Président le Dr Fritz Schiesser
Mme Claudine Vittoz
Plusieurs contributeurs qui ont souhaité rester anonymes

TABLE DES MATIÈRES